# 竹外·疏花

石莉萍 著

 中央音乐学院出版社
CENTRAL CONSERVATORY OF MUSIC PRESS

·北京·

**图书在版编目（CIP）数据**

竹外疏花／石莉萍著. —北京：中央音乐学院出版社，2016.6
（2025.2 重印）
ISBN 978－7－81096－752－5

Ⅰ.①竹…　　Ⅱ.①石…　　Ⅲ.①散文集—中国—当代
Ⅳ.①I267

中国版本图书馆 CIP 数据核字（2016）第 115655 号

ZHÚWÀISHŪHUĀ

**竹外疏花**

石莉萍著

出版发行：中央音乐学院出版社
经　　销：新华书店
开　　本：880×1230 毫米　特 32 开　　印张：15.5
印　　刷：三河市金兆印刷装订有限公司
版　　次：2016 年 6 月第 1 版　　印次：2025 年 2 月第 2 次印刷
书　　号：ISBN 978－7－81096－752－5
定　　价：158.00 元

中央音乐学院出版社　北京市西城区鲍家街 43 号　邮编：100031
发行部：（010）66418248　　66415711（传真）

# 写在前面

　　常去购物的网站会根据浏览和购物习惯为买家推荐商品，有一天，打开为我推荐的网页，在十七本书之后，是一把锅铲，不禁哑然失笑。这实在是很准确地概括了我的生活——我最爱的两件事，一是读书，一是做饭。

　　很小的时候，在江南，最喜欢在夏天捉蜻蜓。蜻蜓的大眼睛，薄翅膀，翅膀上细密的纹路，精巧得无以言说。尤爱其轻灵点水的样子：细足轻触水面，一触即飞，飞而又触，总是点到为止。由此想来，我的读书，也只凭兴趣，如藤蔓，牵牵扯扯，没有系统，毫无章法。蜻蜓点水，无法深入，亦无需深入。读书与做饭，只是填充我工作之外的空闲时间。菜市场的市井气息，读书时的心无旁骛，一闹一静，对我来说，于愿足矣。

看景，读书，观影，有所感，便写下来，并无企图。写，既是方式，也是目的。水满则溢，自然而已。渐渐积得多了，经不住众人撺掇，就有了这本书。算一个交代吧，对时光，对亲朋。

偷来姜夔的句子作书名，"花"在"竹外"，已远，又"疏"，便更不足道了。辛弃疾说："自有渊明方有菊，若无和靖即无梅。"陶前林后，岂无菊梅？待知音而已。

2015 年 12 月

# 目录
WALDEN

**纷纷开且落**

杏花时节在江南

# 流年暗换

我第一次去甪直时，赶上了盛夏里难得的一个细雨绵绵的日子，天阴阴的，雨似落非落，很是凉爽。那是大学毕业前的最后一个夏日了。班里有几位同学先去了，回来便说甪直如何如何的好。我虽是从小就知道甪直，也一直吃着甪直那著名的萝卜干，但还真的没去过。

于是我们，好像是四个人，五个人？记不太清了，坐上了从苏州到甪直的汽车。那几个去过的同学吩咐说，一定要数着桥去啊。我们就不断地数着经过的桥，数了三十多座桥后，到了甪直。

那日飘着细雨。十多年前的甪直只有很少很少的游人。清静的石头铺成的小街，临水的凉棚，一座又一座的小桥。我们几个人走在街上，看着景，也被当地的人当景看。那些坐在门前的静静的老人，好像多年未变过姿势，看我们嘻嘻哈哈地走过，目无表情。有些探头探脑的小孩，好奇地在前面路中间站着，看见我们过来，又一窝蜂地跑了。

我们去了保圣寺，那儿有著名的唐塑，但我没留下什么印象。却记得在寺中的一个小小池塘边的石桥上，照过一张相，桥边有一丛异常鲜艳的萱草，曾从书上看过，萱草也叫忘忧草。

后来我们去了个饭店。饭店临水，便有临河的窗子，探头出去，就可以看见河中的小船。整个饭店，只有我们这一桌客人。有两三个服务员，端上饭菜之后，坐在远远的厨房门口看我们，眼里是掩饰不住的疑问：大老远的，看什么来了？

那天桌上有一大碗鲫鱼汤，价钱便宜得惊人，才两块钱。汤鲜美无比，绕于舌间，至今难忘。

毕业后同学各个云散，同游甪直的那几个人，已杳如黄鹤，不知他们会不会在某一日的某个瞬间，想起遥远的那个江南小镇，想起快乐而忧伤的大学时光。

有了第一次的美好印象，寒假里，便执意要带年幼的弟弟去玩。但这次，我却找不到前次游玩的那条路了，只好不断地跟人打听。弟弟跟在我后面嘀嘀咕咕，骂我笨。虽是个冬日，我还是微微地出了汗，在弟弟面前，多少有些威严扫地的感觉。

最后自然是找到了，也玩了，但印象最深的，却是领着弟弟，不断地打听、问，急得出了汗，至于景色，反倒是浅淡的了。

再去甪直，已是十多年后了。又是盛夏，上午十点半，江南有无比毒辣的阳光。

先生把车开进停车场，走出来。赫然发现原先窄窄的街口已拓得很宽，街中间立着一个气宇轩昂的牌坊。

我就是站在牌坊前照相时，想起这个词的：流年暗换。

走进步行街，街边已摆满了小摊，河边也系着许多游船，有一些船娘在招揽生意：坐船吧，四十块钱，周庄要六十呢，坐不坐啊？

我的心就有些沉了。抬头看去，河边的房屋窗口，大多挑着一些帘子，上面写着××酒店，还有些写着大大的"蹄"字。我知道蹄子最有名的是周庄的万山蹄，从小就未听说过甪直出什么蹄子的。那种萝卜干倒还真有，但很贵。还有卖腌菜的，那也是周庄的特产，有些瓶子盖上，连商标都懒得换，赫然印着"周庄特产"四个字。

我的心里咯噔一下，知道有些东西再也找不到了。

我站在一座已有了五百年历史的桥边，晒着江南盛夏中午十二点的毒辣阳光，想啊想，为什么五百年未改的容颜，十几年的光阴就能将它改变了呢？

于是保圣寺也不想去了，慢慢地往回走着。

甪直啊甪直，已不再是我的水乡了。

在因叶圣陶的名篇《多收了三五斗》而著名的万盛米行旁

边，我看到一个中年男人在他的小店里埋头画画，他说他二十多年前毕业于上海的美术学校。他的画全是水墨，甪直在他的笔下都是浅淡而悠远的。我挑了春、夏、秋、冬四幅组画，它们都镶在小小的紫檀色的镜框里。

千里迢迢，我把它们带回了北京，挂在屋里的楼梯边，顺着阶梯往上走，便依次经过春、夏、秋、冬。

甪直的四季，就这样定格在我的屋子的墙上。它再也不会改变：永远是淡淡的水和天，河边泊着小船，跨河的拱桥静默。桥下的水面，有浅浅的光影，我知道，那就是流年。

2003 年 6 月 19 日

# 客里相逢

我去过次数最多的水乡，是周庄，但写下文字的，却是甪直。

对于一个从小生活在江南的人来说，我对任何水乡都没有太大的感觉，它们都只是我小时候生活的一部分，那时，它是亲和的，不会成为所谓艺术，更不是任何人的梦境。

这是我第四次去甪直，正逢十一长假。说实话，相比周庄，甪直的人还算少的，去年国庆，在周庄的小桥上，我曾遇到交通管制——上桥与下桥的人分时段通行，人潮如城市街头等红绿灯转换一样熙熙攘攘。在熙攘的人群里充满汗味与不耐烦——甪直的桥边水边，至少还是可以走动的。

没有人停下来，听到旅行团的导游在喊叫：一小时以后集合。

这次来的新发现，是无数的小商店，都挤满了人，绝大多数是年轻女孩，在挑选古装，各种自一个人身上脱下马上又穿到另一个人身上的华丽服装，五彩缤纷。店员忙着给女孩子盘头，当然也是速成的。有些人坐在秋千架上，有些人坐在水边石上，有些人坐在桥栏杆上，有些人坐在没有一根弦的古筝边上，摆着各种姿势，巧笑倩兮，拍下来，是时下电视剧里的娇媚造型。每次来用直，它总带给我一些些坠落感觉。假如我曾有过一块玉石，每来一次，都被人用刀刻下个印子，我不知是扔掉这瑕疵越来越多的玉，还是继续收藏它。

这里的一切，都是摆设。水乡本身也是一种摆设。它被无数远方的人看成古远的梦，青砖黛瓦的简淡的梦。其实那些梦在吴冠中的水墨里已成绝响，从今往后，只看画就行。但是，依旧有无数的人前来，他们并非不知看画就行，只是身不由己地来了。大多数时候，人都不笨，只是身不由己。

走过一家画店，看到一个男人坐在桌后画画。我已走过店面，忽然回头。看着这个男人微秃的头。问他，你是一直在这里画画吗？

他说，对呀，一直画。

十年前，你也在这里画画吗？

他拿出一本书来，指着印刷精美的照片说，你看，这是台湾人、日本人拍的照片，这就是我。

我说，差不多十年前，我买过你的画。那天我拿着你的画，走到街的那边，你老婆叫住我说："这画是我老公画的，你是在那边的店里买的吧?"

我问他，你老婆呢?

他指指旁边的屋子，一个女人正忙着做海棠糕，我对那女人说，你原来不是在那边的店铺里的吗?热气腾腾里，那女人笑着说，他有好几个老婆呢……大家都笑了。

我看看满墙的画，依旧是水乡的主题。一个人一辈子在一个地方画画，只画一个地方的四季。上次来的时候，我买了画，但这次，他的画，我一张都看不上了。心里恶狠狠地想到的，是唐诺在书里写的吃某种拉面的话："人们第一次上门，可以只吃神话就饱足，但第二次来他就要真的吃面了。"神话里，也是有俗人的，我自己，也是俗人，不断上神话的当。

不过，这么多年过去，依旧会遇到这个画画的男人，倒有点意外的暖意。即使大多数的人不能再相遇了，有些记忆，还是会重逢的。

我来用直，无论多少次，也总是客，那个画画的男人，一直坐在那里，也是客——我们都只不过是人生里的客，只因有了些相逢，客途，便有了些回味。

2012 年 10 月

等

几年前有一个非常喜欢的电视片，介绍苏州园林的，叫做《苏园六记》。那个片子不但把园林拍得极美，令人意外的是，解说词写得更美，有一种直达人心的触动。有一段最喜欢的，后来查了资料，是摄影家陈健行说的：

> 苏州园林要拍好它，要注意观察它一年四季，春夏秋冬的季节变化。除了季节的变化之外，（也要注意）一年、一天当中光线的变化，我举个例子：苏州杨柳树吐芽最好的时间，一般的大都在三月八号左右。二月底杨柳刚刚开始吐芽，但芽长得最好的时候，在三月八号到三月十二号之间。像苏州园林里的荷叶，荷叶点点在

水面上，效果最好的时候，是在五月四号到五月十号，这一星期当中，那个初夏的味道就非常好。我拍怡园那个漏窗，投影投在复廊上面，每年要等到十一月二十号到十一月二十六号。最好是十一月二十五号，上午九点四十分，拍到九点四十五分，只有五分钟的时间可以拍。

佩服摄影家的细心和用心。

那个怡园，去过无数次，从不知道一个普通的漏窗，原来需要这样复杂的机缘才可以拍得中意的照片。

得见一个物或一个人最美的时间，可以短到只有五分钟。五分钟里，也许还有无数意外，可我们却常常张口就许诺：明天再说，后天再说，下个月再说吧……

时值中秋，便想到南宋张孝祥的《金沙堆观月记》：

> 月极明于中秋，观中秋之月，临水胜；临水之观，宜独往；独往之地，去人远者又胜也。然中秋多无月，城郭宫室安得皆临水？盖有之矣，若夫远去人迹，则必空旷幽绝之地，诚有好奇之士，亦安能独行以夜而之空旷幽绝，蕲顷刻之玩也哉！今余之游金沙堆，其具是四美者与？

张孝祥所说的观月条件，内心深许之。中秋，临水，独往，去人远，"四美"具，即使在千年之前的南宋，也是不易的，更不用说车水马龙的现世。因此，当张孝祥遇到这"四美"俱全的机缘，就忍不住用文字记录下来。

还是《苏园六记》的解说词里说的："苏州园林中，那些美妙的光影，并不是人人都能遇到的。即使遇到它的人，若要品味出其中的冲和恬淡，也还需要特定的心情。没有心情，便无所谓欣赏，而这种心情，恰与浮躁相对立。"

张孝祥当年船过洞庭湖，正是"天无纤云，月白如昼"的八月望日，若他没有一颗恬淡之心，也不会"尽却童隶"而独自登上金沙堆，从而欣赏到"水如玉盘，沙如金积，光采激射"的月下美景，并产生"体寒目眩"的感受，感叹"阆风、瑶台、广寒之宫，虽未尝身至其地，当亦如是而止耳"。

张孝祥的"四美具"，是他的"遇"，金沙堆中秋遗世独立的美景，他是知音。

美妙的光影，只有片刻；片刻的相遇，还需静心。可惜多数时候，我们都是笨笨的痴人，行走在美景的边缘，却总是在抱怨，相信一切美都在别处……

八月燠热的下午，两点多钟，走在西湖边上。在断桥旁边两岸咖啡馆门前，站下来喘息，因为热。

静静地看湖。就是在突然之间，有一两条三四寸长的小鱼跃出水面，向着光的一面鱼身闪出一道银亮的白光，然后消失。我怔怔地看着，一两秒钟之后吧，有无数的鱼儿接连不断地跳跃起来，跳离水面，再落下去，此起彼伏。鱼很小，水面原就有波光，不容易发现鱼上下跳跃的景象，烈日下因而也无人停下观赏。只有我，大气不敢出，像看着一个奇迹一般。几分钟后，水面的鱼儿突然消失，湖面平静，波光粼粼。我静静地等，再也没有鱼儿跃出水面，刚才的一幕，仿若幻景，等得久一点，连我自己也恍惚起来，刚才是有几百上千条的鱼在水面上起起落落吗？

但相机里分明记录下了刚才的场景。

生活里发生的事情，就是这样，来时不能预知，去时没有告别，就这样生生地扔给你，然后再收走，不管你兴奋或者伤心。


摄影家是有心的，他悉心地研究，然后等，待到最合适的那一刻按下快门。

父亲跟我说，在他早晨每天去锻炼的公园里，有一池元朝的古莲花，莲花开放的季节，每天都有人支着三脚架在池边等。一天，父亲很兴奋地告诉我：今天，有一只青蛙跳到一张荷叶上，正好被等候多日的一个老头看见，于是就拍了下来。父亲的语气里，充满了对那个老头的羡慕。

我却不以为然。

他等到了，他拍下来了，但是，他并不知道他会等来什么，等来的是他原先期盼着的吗？

大道多歧，谁也不知道哪条路会通向哪里，选了哪条路，是运？是命？是幸？是注定？

所以，我相信"遇"。

也因此，我谁都不等，也不敢让人等。

2007 年 9 月

# 殇

　　某种东西，对某个人来说，有着标志性的意义。在任一地点任一时间，与这种东西重逢，都有一种空气里的微微震颤，伤感浮起，有刹那的灵魂出窍。对我来说，这种东西，就是槐花。

　　她太过普通。但如同沙里淘金，在我见过无数其他的花之后，在那些花或艳丽或雍容或清雅的姿态之后，她依旧独立于最初的起点，漫野地开，极目渐远渐无穷，连到天际。她是底片上最初的影像，之后，覆盖又覆盖，总抹不去她淡淡的影子。

　　有些物，有些人，并不出色，但是，他们出现在合适的时间地点，从此俯瞰前路。

　　小女孩时，曾被槐香迷住，一心想留住这种香。于是把小心留下来的雪花膏盒子洗干净，伸手到盛放的花中间，迅速地盖上盖，以为那香就被留在盒中了。回到家，找个角落，小心地打开盒子，里面只有雪花膏的淡淡清香。从那时起，就模糊地懂得，有些东西，任你多么喜欢，也留不住。

后来，在最喜欢的《红楼梦》书里夹过槐花。那一串花儿，从树上摘下来，是白得发绿的颜色，支楞着，满是生命的活力。在书里夹起，风干，慢慢忘记，再翻开书，已是多少时日之后了。那花朵已经薄如丝绸，微微泛黄，曾经的活力在书页里抽干，成为标本。香更是无从找寻，只有浅淡的干枯味道，与陈旧的书页一起，和谐地呈现着过往。

四月的江南，不一定天天下雨，但是，记忆里却只有四月的雨夜，打着伞，从学校的夜自习班回家。路是石头铺成的，高低不平。那时，伞没有如今这么多的颜色，大多数是黑色的，还有就是油布的笨重的伞。油布的伞，新的时候是黄色的，有一股油的清香味，旧了，就发灰发黑。我的伞，是咖啡色的尼龙质地，阳光下伞面会绷得很紧，用手弹上去，会发出"绷绷"的声响，但在雨里，那伞面就会软下来，如同不胜重负，疲累无比。

撑着伞，在石子路上走，雨里的路面上有无数小水洼。路灯打在水洼里，反射着一个又一个小小的银亮的影子。走得仿佛总是慢，像前面后面都有无尽的路。

知道回忆是美化过了的往昔。记住的，实际上是已经撇清了所有不想记住的不堪，所以，回忆里的江南四月，是一块清甜的冰。最清甜的，是停在槐花树下，跟同学道别。再见了，明天见。槐花的甜润香味，直沁入年轻不知愁的岁月。在花下告别，以为会明天见，天天见，日子长长，地久也天长。

后来，才知道，停在槐花树下的日子，是短暂到无法把握的一霎。那雨里的花香，如同小女孩时的槐香一样，无法留存。

日后，从江南来到北国，才知道，江南江北，到处都有槐树的踪影。她实在太过平凡，随处生根，没有过分的要求。每年的四月底五月初，就是她的盛花期。

每到花季，空气里逸满香甜。北国的暮春，花如疯长的情愫一样蔓延。但雨很少，便也少了许多别的东西。高大的槐花树在清凉的春夜里静默，花香飘散过，眼前就会出现江南。十七岁的我，打着伞，走着路，无言无语，最后，停在小区前的槐花树下，说，再见，明天见……

洁白颜色，甜柔清香，是最简单最纯净的青春之殇。

2008 年 5 月

# 江南纪事·闲

早晨七点钟，观前街上的老字号朱鸿兴客人寥寥。天非常热，但走进店里，服务员才把空调打开，一副闲闲的样子。

又想起陆文夫的《美食家》，主人公讲究早晨赶到朱鸿兴去吃头汤面。我想，头汤面也许只是水清，因为只下了第一碗面，味道未必好到哪里去。但讲究的是赶去吃头汤面的劲头，还有吃到头汤面的兴奋。人生的小乐趣，也许就在提着吃头一根面条的得意里。

比如，我旁边台子坐着一位老伯伯，台子边靠着他的拐杖，独自一人在那里吃面。我抬头时，正见他张口咬焖肉面里那块硕大的肉。依我看，那块肉是肥了点，但老伯伯一口咬下半块，脸上露出满足神色。其实他的满足，我体会不到，只是感觉。不过，我理解他大清早赶来吃一碗面的劲头，对他来说，这是一天的开始，认认真真的开始。然后，他踱回去，闲闲地打发他一天的时间，也许什么都不做，打麻将，读报纸，看电视，就是一天。

我的感觉里，苏州人，好像总是要比别的地方的人闲一点点。


七点半，走进同样是老字号的黄天源糕团店，我要买的是夏天才有卖的炒肉团子，一种用肉、笋、木耳等做馅的团子。我看到玻璃柜台里面摆了不少糕团，但没有炒肉团子。

玻璃后面有个服务员在吃面条，端着碗低着头专心地吃，毫不关注寻寻觅觅的我们。一会儿，有个五十多岁的妇女走进来，趴在玻璃上问：阿有炒肉团子？我赶紧竖起耳朵听，那个吃面的中年女服务员答：卖光了。

"卖光了？才几点钟就卖光了？"

"几点钟？七点半哉，老早卖光了。"

"这么早赶来，就为了卖炒肉团子，还是没有买到。"五十多岁的妇女低声唠叨，不舍地走了。


同样没有买到炒肉团子，我的心里却有种窃喜。平常如一只团子，也自有它的矜贵，不在于材料珍奇，不在于价格昂贵，在于只在夏天才有得卖，且每天只有区区数量，要吃，赶早。店员忙过早间那一阵子，歇下来，吃一碗面，闲闲地答对晚到的人，告诉人家：明天早点来……

决不批量生产，决不搞成全年都可以吃到的寻常货色，知道人心弱点——天天对牢西施，也会审美疲劳。在吃的上面，苏州人也喜欢等：冬至等冬酿酒，过年等猪油年糕，春日等稻香村的酒酿饼，夏天等虾子酱油，中秋等鲜肉月饼，春天，等洞庭山的碧螺春茶，那茶，在水面漾起一层新春的绒毛……

上班，挣钱，是为了最后在园林里泡一杯茶，看太阳的影子在花窗上移下去，淡下去。一生不紧不慢，在弹词开篇的三弦琵琶声里从容地走过去。

在人生里，闲闲地走，是一种方式，更是一种智慧。

2008 年 8 月

# 江南纪事·云

因为台风，天上的云走得很快。天蓝得净，即使是酷暑，仰望也显得凉而静。云白得蓬松，如絮，又比絮更白而轻。喜欢江南的台风天。只受一点外围的影响，依旧是丽日、朗空，云却总是飘满天幕。风吹着云走，急急切切地，好像赴某个盛宴。

云总给人飘泊的感觉，其实人又何尝不是？我此刻在江南，浸在燠热的空气里，北京已变得遥不可及，像旧的照片，想起来，有一种淡漠的亲切。

在人行道上漫步，走过来提电脑包的男子。喜欢他的白色短袖衬衣，纯棉的，有淡到几乎没有的褶皱，显出他的干净与齐整。白棉布与细麻布是天然的材质，未见得高档，却是我最喜欢的质地。它们极难打理，总是皱，坐久了，皱纹变成死褶，只能洗了，再熨烫。其实生活里没有那么多的时间，却依旧喜欢那些娇贵的材质。只是喜欢，不敢轻易尝试。比如云一样的丝绸，只敢伸手摸摸，体会它的细腻与垂荡，极少买回来。即使买了回来，也大都是挂着。丝绸是有生命的，挂久了，白色的料子会变黄。丝在时光中暗淡，曾经的生命，在暗地里不知去向，如同云一样。

走在人行道上，仰头看蓝空里的大朵白去，风急急吹着它，它的去向，我不知道；我的去向，我也不知道。

我知道的是，徐志摩的云，叫做"偶然"，陶渊明的云，叫做"无心"，而我最喜欢的王维的云，是升起在水穷处的无可无不可。

**2008 年 8 月**

# 江南纪事·空

在楼下的甬道上看到一只蝙蝠的尸体。它可能已死去多日，缩得很小，显得僵硬。没有细看，但匆匆一瞥里依然能感觉到它细小的翅骨在水泥地上的伶仃瘦硬，全然没有了在暮色里追逐蚊虫时的伶俐轻灵。

死，是最冷的一张面孔，是任何生物的结局。它总是显得凄凉无奈，不管那生物活着时的绚丽繁茂。

次于死的，也许是"老"？

有个评弹老艺人，技艺"享誉中外""功力深厚""脍炙人口"，退休后，口口相传，竟连从未谋面的年轻后辈也十分敬重。

因此，每月五号到单位领工资，大家"老师""老师"地叫，真正发自内心。让他心中十分受用。于是，"他有时候甚至想一个月的工资倘是分作两次发，或者分作三次四次发，都是很有意思的。"

这是范小青《城市片断》一书中写到的事情。

在老艺人红的时候，众星捧月，他也许会烦人来人往，让他无法清闲。万想不到有一天他会期待领工资时别人一声礼貌的尊称。这种落差，普通人未必会有。但是，人人都会从年轻盛姿跌落至鹤发鸡皮。时常在夜晚看老年人跳舞唱歌扭秧歌，不管那些老人的情绪状态是如何昂扬亢奋，我总是从鼓点或者音符里读到凄凉。悲观或乐观无关场景，是从骨子里带来的切肤体验。

就像我看到地上蝙蝠时的感觉。

一整天，蝙蝠的尸体一直在我必经的甬路上。又路过两次，觉得每次看到它，它仿佛又缩小了一点。

一直没有人动它，一直缩小下去，是不是就是"没有"或者叫做"空"？

2008 年 9 月

# 江南纪事·乡音

读《苏州杂志》的时候，用的是方言，就像有人说，读张爱玲，要用上海话。

比如这样的句子："也奇怪，他一点也不老，说话还是震泽口音，大嗓门依旧刮拉松脆。"（《苏州杂志》2008年3期《阿林》）

又如："放学路上，一分钱买两只甘草橄榄，可以抿到吃夜饭。"这是诗人车前子忆旧的文章，登在《苏州杂志》2008年第1期上。

"刮拉松脆"和"抿"，还有"吃夜饭"，用方言来读，有一种会心的呼应。要离开江南久了，再回来，才品得出来。也许，"刮拉松脆"略等于"响亮、爽快"，"抿"可以改为"含"，"吃夜饭"自然要说成"吃晚饭",改成普通话,少了好些味道。可意会不可言传。

语言是一个人的标志,是心里最久远的故乡。久在北国,已练成一口标准的普通话,但关键时候,却会露馅。一日与朋友在街上逛,下一个台阶时,我俩同时提醒对方,她说的是"小心",我说的是"当心"。情急之下,依旧是乡音。

有些身份永不会变更,离家越久,年岁越长,就会有越多的标志出来指认。每个人都有源头,骨子里流荡着悠远的河水,语言是河上的航标灯。

如今,越来越多的家乡小孩说着流利的普通话,从幼儿园开始,进了校门,交流的语言就只能是普通话。渐渐地,他们不再会说家乡话,所谓的吴侬软语,将来,也许会变成风中稀有的声响。

用普通话念出的水乡名字,对我来说,仿佛是个陌生的地方,它是别人的梦中家园。我从小熟稔的小桥流水,在标准音里,是我从未抵达的异乡!

2008 年 9 月

# 文徵明的静与淡

北京的雪雾里，有暗淡的天光，是最好的读书天。

《文徵明画传》是偶然买来的书，在遥远的长春。

这书写得浅，是普及性的文字。最讨厌作者将所有文言全部转成白话，尤其是一些书信与文章的译文，隐约可以读到现今电视剧里的腔调，让人生厌。但书里有多帧插图，可以畅快地看，是快意的事。

从小，听过无数唐（寅）、祝（枝山）、文（徵明）、周（文宾）的传说，从老人口中娓娓谈起，听得令人神往。那时年幼，对唐伯虎与祝枝山印象深切，因为他们的荒诞与离经叛道。对文徵明，只有浅淡印象，只觉得他名字好听，文气，没有什么事情记得，倒是去园林，到处可以看到他的字与画。

后来，喜欢倪云林，喜欢他的疏淡与清远。后来，知道文徵明与其父亲亦爱倪瓒，他家有停云馆，即为了爱戴云林。因此，觉得亲切。

前些日子读车前子的书，他说文徵明不是天才，一切成绩，皆来于后天。天才离凡人总是很远，所以，文徵明的笨拙与木讷，是一个亲切的凡例。据说他到六七岁时方能站立与说话，在普通人里，也算奇异的了。

他一生九次赶考，均榜上无名。与他的好友唐伯虎与祝枝山比，可谓不幸。但唐与祝皆一生潦倒，在贫寒中辞世，而文徵明的寿年却到九十。看过孙郁写张中行的一篇文章，把张与顾随作比。文中说："顾随热的一面，是张中行少的地方。所以一个忧愤过深，以至伤体。一个不温不火，就岑寂得很，竟得高寿。"用来说文徵明与他的好友，也是贴切的吧。

在九十年的岁月里，除了因人举荐在京城有过三年短暂的官宦生活，其余漫长的日子里，文徵明都恬然生活在苏州的温软山水里。他一生并未完全落魄过，这是他的幸事。一个文人，若是要为生计奔波，总有点苦意在诗词歌赋里。一生也未做过官的姜夔，死后无钱埋藏，需朋友接济方能入土，总是孤苦了些，毕竟，金钱是闲在的基础。

最爱文徵明的兰花，飘逸的修长叶片，淡淡的墨痕，似有微风拂过花丛的动势，是一种清逸的姿态。他的字与画，都是柔和的，清淡的，是亲切而有所诉求的。

书的封套上有文徵明的四句诗："世事有千变，人生无百年。还因骑马客，输我北窗眠。"在进与退间，他选择退，上苍亦成全他。1559 年的 2 月 20 日，他正为御史之母写墓志，死亡在那一刻来临，他握笔而逝。连离世，都这样的安然。

2009 年 2 月

# 梅

每当有人问起最喜欢哪种花时，总是觉得难以回答，犹豫再三，含糊地反问：荷花？茉莉？只能选一种的时候，总是踌躇的。

其实，喜欢的花很多，只是，不敢轻言梅花。深爱着的，最不愿启口。

梅，在诗里画里，是变俗了。颂梅的诗画，自古至今，多到滥，滥到把仙女贬入凡尘。这是人的本事。

所谓墨梅，并不黑，不过是深红的颜色，但很浓，如一点点朱砂凝在枝头。白梅是普通的，因为有红的花萼，整朵花就显得不够洁白，有点名不副实。绿梅的绿是从白里透出来的温雅，尤其是未开或半开时，开了之后，绿色消隐，是沉静的白了。我最爱绿梅。红梅，却是粉的花色，有一种俗世的热闹浮华，看她，总有种红颜老去的零落感与风尘气，因此，不甚喜欢。这些，都是开在早春风里的梅，而腊梅，则在冬风里绽开。深黄碧口，香只能用冷来形容，深黄的凝脂般的颜色，有种冻结着什么的感觉。

最爱看梅的落蕊。素来不喜热闹，所以爱看散场或落幕。梅花落在任何地方，都是好看的。落在演漾的流水上，可以配黛玉的一首《葬花辞》；落在土地里，与江南冬日依旧冷绿的草相伴，有零落成泥碾作尘的凄美；最好的，当然是落在古董的案或桌上，深栗色的台面配轻柔浅粉或清白的落蕊，是一首诗；最不济，落在城市的柏油路面，车来车往，带起的风卷着花，是都市里的一场绮梦。

最爱的咏梅词，是姜夔的《暗香》。爱词里的旧时月色，还有梅边清远的笛音。梅的姿态，其实是普通的，和桃花杏花相比，也不一定就胜出多多。只是，她占了时间上的先机，即使是平常物事，占了先机，也会有些额外的关注，更不必说梅了。爱梅，必得有诗句画幅或笛声相伴，人们爱的，实际上是"意义"。

梅的精魂，应该是香气。梅的香，用语言是形容不出来的。我觉得，她不属于凡尘，必来自仙界，那香里有风骨，清远，令人感到自身的俗气。我爱许多白色香花，但，百合与栀子的香太浓了，熏人欲醉；槐花的香又太乡土甜腻，茉莉的清香庶几近之，但仿佛仍缺一份轻灵淡雅……

那一日独自走到拙政园的远香堂前，自开着的门里望去，两侧案上各有数盆梅花，造型奇特。一股香气幽然袭来，清雅不绝。远香堂，原是赏荷的，但在刹那间，我一下子顿悟何为"远香"——她走在前面，不离不弃，但是，你永远追不上了。

2009 年 3 月

# 那一夜的月

　　突然觉得四周都是月亮。白天肮脏的泛着臭味的小河里有一个。还浮着荷叶的池塘里有一个。如秦淮河般映着五色彩灯的大河里有一个。天上自然还有一个。

　　北国，是不会有如此多的中秋月的。江南就不一样了。而我不见江南中秋月，已经二十多年了。

　　以前，觉得在江南是很难看到中秋月的，因为江南多雨。但今年倒是好，这一天凉夜如水，月亮圆在周遭无处不在的水里。江南的月，比北国多一丝水汽。

　　在河岸边静静地走。看见水里倒映着的电视塔。那钢铁的塔身装上白色的灯，勾出轮廓。在水中，这硬而冷的铁塔，是玲珑晶莹的，白光虽是冷的，但水中的塔，却是柔的。水就是软化铁塔的因子。北国永远缺水，北国的月色也是清的，但冷。而我不见江南的月色，居然已经二十多年了。

手机不断响着，不断有问候响起在江南小城安谧的空气里。一年之中，最爱中秋，甚于除夕，甚于任何别的节日。如今面对这二十多年未见的月色，一如往年的中秋，无语。每年中秋，总会有些伤感。不知失落些什么。其实并未有过什么不好的事情。但总是若有所失。这一天的月亮仿佛也是不同的，好像比别的时候有情义。所以总想对谁说些什么。

但拿起手机，往往又不知说什么。祝福的话翻来覆去，总是那么几句。语言总是无力的。面对二十多年未见的江南月亮，也是无力的。日子流在水里，月亮圆在水里，逝者如斯。所以，收到的短信里，最爱的，是那么几句：海上生明月，天涯共此时。语不尽意，祝中秋快乐！我喜欢"语不尽意"那四个字。我知道那不尽的意，但逝者如斯，掬不起一丝流过的水。语言是无力的，人也是无力的。我回短信：但愿人长久，千里共婵娟。祝安好！每年，珍之重之，只对仅有的几个人，用"安好"两字。

这时，看见不远处的空中，升起一点暖暖的红。我脱口而出：孔明灯！不久，只只孔明灯升起，一点点晕染的红在夜空里闲闲地走。月亮与暖红一映，更显得白而净了，而且，那白净仿佛也沾了红的暖意，空气里，便流动起温情来。

我们也走近摊位，买一只灯。原来它并不叫孔明灯，而被叫做"许愿灯"。我不喜欢它叫许愿灯。但大家喜欢。这灯有许多种颜色，但红色的卖得最好。中国人虽然什么都不太信，但还是喜欢吉祥的。

点燃灯中方方的蜡烛杆的东西，我们放开手，那灯放得不稳，摇晃着缓缓飞了上去。我没有许愿。我不知道女儿有没有许愿。我早已不喜欢许愿了，一切顺其自然吧。"愿"自然也还是有的，但早已懂得一切并不由己。语言无力，人更是无力的。比如，我并未想过，二十多年，我会再也没见过江南的中秋月。

许多只孔明灯（许愿灯）飞在空中是壮观的，洁净无尘的天空里浮满了无数暖暖的期许。这场面让人觉得温暖又凄凉，这温暖与凄凉在中秋的月色里弥漫，在江南的水汽里弥漫。我再一次感到语言的无力与人的渺小。此生此夜不长好，明月明年何处看！

孔明灯很快就会熄灭的。我们静静地看着我们的那盏灯。它飞得并不太远，在一个高楼的顶端，我们等到那个光点不复再见。于是安静地往回走。即使是二十多年未见的月亮，也并不值得看一夜。

2009 年 10 月

# 她会呆在哪里

"死者不会呆在他们埋葬的地方。"读到这句话时，我心里一动。这是约翰·伯格《我们在此相遇》中的一句话，"我"与"母亲"在里斯本相遇，母亲告诉"我"这句话。而这时，"母亲"已经死去十五年了。她说，人死之后，可以选择在这世上想住的地方——她选择了里斯本。

我想起华。不知华会选择什么地方。自她离世，已经十二天了，她从未来过梦中，也无法再与她交谈，只好替她乱想。若我是她，会选择什么地方呢？

不知她会不会呆在苏州，呆在拙政园。

在初春，柳色新萌，丝丝牵依，我若独自坐在三曲桥上，会不会遇见她？假如遇见，我不会意外，也不会害怕。我有些话要问她。自从我离开江南，虽然每年会聚，但已经没有年少时那样的亲近，总是有许多人在场，泛泛而谈，情意在，但是，人是远的。

二十年前，三月，柳色新萌，我曾陪华游拙政园，还有一个人，是华心仪的男孩子。

那种初萌的情感，与新春一样，羞涩而矜持。欲语还休，也如春水迟疑的样子。三个人看柳，看柳枝上新鼓起的芽苞，一切蓄势待发。男孩子已考上大学，华已落榜。柳叶会萌发，但华与男孩子，注定是无花果。但，我是局外人，一概不知他们表白过吗，或者，什么也没说过。

那天说过的话，已经完全不记得了。拙政园里的诸多景致，也只记得河上的曲桥，与桥旁的垂柳。记忆是有选择性的。之后，我再未见过那个男孩，再未听到华说起过他一个字。于我而言，那个男孩子，已经完全消失在时间的河里，虽然他应该还在某个地方生活着。

但华已经不在了。我忆起她许多事，但这一件很轻很小的事，却固执地出现在记忆最前的画面上。很美的三月，很美的园林，很美的青春，不涉伤感。对她来说，也许也是好时候。那时，她未结婚，未生子，没有在她厂子轰鸣的机器旁流连，也没有在她后来的书店里巡走。一切尚未开始，美好得仿佛可以随心所欲。

拙政园于我，一直是个伤感的园子，充满了旧日的回忆，不断地告别，告别。先是告别童年，在夏日蝉噪声里。后来，告别青春，一去不返。现在，是与华告别，她是我的挚友，但也是说走就走，淡到决绝，淡到冷。

病榻让人失去自尊，病中的华变得很小，无助但执拗。我千里迢迢回去看她，只怕看不到她最后一眼。她也只喃喃地说了一句："北京，这么远。"她的眼睛很空，我感觉到的那种空。我知道，这种空，也会出现在我的眼里，会出现在每一个人的眼里。

也许是不愿再想起她病中的样子，所以，每次想她，总是少女时，樱花树下，细雨里，几个人在一起，或者，就是拙政园。我的记忆，自动摈除了她病重时的样子。只出现拙政园，那个美好的园子。我希望，她会选择那个地方，呆着，在三曲桥上，在柳枝下，遐想未来，一切尚未开始，美好得可以随心所欲。

但这一切，也只不过是我的愿望，于她，或许会有别的选择。她最想呆着的地方，我永远不会知道。即使是多年的朋友，我也只熟悉她最初的一段旅程。渐渐地，我们不再有真的知己。"生命在荒芜之中度过，神不会来，救世主不会来，生命的意义与价值也没有来。"蒋勋在《孤独六讲》中如是说。我想，四十多年的生命，对华来说，是一段孤单旅程，意义与价值，我不知道。我自己生命的意义，我也不知道。

拙政园有个精巧的亭子，叫"与谁同坐轩"。那是个充满文人气的名字，有点矫情，有点孤高。每次，总是站在它的对面隔着河水照一张相，那个扇形的亭子精巧如画。有个冬日清晨，园子里没有几个人，自己走到亭中，倚在美人靠上。看着对面也有照相的人，那我就是他相片中的景。与谁同坐？其实没有人，那个亭子，只适合一个人坐，否则，就辜负了那个名字。即使有人同坐，也是机缘巧合，并无深意。我与华，与任何人，都没有去坐过那个亭。我们是好友，但谁也暖不了谁。

所以，我总想起三曲桥，想起那个给过华温暖的男孩子。我希望华念着人世间的好，忘记疏离与冷落，所以，希望她呆在拙政园，即使那个男孩子不再入梦，拙政园也是个热闹的园子，不会寂寞。

曾想在年三十的晚上给华烧点纸，但离江南千里，关山遥隔，最终，我什么也没为她做。其实是心里知道做什么都是虚妄。而我，是她多年好友，却不知道，她最喜欢呆在什么地方……

2010 年 2 月 14 日

# 对面的沙发

在下午四点走进上岛。服务生问：几个人？我说，就我一个。

他送来一杯柠檬水。

天阴着，空气里浮满水雾，冷气很足，但很想吃冰淇淋。告诉服务生要三个冰淇淋球，然后，点一杯曼特宁。

那是我常坐的一个位子，靠窗，可以看见外面无边的高楼。看着头顶上贝壳质地的灯，当然是假的贝壳，灯发出温柔的黄色的光。我看周围的那些座位，哪一个，曾与谁一起坐过。然后，想起他们的样子，但想不起谈话的内容了。

男孩子端着咖啡过来时，我正在发呆。他说，是您要的摩卡吗？我说，不是啊，我要的是曼特宁。他面露难色地左转右看。

我说，我要曼特宁，他给我写的是摩卡，是吗？他说，是。我说，摩卡就摩卡吧。他如释重负地放下了。

是呀，摩卡就摩卡吧，我特别怕给人添麻烦，最终，是自己承担下这麻烦。总是想息事宁人，但是，有时，你想要曼特宁，但阴差阳错，最终得到的是摩卡，这，也没什么不好，或者说，也没什么办法。

两个多小时里，我发了一些短信，接了几个电话。然后，是看外面的天。外面的天是阴沉的灰色，细雨里的高楼棱角是圆柔的，不再尖利，很像江南。有人说过，你总有江南情结。我说，离开江南，才知道江南的好。

在咖啡厅里，总是很脆弱。咖啡的香，音乐的若有若无，制造出情境。凝望黄色的灯光，一个人发呆，时间在发呆的时候总是飞快。

对面的沙发空着，偌大的咖啡色的布面，放了一个靠垫，竖着，尖角朝上。我想象着对面应该坐的人。是可以一起谈谈庄子东坡李泽厚张中行的人，或者，是可以谈谈江南老城旧事的人，或者，是可以一起谈一支歌一个场景的人，又或者，是谈孩子升学工作忙乱的人……

但此刻，他们都不在，我也不想他们在。生活中的许多瞬间要独自面对，独自度过，比如，看一朵最盛的花凋谢，或看一件华美的衣积尘。那些个间隙里的思绪，无人分享，也不可分享。

可以告诉别人的，是一些结论，而不是那些感性的，细腻到如蝶翅扇动般急速又仿若静止的画面。

对面的沙发空着，是因为，谁坐那儿都可以，任何人不坐，也可以。

2010 年 7 月

# 茶

　　此刻，在家中享用前两天从杭州带回来的龙井茶。我并不偏爱龙井，一直更喜欢碧螺春，也许，碧螺春来自苏州，有故乡的意味，更加亲切。

　　4月3日，杭州下起了雨。温度降至只有几度。但还是执意想去龙井村。打了车，一会儿功夫，就从西湖边到了山里。山上升腾着雨雾或者云气，飘渺，婉约。司机不断地介绍茶，但错误百出。我忍住，也不反驳，但心里有笑意。也许，他只是寂寞，想说，也许，他真心想告诉我什么是好茶，也许，什么也不是。

　　他一直把我们带到村子的尽头，已经没有游人了，大部分的游人都在村子里，但我与女儿，已到了山边了。打着伞，有点狼狈地站在路边。看见远远地过来一队穿雨衣戴草帽的人，身边都挎着一只竹篮。待她们走近，问其中的一个，是采茶的。问她们可以跟去看她们采茶吗？她极平淡地说，看吧。也不亲切，面露怪异。本来，采茶只是人家的日常生活，我却要将人家的生活当景物来看。

翁家山，西湖龙井茶一级保护区之一。有极窄的小路通往山上，铺着石头，想来也是为了游人吧。茶树上有嫩绿的细芽，与下面的老叶分属两个时空。那些嫩叶是新的探头探脑的精灵。在雨中，茶园静谧，山尖上依然是迷蒙的，隐约，清灵。采茶的女人们大多不年轻了，裹在雨衣里的身子也显臃肿。她们总是七八个十来个成一队，行走在小路上，很少言谈，静静地走，然后，散入茶树间，这时，她们的交谈声才会升起来，在雨声里弥散而去。

没有别的游人。我们俩虽打着伞，但雨依旧打湿了鞋与裤脚。风里传来的冷意让人瑟缩。但很安静，心里柔软，一无尘事。伸手摘了十几朵茶的新芽，小心夹到包里的书页间。那些芽有完美的一旗一枪的形状，长短都差不多，做成茶，一定是好的。但到我手中，自是糟蹋的，却还是忍不住要摘下来。

下了山，在一户人家的门前看人家炒茶。那个男人头也不抬，手里熟练地翻着大铁锅中的茶叶，一个女孩子在机器旁边忙碌，无人理睬我们。茶香弥漫，熏人欲醉。

一个年轻男子在桌边，说有两种茶，一种八百，一种一千二。我说我都想喝一下，他说，可以啊。泡了两杯茶，放在八仙桌上，他依旧忙他的事去了。

这是农家，大大的客厅，中间是大大的八仙桌。厅里散放着各种与茶有关的机器，包装袋，茶叶盒。这时节，正是他们最忙的时候，无人理会我们这种只想买一点茶叶自己喝的人。

一个老人坐到了桌边。我问他这两种茶有什么区别，因为从外形上，实在没有特别大的差异，但就是一杯香浓，一杯淡薄。他说，一种是 3 月 31 号采的，一种是 4 月 2 号采的。一种黄绿，一种只是绿。他说，看出来了吗？我说，只三天，就有这么大不同吗？他说，是啊。

我一直觉得茶的学问，深不可测。据说一场雨后，茶叶的质量也会不同。这其中，有无比的玄妙，只可意会。三天里，发生了什么，在看不见的时间流逝中，叶子在静静地长，伸展，接受阳光或者雨露。他家的茶，3 月 23 号开始采摘，清明前，只十来天的时间。

我买了 3 月 31 号采的茶。第一次，对自己喝的茶有明确的时间观念。如今，清明已过，明前茶是有时间意味的女子，属于她们的好时候，实在短而又短。

2011 年 4 月

# 时光流着，苏州闲着

"你觉得是杭州好还是苏州好？"

因为前几天刚从杭州回来，坐在苏州沧浪亭的茶室里，父亲这样问我。

原以为会毫不犹豫回答"杭州好"的我，却突然语塞了。

一个人与一个城市，也是要有些"对眼缘"的。每个人的心中，都会有一两个心爱的城市，如同心爱的人一样，是向往、疼惜、私心里怜爱的。

我最爱的那个城市，是杭州。因为只要一坐到西湖边，心里就是静的，仿佛前生来过，是无比熟稔的亲近。

苏州呢？母亲从小在这个城市长大，我也是自小就谙熟这里的街街巷巷。然后就是在这里上了四年的大学，然后离开，到了北京。与苏州的缘分，是绵长的。但不是对杭州的那种牵念。

可是，为什么会语塞呢？

去年冬天，有机会到苏州，很想去上学时并未听说过的艺圃。

弟弟开着车，虽然是当地人，他们也没有去过。

我们从金门附近开始找，路过很多小巷，车开不进去。到处都在拆，拆下的碎砖静卧在冬日的暖阳下，无比的杂乱和安静。最后绕到景德路，一路打听，即使是离艺圃已经很近的一个停车场的看车人，也回答说，不太清楚，前面倒是有个园子，不知道是不是你们要找的，往前面的弄堂里走，就行了。

走进弄堂，又七拐八弯，终于找到文衙弄5号。

四周都是民居，门也不是很起眼。冬天，没有什么游人。那天很冷，卖票的中年女人在门口跺脚，旁边站着一个十五六岁的姑娘，也许是周末放假来陪妈妈上班的女儿，手插在羽绒服袖子里，也在跺脚。

我忍不住对那个中年女人抱怨道：为什么不在景德路上立一个明显一点的标志？这么有名的一个园林，也算是世界遗产的，这么难找！

那个女人只是笑，既不热情，也不冷淡。她的笑很是奇特，笑里有一种糯糯的东西，让人觉得亲切，像是邻家的大姐。她笑笑地看着你，仿佛说，没有标志又怎么样？你们不是也找来了吗？你在她面前，就觉得"急"是很要不得的，有什么可急的呢？

冬日的艺圃安静闲逸。红色的延光阁卧于静水边。乳鱼亭、红枫树、没有叶片的爬山虎的褐色枝蔓，残留在枯枝上的红色石榴……——透出静气。

是的，如同那个中年女人的笑。


那天在沧浪亭的茶室，只有我们这一桌的茶客，屋子里没有空调，头顶上有巨大的吊扇。燠热无比。

管理茶室的也是一个中年女人，她不时走到我们桌边，一会儿带孩子去洗手，一会儿跟母亲拉家常。

我们坐的时间长了，她许是看我们没有马上要走的意思，突然对我们说，我出去有点事，你们帮我看一下，有客人来就让他等一会儿，我马上回来。

她走的时间其实不太短，有半个小时吧。柜台里有苏扇，有明信片，有旅游书，还有可乐雪碧零食，她就这样走了。

我的心里突然就有种被人倚重的感觉。所以当弟弟等得不耐烦时说"她到天黑也不回来，你也等啊？"时，我说，等。

她回来时，脸晒得红红的，推着自行车扬声问道："有没有生意？"

"没有。"我赶紧回答她。

她走到屋里，从塑料袋里拿出一些新鲜的玉米，开始剥上面的须子和外皮。

我心里突然很想笑，这个没来由就信任别人的女人！这个时时处处知道享受生活小乐趣的女人！

父亲说："我看苏州人没有杭州人会做生意，那天湖畔居（湖畔居是在西湖水边的一个茶馆）的茶是 100 块钱一杯，这里的茶，最贵的碧螺春才 12 块钱。"

我辩解道："湖畔居还给你好多种零食，茶也可以泡不同种类的，而且紧挨着西湖，就应该贵嘛。"

其实我知道，我喜欢苏州的茶馆，最喜欢苏州园林里的茶馆。

因为园林都是小的，小到无法让人停留过长的时间，我听到许多北方人抱怨，苏州园林有什么好的，十分钟就能走完一个。

苏州园林的好，哪里是如追花浪蝶般的所谓旅游者能懂的！读懂园林的好，需要静心，需要时间，需要积淀，甚至，需要一些沧桑。

幸亏他们不懂，所以苏州园林的茶室里，才不会人满为患，才总会有些闲闲的时光停在冰纹的窗格上。窗格外的芭蕉，兀自卷缩着心事，不染红尘地绿着。

我在一个燠热的夜晚离开苏州回京。最后一次去绿杨馄饨店吃馄饨。店里依然用着竹子做的筹码。筹码让许多人握过，已经发红，是一种时间的颜色。

然后我坐出租车从观前街么火车站。

路过接驾桥，想，不知当初接的是康熙还是乾隆。

路过北寺塔，想，上大学时我曾经逃课去爬过塔。

路过我大学的校园，如今已是蒿草一片，在白色围墙里静默着。

路过平门桥，桥边河上都有美丽的灯彩。香樟树在灯影里娟秀娴雅。

时光兀自流着，苏州兀自闲着。

上有天堂，下有苏杭，苏州好呢还是杭州好？

**2011 年 6 月《苏州杂志》**

# 与谁同坐

夏日，照例是每年一度的相聚。从小学到如今的情分，虽然不炽热，但经年彼此牵记，也是细水长流的形制。

四个女人，每年在我回江南时相见，谈的事情未必都感兴趣，但闲闲地谈，已是习惯。

那天，依旧是咖啡厅，靠着临街的窗子，闲谈。我身边的座位是空的。我说，少了一个人。一时，大家都不作声。

晓华已经走了一年多了，她在世上的影子，会越来越淡薄。一直记得她病中的情形，越来越瘦。如今想起来，她的样子是模糊的，只觉得她很轻，轻得像一缕烟。我时常会想起她，这对她已无任何意义，对我，是从此知道，没有人一直等你，没有人伴你到地老天荒。

身边的位子，曾经，都是有人的。但来来去去，面貌不清。有的人，一直坐在那里，你对他，却是淡漠的，仿佛他不存在。也有人，只坐了一下，就让你一生刻骨铭心。更多的人，是过客，于你，只是经过，不具任何意义。

你无权挑选旁边座位上的人，亦无权控制那个人的来去。有的人，很投缘，但你无力留他，有的人，离开之后，你才知道，你错过他了，因为当时无心。

与谁同坐？谁是有缘伴你最久的那个人？

苏州的拙政园里，有个与谁同坐轩。屋顶，窗子，桌子，都做成扇形。一直，深爱这个景点，因为它别致。

园林里的所有景物，其实都是刻意做成的，有刻意的痕迹，但园林就是展示刻意的，所以，反倒表现了一种深深的执迷。执迷于世外，执迷于红尘中找不到的意趣。

这个轩名，来自苏东坡的一支《点绛唇》："闲倚胡床，庚公楼外峰千朵。与谁同坐，明月清风我。"东坡始终是旷达的。但旷达背后，是否有深深寂寞？无人可以同坐，或者，那个位子，不想随意请人入座，于是，只有清风明月，与我。

总有一天，只剩下清风明月，"我"，也会了无踪迹。什么是我们留存在世上的蛛丝马迹？这样的思考，终极，是虚无。是《红楼梦》里的那一片白茫茫大地。

与你同坐的人，是谁，其实，没有任何意义。

2011 年 8 月

# 冷　香

"冷香"一词，最早的印象，来自《红楼梦》，宝钗的冷香丸。觉得那药丸有如此复杂的来历，尤其需要机缘凑巧，才能聚齐，在我年少的心里，留下了奇异的感觉。心里隐约咂摸出的冷香味道，是那种远人的药香，清而悠远。

另一个印象深刻的"冷香"，来自虎丘。多年前，先生与我去游玩，喝茶的地方，名字就是"冷香阁"。那阁子居高，正是夏日，四边窗扇洞开，匾上有俞平伯的四个字：旧时月色。后来，在姜夔的《暗香》里读到。其实许多人喜欢这四个字，比如董桥就有本集子，名叫《旧时月色》。他一定也爱姜夔。这四个字里有模糊的留恋，一去不返的美，淡淡的矜持，不太沉重，担得起，又放得下。用"冷香"做茶阁的名字，也是巧的。只是冷香阁再未去过。人生里许多觉得可以轻易重来的人或事，再未重来过。

我所喜欢的香，皆是冷香。它们大多来自一些白色香花，因其白，再浓郁的香，仿佛也是冷的，比如含笑和栀子。另一些，来自深冬或初春的花朵，水仙，梅花。它们最好在江南的园林里，在冷风中开放，多热闹的背景，它们都可以作清冷的点缀。

我是可以为了看花去远方的人。这世上的人各有各的癖好，无所谓高下，只是知道到了这个年龄，适度的随心所欲，是任性，也是智慧，更是种福气。含笑与栀子，并不鲜见，每个夏日，在南方，都可见到含笑。含笑的名字美，有种喜气，"笑"是"含"着的，又显得婉约。栀子南北方都有，但在北方，我从未见过开得特别好的。印象里最好的栀子，是开在故乡六月的月光里的。花朵上浮一层月色，淡白而亮，花香清远。我知道，那其实不是一朵朵简单的栀子，那是停在栀子上的年少时光。

深冬里，走过铁路上海南站附近的绿地，淡淡的桂花香裹在冷风里一阵阵浮起。正好奇冬天哪里来的桂香，却突然发现，绿地里成片的桂花树上，居然有许多未落的桂花。它们不再像秋天里那样熏人欲醉，只是稳定地散发出静静的香味。几乎没有人在它身边驻足。经过秋日与冬天，它们从光彩夺目的主角隐退到无人关注的岁月里。摘下三两朵，放在手中碾碎，那股熟悉的甜香依然同秋日暖阳下散出的一模一样。心里有隐隐的一动。有些人，也如这手中的桂香一般，走过他最高的顶点，开始坠落，下落的曲线很柔和，不再张扬与惊心动魄，但这曲线恒定、坚韧，承得起冷漠与寂寥。

走过江南的集市，会有一枝枝的腊梅售卖，这是在北国无法见到的场景。江南的腊梅，并不少见，公园、绿地，人家的庭园里，都有栽植。元旦返回江南，很大一部分的原因，是为了腊梅。我喜爱它随意地生长，并不像在北方，带着某种珍稀的感觉。各种梅花的香，最恰当的一个字形容，就是"清"。"清"是什么，见仁见智。在我心里，所谓"清"，就是，永远也追不上的那种香。

所有想像里的美好情意，所有午夜梦回时的惆怅，所有如水般逝去的时光，都是不离不弃的冷香。

**2012 年 2 月**

# 彼　岸

　　凝视这条河的时候，只是觉得好看。这是江南小城早上六点多钟，独自从家里溜出来。连日的阴雨，又是周末，街上几无行人。蒙蒙的雨，也不用打伞。这是我在北国无数次渴念的景象。

　　今年苦寒，江南的春意始终淡薄。但这条小河边上，却垂坠着无数的迎春花。在北国，只能看到连翘，那是与迎春非常相像的花，很多人会搞错。迎春的叶子更细致。而且，我只爱迎春，因为，我觉得它只能临水而观。在干的土壤里生长出来的春天，总是差一点意味。

　　几天后的今日，我在北京，坐在电脑前看照片的时候，却突然想到两个字："凝静"。那是一年前的春节，在平遥，我在一家人门上的牌匾上拍下来的文字。我突然明白，那一个清晨，为何被这条小河吸引，一个人在无人的小桥上痴立，只是，觉得"凝静"。

这只不过是我父母居住的小区门前的一条普通的河，夏天，它的水会发出臭气。而此刻，它静如明镜。江南的河，如果没风，便都是镜，倒映下的天、房子、桥，夜晚的灯彩，都是画。但是，无风的时候不多。天时地利，是一件难得事。

凝视小河上的倒影，灰的天色，楼房，当然，最打动我的，是倒垂到河面的黄色迎春。其实，我有很久未在初春时节回到江南。清明，江南的春已成熟，而三月，正是春天的青涩季。这一河的迎春烂漫地在水上逶迤而去，顺着弯曲的河道，断断续续，如同一串省略号。那黄色娇艳，又隐在水汽之中，远处，便渐渐模糊，成一团朦胧光带。这一刻的安静如雨，迷蒙散落于空间，处处都有，却又无迹可寻。

也许是年龄越来越大了，开始越来越留恋江南风物。所谓故乡，只能在离开故乡之后，才有。就像所谓得到，也只能在失去之后，才有。寻常街景，也可入画，无需到达著名的景点，可惜，身处其间之时，却往往忽略。二十岁之前的好时光，无法寻回。但是，二十岁时，并无现在的感悟力，青春，总是像北国的春花一样，燃烧着盛开过去。人到中年，才能静悟。这，是个公平的历程。

苏东坡曾在给李公择的尽牍中说："人生唯寒食、重九，慎不可虚掷，四时之美，无如此节者矣。"此言深合心意。虽然更爱秋的高远与斑斓，更含摇落之美，但春来临，心会萌动，如自然界无数生物，知道又一季的生长开始。如今，去到任何地方，都不是难事，只是，许多人会有各种的顾虑，好在，我不算纠结之人，想看花，想喝茶，都会随时就走。四时之美，不能辜负，也许，也只有四时之美，是可以不辜负的，别的，如是人事，就又难了。

此生有幸，生于杏花烟雨的江南，在那里度过最好的青春，无论是否浪掷，回想起来，都是美的。无论是否激越，回想起来，都是静的。多年之前，写过这样的文字：江南是我的起点，也是我永远无法抵达的彼岸。是的，就是这样的感觉。

2012 年 3 月

# 影

　　行走在初春的苏州，像浸在温过的黄酒中的暖，虽然，我并没有喝过那样的黄酒，只是想像。暖，让人微熏，想坐在某个亭子里，看时光一格格地走过花窗，眯起眼睛，在那样的暖意里沉迷，沉在往事的影子里。

　　水好静啊，静得每处水面都是镜。镜里，高大的树木尚未发芽的伶俐枝桠秀丽地延伸，是灰色的背景，枝桠间一树红梅，烂漫天真地开。拙政园的雪香云蔚亭侧面的一树红梅，在灰的背景里烂漫成梦。水中的红梅细节模糊，如同远逝的青春一样隐约。读大学的时候，曾在雪香云蔚亭的檐间放过一个照坏的胶卷。那时，园子有时还是寥落的，如今，再要伸手去檐间找寻那个胶卷，众目睽睽，早已是件不可能的事了。

无法找寻的东西，在与不在，只得随它了。胶卷是照坏爆过光的，影像也早已不存。当时，只是好玩。如今，这无影像的东西倒成了一种惦记。青春里所有的冷意渐变成水中梅的红，暖暖的，引人迷醉。

平江路的河里，水是绿玉一般的浑然。还是静。岸上倒垂下来的迎春已到晚花期，临水照影，仍旧灵动有致。

无数对新人在拍婚纱照。也许是这小桥流水的景致只适合古中国，新人们很少有着西洋婚纱的。只是不断有红红绿绿的旗袍女孩走过身边，手中拿扇，倚靠在店铺的大门边。还有对新人穿民国时的学生装。女孩梳两条辫子，斜襟的上衣与黑裙，男孩穿中山装，在小桥上相对而坐，像初初相识，伸手相握，做出天真的样子。我也信了这天真的样子，只是觉得好，即使一切都是做出来的。

摄影师忙着指点新人，一旁无聊的助理撑一把道具伞，在水边的石栏上靠着。她是累了，大家的眼光都在新人身上。她的油纸伞，戴望舒诗里的油纸伞，就这样，被我一个路人留影下来。她的百无聊赖，在镜头里，居然是诗意充溢的。

红绿的大伞，在水里，竟然有毕加索的画意，那只不过是一家小茶馆门前窄小的地方放下的两张桌子，在伞下成为悠然的小世界。

柳条是嫩黄色的，柳芽是竖放的五线谱间的音符。所有的水乡都喜拉红灯笼。我觉得东北广阔无边雪野里的红灯笼是暖的，雪的白与灯笼的红还有透骨的冷意，是绝佳的搭配。水乡的红灯笼在水里看，是旧梦。旧梦是黑白的，那一点红是黑白里的灵魂，不忍忘的，也只是那一点。不过，它沉在水里了，不可打捞，随着时光一寸寸地往下沉，那红，越发地艳了。

突然想起鲁迅《好的故事》，那是我十几岁时读过的，日后好像也没有重读过。内容记不清楚，只记得有水，有倒影。翻出《野草》，只是薄薄的一册。那些句子，是这样的：

> 诸影诸物：无不解散，而且摇动，扩大，互相融和；刚一融和，却又退缩，复近于原形。边缘都参差如夏云头，镶着日光，发出水银色焰。凡是我所经过的河，都是如此。

> 现在我所见的故事也如此。水中的青天的底子，一切事物统在上面交错，织成一篇，永是生动，永是展开，我看不见这一篇的结束。

找了家咖啡馆坐下。咖啡馆叫做明堂。明堂其实有些幽暗，与外面雪亮的日光比。一窗玻璃，把喧哗隔开。玻璃外走过的人，表情丰富，但言语无声，如旧时的默片。还有装满了花的车，推着卖，一车的色彩斑斓。一切无声地展开，永是展开，没有结束。

**2012 年 4 月**

# 幽蓝之光

"他的记忆出了问题。有时候我会哭，因为我觉得我正在失去他。"在《三联生活周刊》上看到这句话。说这话的，是加西亚·马尔克斯的弟弟。写出《百年孤独》这样杰作的人，现在正因老年痴呆渐渐失去记忆，弟弟天天跟马尔克斯说话，希望能帮助他记住曾经活过的岁月。

《百年孤独》初次阅读时的震撼仍在，至今，它依旧是许多人心头最爱。无法想象马尔克斯这样的人，也会如同隔壁邻居家的老人一样，失去犀利的目光，变得木讷，渐渐认不得人，记不得事。一直相信，有些人是上苍特别眷顾的，会永远光彩夺目，连谢幕也出色。但是，事实并不如此。

总是会对这样的消息印象深刻。对无常敏感。这可能来自骨子里的悲观。曾经很想改，不那么灰，但后来意识到，一切生来已在。你可以拿走屋子里的任何东西，但不能拿走屋子。

詹宏志在他的书里说："你永远会被同一种书的描述所吸引，永远会被同一种主题或声调所吸引，你会被同一个人所吸引，不管是四十年前或四十年后。也就是说，你比自己想象中更简单、更同一、更狭小。"初看到这段话时，有点失落。如果总是被同一个主题吸引，这样的人生，是不是太狭隘了？但仔细想想，其实，一个主题，加上它的变奏，其实也可以是丰富的。而且，想一想一路走来，喜欢的人与事，也无非是同一主题曲的变奏而已。

闺蜜喜欢马，草原，喜欢霍去病，因而喜欢西北，喜欢辽远的沙漠，胡杨林，甚至，喜欢茂陵，只因那里葬着汉朝的人，她想象中的英雄。坐在咖啡厅，说起去哪里游玩，她第一个想到的总是边塞，大漠孤烟，草原骏马，而我，永远只想着我的江南。即使，我现在正沉在江南的热意里，依旧想着不远处的园林，我的见山楼与雪香云蔚亭。湖上的轻岚升起，我的孤山与林和靖的暗香疏影。

想人的一生，真是短呀。记得马尔克斯的书初传到中国，正是十几二十年前，满世界的盗版与惊喜的狂跳的心。马尔克斯愤怒了，发誓决不卖版权给中国。去年，却不知因何正版的《百年孤独》在中国面世。买来重读，还是能读到初读时的震惊与感佩。如今，得知他的近况，除了无奈，还是无奈。

窗外，是一家酒店的高楼，蓝色的灯光勾勒出楼房的剪影。夜深了，江南小城，安静地沉在燠热的空气里。空气中充满了我熟悉的味道。无数的事与人，在夜幕上放映，淡入淡出，无声无息。我记得，那时与同学在夏夜里来来回回地走，只为了谈女孩子的心事。那时的夜，应该也是热的，现在想起来，却只有凉爽之气。两个女孩子的影子，在柳影里淡薄成烟，在小桥边，成群的萤火虫绕着我们飞舞，蓝幽幽的光穿过岁月的缝隙，格外莹亮，低头一算，那已是三十年前的事了。

2012 年 7 月

# 细雨中的老宅

我在早春的江南，太湖西山，遇到过一个老宅。

宅子已无人居住，堆满杂物。院子里有一株缀满果子的金桔树，站在灰白色墙前，墙根放着几只缸与瓮，地面的砖缝中伸出极嫩绿的野草。精致的窗格，老墙上爬满藤蔓，有去冬枯干的老根，也有刚刚长出的新绿。长廊与屋子里随处堆放着柴草，长凳上停着一只不再使用的舀水的铜勺子。屋主带我们看，说这是乾隆时的老宅子。院子里的墙上，确实刻有"乾隆甲辰"的字样。

这宅子以一种安静的方式藏在细雨与深院中，安静得想象不出它也曾有过"相当激烈的人与事"（王安忆语）。这宅子如在城中，即是一处可供观赏的小园林。但它终究被放弃着。不忍毁掉，也不能重修。在江南的村子里，这样的屋子，大约仍有不少。它们无缘成为景观，结局，也许是一天天走向废墟。

在岁末翻看那些照片，想象那个仍在村庄中安静存在的宅子，不免又想到意义。

在时间的流逝中，遗迹或废墟在空间里留存。散落于世界各地的景观里，有很大一部分是遗迹。它们存在于日常之外，人们前来，多是凭吊的心情（当然，现在更多的可能是猎奇）。观赏这些过去的标志物，感觉的，是"存在"的顽强。

本雅明在《海德堡城堡》中写道："城墙的废墟残迹高耸入云。晴空丽日之下，当凝视的目光从它们的窗户里或主堡边上邂逅过往的浮云时，它们便显得格外美丽。天际的过往浮云展示了转瞬即逝的景观，这一流变恰恰映衬了那些废墟的永恒性。"

废墟本身的倾颓模样，正是时间的真实面目。如同在年代久远的书中翻到一张早年的书签或字条。夹入书签的日子，送来字条的人，早已远逝，但书签与字条却以发黄的样子安静地存于书中。其实绝大部分的时间里，它们早已被人忘在脑后，但是，某日不经意地翻看，也许就会邂逅一段往日，它们存在的意义，也许就在于此。就像总有几件衣服是永远躺在箱底不会再穿的——人们需要一些证据，曾经激烈过的证据。

卡尔维诺在《如果在冬夜，一个旅人》中写到一块岩石，主人公认为岩石传给他某些信号：岩石想告诉我，我与它的实质是相同的，因此构成我这个人的物质不会由于世界末日的来临而完全消失，总有些东西会保存下来，因此，在那个没有生命、没有我、也不知道我曾经存在过的世界里，某种信息传递活动仍然是可能的。

这个世界是如此的绝情，终有一天，它将弃绝所有生命，即使你对它仍有留恋。不过，假如想一想，你都已经不在了，有一些信息传递仍在延续，有一些蛛丝马迹仍以暖流的方式掠过荒芜，只要想一想，就不至于太过绝望。

2013 年 12 月

# 空无的那个小时

　　独坐的午后三点四十五分至四点四十五分，断桥边的咖啡厅。

　　春意、人意喧闹。

　　窗外的鸡爪槭，在阳光的移动中静静红着嫩叶。隔着灰白的柏油路，车水马龙之后，是法国梧桐，高大，粗壮。梧桐之后，是步道，有坐满了人的椅子。再远一点，是西湖。

　　并不喜欢断桥，总觉得桥型不好看，只是断桥残雪的名字太美。"断"与"残"都与人生里的某些遗憾有关。遗憾是一种中间情绪，比痛轻，比惆怅重。

　　这一个小时，断桥上经过无数人，还有无数车。镜头里的人与车败坏着这个湖。

　　远望白堤，柳色的绿与桃花的红，因为稍远，都显得淡，像那种遗憾。在远望中，人声是没有的，只有游动的影子。白堤在眼中是一道静止的坝，阻碍着想象里的白娘子与许仙的会面——他们不会在这样的湖边见面的，湖山不是传说里的湖山了。

坐在窗边，反复调着取景框中的画面，西湖实在太美，尤其是春日。但西湖在镜头里往往缺少一点惊艳，太美太浓稠了，处处是景，就又处处不是景了。

安心做个看客，有时也是很美的。不用再投身于景，不再游，只因风景谙熟。看人来人往，看春意在各种花间蔓延。桃花杏花樱花海棠，分不清也无妨，只任一派轻红软绿在眼中晕染，推开整个春天。

坐一千多公里的火车，只为在周末看一眼这个湖，也不好好游，只在咖啡厅里坐着，看别人成眼中风景。

一个小时，一杯咖啡相伴，巴西山度士，红艳带金边的杯子，窗边一棵巨大香樟，叶子几乎伸进窗子。坐着，想了无数事，又仿佛什么也没有想。

辛波丝卡的诗句：

> 空无的那个小时。
> 空洞。虚无。
> 所有其他小时的底座。

是啊是啊，所有其他小时的底座。

2014 年 4 月

书中日月

# 《顺生论》读书笔记

回家过年，差不多有十五天的假期。长途，所以书不能多带，减了又减，最后带了三本——陆游的《老学庵笔记》，是新近从朋友处借来的；亦舒的《寒武纪》，看亦舒的书是从年轻时形成的习惯，只要有新出版的，就买，从不看内容介绍；张中行的《顺生论》，只有这一本，是看过的，打算看第二遍。

有些书看的时候，会有知己的感觉，一边看一边想，这书应该没事的时候再看——但是，多数时候，这只是种奢侈的想法。

但是，我终于在农历腊月二十九那天，看完了《顺生论》。

我想，一个人，不管是跟人或跟物相遇，也是要讲些缘分的。过早或过晚，还是那个人，还是那个物，但是，是陌路了。

比如，跟张中行相遇，就不能过早。年轻时，没有那份耐心和那种感悟。

二十多岁时，就买了他的书。那时他正火，买书，也不过是想看看一个正"火"的人写的是什么样的书。

买的是《禅外说禅》，完全看不下去。只是觉得絮叨。段落都很长，写什么都要分一、二、三点。终于放下，一放就是十多年。

后来是一个非常偶然的机会，开一个无聊的会，想开小差，但一时手头实在找不到合适的书看了，于是在办公室问。朋友就说，张中行看不看？递过来一本《张中行散文选》。

从此上瘾。

若是没有朋友的那一递，我至少不会在短时间内想到看张先生的书。

如此，就是缘分了。


《顺生论》是张中行先生自己说"最用力"的书，亦是他最重视的书。成书过程长达几十年。一个人，起起落落之后，在晚年，八十多岁时，写下他的感悟，用一种平淡的、知心的语气。


在这本书里，我感受最多的，是一个"真"字。他心平气和地说生命，说权力，说情感。

他这样说生命的意义："有不少人相信，天地之大德曰生，因而君子应自强，生生不息。我们可以说，这是被欺之后的自欺。糊里糊涂地落地，为某种自然力所限定，拼命地求生存，求传种，因为'想要'，就以为这里有美好，有价值，有意义。"（《生命》）我很少看到有人这样来阐释生命的意义——连自强亦是自欺，与我们所受的一贯的教育，有多么大的差异。

他这样说权力的获得："坐，未必是因为占理，而是因为有力。有力就可以生杀予夺，所以就可以说了算。"（《民本》）历朝历代的统治者，上台时都有一大套理论，往往是用为百姓谋利作借口。张先生这样说，也不是要揭露哪一朝哪一代，他只是说事实。因为没有例外，所以他的话更显出人世的荒凉。

他这样说恋情："恋慕异性，自认为柏拉图式也好，吟诵'春蚕到死丝方尽，蜡炬成灰泪始干'也好，透过皮肉看内情，不过是为'传种'而已。"（《恋情》）这样的话，被那些自认为爱得高尚而美满的人看到，也许会有相当的抵触甚至反感。

还有，如何看待"为他人"呢，人是出于什么动机而去为他人服务的呢？张先生说："从远古以来，为了生，我们的祖先就养成互相依赖、互相扶持的习惯。人助我是利己，己助人是利他。就自己说，助人比助己难，可是为了生就不能不勉为其难。"（《利他》）帮助别人，也不过是为了自己过得更好而已，这种观点，大概有不少人是不会同意的。

但是，如果就此认为张中行先生是一个悲观、自私、凉薄的人，那就彻底地错了。

在《顺生论》里，除了"真"，还能看到一个"惜"字。

还是在《恋情》一文中，他说："如果说人的一生，所经历都是外界与内心混合的境，这恋情之境应该算作最贵重的，稀有，所以值得特别珍惜。"而对于人的"聚"，他这样认为："对于各种形式的聚，都应该珍重。"即使是阴差阳错，最后"散"了，他也说："曾聚，散了，经过较长时期，这笔心情账如何结算才好？我的想法，淡忘不如怀念。"（《聚散》）

联想起他和杨沫的种种纠葛，心中是感叹的。他曾在另一部书《流年碎影》中写到与杨沫的往事，这样说过："人生大不易，不如意事常十之八九，老了，馀年无几，幸而尚有一点点忆昔时的力量，还是以想想那十一二为是。"

我们经常希望淡忘，忘了就可以轻松上路，也不是寡情，背负太多的情感，总是累的。但是，张先生说淡忘不如怀念，怀念是不管昔时如何，想起来就念起那个人哪怕是些许的好，想起他曾给自己带来过的东西。

有个好友，与男友分手，她已不爱那个人，不想再与他同度岁月，哪怕一天。那个人把他们几年里写的信悉数退回，既有她写给他的，难得的是也有他写给她的，所有的信。多年后，女友说起他来，从不出恶言，总说他是个君子，对她一直是好的，是她没有福气。

如此，便是张中行先生说的那种怀念吧。

珍惜，但又不是粘滞贪心。


张先生喜欢集砚，但他对于心爱的"物"是这样看的："一是聚可以，不要流于贪。""二是聚之后……，难免散，最好是能够不流于恋。"(《聚散》)

在他去世后，他的好友靳飞先生曾撰文写过他的一件事：

> 他精于文物鉴定，自己也收藏了不少所谓"长物"。后来名气大了，大家都找他来评判旧物真伪；他是来者不拒而眼高过顶。旧物虽真，亦未必能入他的眼，由此也可以知道，他的收藏是精而又精。北京人艺演出《北京大爷》时，主演韩善续对我说，"这戏的戏核是祖传的宣德炉，张老爷子不是有一个吗？能不能借我们在戏里用用？"我把这话转告了行翁，行翁想都不想便说，"你抱去吧。用完就留你那里。"我急了，误以为他是怀疑我找个借口来要他的炉。行翁看我恼怒反而笑了，"我这岁数是该散的时候了。既然你们要用，这件就给了你，那怕什么呢？"他平日买块烤白薯就当一顿饭，却能随手把价值至少数十万的东西送人，这样的人以后

还会再有吗？我终于没有接受他的宣德炉，但我已经着实领受了他的馈赠。

我想，喜欢看他书的人，也都接受过他的"馈赠"。在人世间，要活着，而且要尽量活得好，要多读书，修德，淡泊名利，静静地来去。

在《顺生论》中，出现频率最高的一句话，可能是庄子的"知其无可奈何而安之若命"，这是张中行先生对人生诸多境遇的对策，包括糊涂地降生，包括小民对于权力重压的无助，包括造化弄人，包括有情人不能成眷属，包括恋生而最终不得不死亡，等等。

懂得这大抵是所有小民的生活之道，有些无奈。但读他的书，仍不会觉得悲凉，也不会厌世，只是清醒、冷静。

世间任何得失，都是公平的。张先生如此地清醒，看得太开了，也许就没有了极致的辉煌或者快乐。当他"文革"中被遣送原籍，或者在单位打扫厕所，也不见他呼天喝地，一样能安之若素，这也是他得以长寿的原因吧。

烦乱的奔忙间隙，深夜灯下，能坐下来，安静地读他的书，也许是张先生著述的最终意图。有那么多的人懂得他，仰慕他，感激他。虽然对于张先生这样清醒的人来说，他并不图这些，若能起先生于地下，他也必会说，这对于我，没有终极的意义，那都是活人的事……

写下这些文字，不光是因为又一次读完了《顺生论》，还因为二月二十四日，是张先生辞世一周年的日子，受他文字的馈赠，为他写一些心里的东西。

最后，是马·沃洛申《无题》中的两句诗，送给安眠于地下的张中行先生：

如今我死了，我成了书中的字句。

书就捧在你的手上……

2007 年 2 月

# 凡　人

坐火车时，我决定带上这本薄薄的小书，菲利普·罗斯的《凡人》。这书已经买了几个月了，却一直找不到合适的时间读它。由于已经知道是一本讲死亡的书，因此更觉得它黑色的封面像沉沉的夜，阳光明媚时，就不太想读它。

三天的时间里，我把这本书细细地读了两遍。这是一本我喜爱的书，我想，我以后也许还会读它。

书从"他"的葬礼开始。我想作者刻意没有给"他"名字，因此，他就成了我们中间的一个人。他的命运，就是所有人的命运。

他不是名人，没有做出过什么重大业绩。与你我一样，工作，结婚，生子，离婚，生病，苦恼，死亡。普通人的生活可以写吗？当然是可以的。雷蒙德·卡佛写了，罗斯也写了。普通的"他"的命运，可以影射所有人的命运。

他曾是一家公司的广告创意总监，好像干得不错，衣食无忧。他喜爱画画。于是，退休之后，他安静地画了几年，甚至，在他的老年公寓里开了绘画班，教一些与他一样的老年人画画。但，他们课前课间的闲聊"总是不可避免地转到生病、健康之类的话题，谈论他们的人生此时已经等同于病史，相互交流各种医学数据几乎是头等大事。"而他班上最好的学生——一个年轻时应该很美丽的老太太，被癌症折磨得痛不欲生——最终自杀。

他最后也放弃了画画，他觉得自己耗尽了兴趣。

他结了三次婚，又离了三次。他最好的一次婚姻，应该是与第二任妻子菲比。她温柔、宽容，对他那样的好，而且，他们有了一个他以为是天底下最好的女儿南茜，但是，这样的一段婚姻，最终也走向终点。

你可以看出，他是那样地害怕老去，渴望却又害怕平静如水的生活。在他五十岁时，与比他小二十六岁的年轻模特结婚，在别人看来，他是个彻底的傻瓜。但只有他自己知道，他一直想抓住生命里的活力，而那种活力，正随着他年岁的老去拼命地挣脱他——只是，他无法向别人解释。

最动情的描写，我觉得来自于他病后参加父亲的葬礼。看着父亲被一寸寸埋入泥土，想象里，泥土全然洒入他的鼻中眼中口中，令他无法呼吸，他觉得他又死了一次。

罗斯的笔始终是控制的，平静如水。那是一本结构精巧的小说，细节在跳脱中连接，严丝合缝。有人也许会觉得闷，全文节奏如一个老人的絮叨。

最终，"他"来到埋葬了父母的墓地，看一个黑人挖墓穴。老黑人花三到四个小时就可以挖一个墓穴，三四个小时就可以葬掉一个人的一生。他与黑人闲闲地聊着。离去时，他想，这个"蓄着胡须的黑人很快也会给他挖一个墓坑，坑底平得可以放一张床。"

他最后死于手术台上，在麻醉中，他进入了他"根本不知道的乌有乡"。于是，他被无边的黑暗笼罩。

他是一个"凡人"。平淡一生，乏善可陈。九岁时第一次接触死亡，在海边与菲比散步时，在大海的涛音里感受到死亡。一次又一次的病，使他觉得"逃避死亡似乎已经成了他的中心事务"。他的体内慢慢地植入一个又一个人造的东西，成了一个仓库。一切都已力不从心，所以，他想，老年的美好时光，也许只是渴望童年的美好时光，渴望年轻时旺盛的生命力。而一切不再重来，人老了以后，觉得时间不再等速度的逝去，好像走得更快了。

一个平凡的人，与一个不平凡的人，是不是可以拥有对世界同样的留恋与不舍？是不是一样可以期待有人记得他们？是不是一样存有来过的痕迹？痛与无助时是不是更加卑微可怜？

罗斯的笔下，做出过所谓业绩的人，来到老年，仿佛更苦——因为与他们之前的飞扬比起来，他们落得更快、更狠、更难以接受。

"生命只是偶然地、幸运地赐予了他，正如赐予所有人，只此一次，无缘无由，或不可知。"因此，死亡也是，无缘无由。《圣经》上说："那日那时没有人知道。"无人可知，所以，有多大的不舍，却不得不离开。也许，是每个人最深沉的恐惧。

书很薄，读完纠结在心里，也不是伤心，是长长夜里沉入梦中无尽黑暗时的无助。平凡的你我，只得求助于相遇时碰出的点滴星火，暖一暖凉透的心。

2009 年 12 月

# 人间只有相思分

　　王国维真是一个绝望的人。读他的词，你也会变成一个绝望的人。

　　他最爱用断绝人一切念想的句子，让人觉得人间无有生趣。我记过他的一些句子："人间事事不堪凭，但除却无凭两字。"（《鹊桥仙》）"封侯觅得也寻常，何况是封侯无据。"（《鹊桥仙》）"已恨平芜随雁远，暝烟更界平芜断。"（《蝶恋花》）"已恨年华留不住，争知恨里年华去。"（《蝶恋花》）

　　本来，人很想知道山那边的景致，但是，他总是不由分说地告诉你，那边没有什么可看的，甚至，还不如这边。

　　有的评论家说他"意决而词婉"，应该是非常恰当的。他词里的细致言辞，不过是为了表露决绝冷然的心意。

这样一个人，应该是心如止水的吧？可读到那首《蝶恋花》时，又不信他是冰冷的人：

> 昨夜梦中多少恨，细马香车，两两行相近。对面似怜人瘦损，众中不惜搴帷问。陌上轻雷听渐隐，梦里难从，觉后哪堪讯。蜡泪窗前堆一寸，人间只有相思分。

梦里，见到那个人。车渐渐近了，可以隐约看见人了，只觉得那个人瘦了，于是，就忘情地撩开帷帘，关切地问。然后，车又渐渐行远。原来，是一个梦，醒来，便知道即使是梦里也无从相随，更何况清醒之后。在窗前枯坐，蜡泪堆积，明白此生无缘，只能相思。

写出这样句子的人，应该也是一个深情的人吧。

读到郑愁予的《佛外缘》，起始说："她走进来说：我停留／只能亥时到子时。"是一次极短的相聚，她来，是为了别离。她送来一百零八颗舍利子，"说是前生火花的相思骨／又用菩提树年轮的心线／串成时间绵替的念珠"。应该是一段无果的缘，但两个人依旧在无尽的相思里，在绵替的时间里，作无奈的想念。我极喜欢这一段：

而我的心魔日归夜遁你如何知道

当我拈花是那心魔在微笑

每朝手写一百零八个痴字

恐怕情孽如九牛而修持如一毛


在无数个日与夜交替的光阴里，有多少人在拈花微笑，人们只看见那笑，没有看见笑里的涩。王国维说："彼以生活为炉，苦痛为炭，而铸其解脱之鼎。"解脱之鼎，已经成就坚固冷硬的外表，但冶炼时的苦痛，每个人心知肚明，只是，不说而已。


陆游的《示儿》，孩童都会诵读。但孩子读不懂诗里的痛。他的《溪上作》里说："天下可忧非一事，书生无地效孤忠。"他的金戈铁马，收复失地，都是一梦，千年之后读起来，另有一种遥远的敬重。因为，改朝换代，是历史长河里不断上演的戏剧，最好的态度，也许是做个看客。

但爱情不是历史里的一章，对一个人来说，是一生的牵记，那个人。

所以，陆游的诗里，我仍偏爱《沈园》。我只是个小人物，记得住的，也是一些琐细的事情。

梦断香消四十年，沈园柳老不吹绵。此身行作稽山土，犹吊遗迹一泫然。

城上斜阳画角哀，沈园非复旧池台。伤心桥下春波绿，曾是惊鸿照影来。

是一个老人了，行将就木，来到旧时池台，想到那个人。园中的楼、柳、桥，桥下水中的影子。一生如梦，梦将了结时，仍有人不能忘记，是幸抑或不幸？我想，有人牵记或被人牵记，总比无人问津的好吧，至少，想到人生尚有暖意，就是过下去的动力了。

造化每每弄人，人间便多了无数痴男怨女。读王国维的《〈红楼梦〉评论》，就觉得那是最绝望的评论。《红楼梦》里的悲剧，在他看来，是一种必然："非必有蛇蝎之性质与意外之变故也，但由普通之人物、普通之境遇，逼之不得不如是；彼等明知其害，交施之而交受之，各加以力而各不任其咎。……彼示人生最大之不幸，非例外之事，而人生之所固有故也。"

一切必然，如人多望幸事来临，而祸事，亦会如期来临。并且，正由人亲手造成。所以，结果一旦形成，好像只有甘愿受之一条路了。张中行在《错，错，错》一文中说："正如杂乱也是一种秩序，错，尤其偏于情的，同样是人生旅程的一个段落，或说一种水流花落的境，那就同样应该珍视，何况人生只此一次。"

如此说来，此生无缘了，而蜡泪堆积，惊鸿旧影，衣带渐宽，诸如此类，便也是人世间最温情与难舍的片段了。

2010 年 9 月

# 苍　茫

朱天心《初夏荷花时期的爱情》我读了两遍。现在已经很少把一本书读两遍了，一是没有时间，二是因为现在也没有什么书值得读两遍了。

正是中秋假期，在郊区的一个度假村住着。那儿有一个不算太大的花园。看完书，觉得心里隐隐的烦闷，于是就一个人到花园中走。中午一点多钟的阳光刺目，园中没有别人。

我看见无数的植物，秋日的植物有秋日的特色，在阳光下呈现一种安然静穆的样子。

山楂树上挂满了红亮的果子，远处看去，是一点点灼热的记忆挂在叶间，那叶子经不住细看，已有瘢痕，锈迹斑斑。

一株高大的梨树，树下落满了梨果。无数的蝶类或昆虫类的小东西们在那些果子上飞舞。空气里有一种烂果子的酒香。捡起一个完好无损的，闻一下，是久违了的纯正梨香。它的样子，应该是京白梨，完全自然生长起来，亦无人采摘。就这么繁盛地生长奢侈地落地。自生自灭，更像生命的一种本真状态。

假如植物有知，不知会不会留恋春日的青葱，恣意夏日的疯狂，陶醉秋日的沉熟，并且，在冬日里做来年的梦？

初夏荷花时期的爱情，实际上，是在桃花李花都盛放过之后，中年人的情感了。相比于老年，中年人可能还有一些些的不甘，所以，也较不容易安于既成的一切。但是，老年的迹象于此时开始显现，如秋日里的第一场冷雨，让人知道，从此，严冬将临。

从何时起，一切变得如此乏善可陈？有许多人问"近来如何"时，觉得没有一件事值得说。于是，总是答"一切如故"。结婚，生子，上班，下班，似乎没有一件事是从内心里想谈论的。小说里从天上摘星星给母亲的四岁男孩儿，为女孩子魂牵梦绕觉得没有她就活不下去的少年，同样，还有少女，都让谁生生谋杀？他们为何变成了充满"老野兽味"和蛙类或米其林轮胎人那样的男男女女？

关键是，人的爱情，究竟有没有终极意义？当一对老人手牵手在夕阳下漫步时，是否意味着功德圆满？一个丈夫总会给妻子带回她喜欢的那种牌子的巧克力，是出自爱还是习惯？已然举案齐眉了，到底还不平些什么？

但是，弄清楚这些，又有何意义？

我只知道空气里有无数的墙。如同我这个午后在空寂又繁盛的花园中见到的，树丛间，美丽精巧的蛛网，在阳光里闪着丝绸样的白亮光芒。人打不过的，是无形中的墙。它柔软，精巧，让人深陷其中时不觉周遭变迁。想脱离时，才知道那力原来无处不在，却又无从对付。在一次又一次的碰撞后，大多数的人认命，且懒得争辩。

"西来无道路，南去亦尘沙。独立苍茫外，吾生何处家！"宋人萧立之哀叹的是国破。拉远了看，国破亦尘沙！只是人内心的苍茫，即使在一园的繁荣里，立于花下，依然是孤儿一般地四顾茫然，无处安放。

2010 年 9 月

# 生活每天吹它

假如让两个人分开的一切阻力都没有出现，甚至，一切的情况都朝着希望两个人在一起的方向努力，那么，最终，那两个人因何没有在一起？

纪德《窄门》中的热罗姆与阿莉莎终于没能在一起。

阿莉莎最终死去，但死亡也不是他们不能在一起的缘由。

那一本薄薄的书读得我很累。累是因为思索。

那两个年轻人自幼即存在的互相倾慕，直到他们成年，亦未减退。在分离中，他们用书信抒写着心绪，纸上写满了思念，读着那些文字，也可以感受到他们情感的炽热。但只要相聚，就可以看到他们的笨拙，他们的手足无措。仿佛见面抽掉了他们的灵性，使他们的每次相见都狼狈不堪。

最后，我记下了这一段话：

　　不，我的朋友，来不及了。那一天，我们出于爱情而彼此期望对方得到比爱情更高的东西，从那时起，我们就来不及了。由于你，我的朋友，我的梦想上升到那么高的地方，以致任何人间的满足都会使它跌落下来。我常常想我们在一起的生活会是什么样子。一旦我们的爱情不再是美满无缺时，我就再也忍受不了它……

这是阿莉莎信中的一段。阿莉莎坚持与热罗姆分开的理由，我想读了这一段，我是懂的。

十多年后，仍旧孑然一身的热罗姆来到阿莉莎妹妹的家。妹妹问他："你认为一个人可以长久地在心中保持毫无希望的爱情？"他答道，是的。妹妹说："而生活可以每天吹它，但吹不灭？……"

不知为何，我非常喜欢这句话，生活可以每天吹它，但吹不灭。

这个故事于是就脱离开纪德，脱离开宗教或者别的什么，使我思考爱情的持久。

我经常在地下通道里看到唱歌的人，他们大多年轻，弹吉他，面无表情，我总觉得声音里拒绝的东西甚于热情的东西。我想，你可以理解为一种清高。有时，我有些"阴险"地想，假如那些歌者的面前，没有那个吉他套，没有吉他套里别人扔下的或大或小的纸币，他们只是单纯地唱，那有多好。

可是，生活每天吹它。歌不能用来吃，爱情也不能。

每一段感情都会平淡下来，如同燃烧过的木头，是焦黑的颜色，暖意仍有，但只是余烬。最终，会熄灭。

到底有没有超拔于感情之上的东西，如同阿莉莎追求的那种会上升到高处的东西？尘世的满足就会使它跌落，那么，它是圆满又脆弱的。这种东西人间稀有，所以，纪德把它称为"窄门"——只有通过它，才能得到。而那门，窄得只容一个人通过，两个人即使同心，亦不能。于是，阿莉莎用自己的死，来成全热罗姆。让他自信地对妹妹说出，即使生活每天吹它，也吹不灭。

我不过是个凡人，虽然也曾有过高升到某处的某种东西，但我的那种东西，不用每天吹，只吹一段时间，它就灭了。大多数的人，也是这样的吧。

前天，去了蓝色港湾的单向街书店，那里有个活动，给贵州的一所中学捐书。要求在书页上写下对孩子说的话。我捐了书，一个字也没写。因为，我捐书，也无什么善念，只是因为书太多了，无处安放，捐给需要它们的人，总比卖废品强。有什么可写的呢?

爱情也是如此，不管你曾赋予它什么含义，最终的落点，总是一样的。生活是实在的，实在与超拔，是矛盾的。

我想，假如我遇到一个深爱的人，最理智的做法，是让他走，终此一生，只远远地关注他，与他的相遇相知，只在想象里，在想象里无限圆满。但事实上，我若真遇到一个深爱的人，感情上，我无法放他走。于是，只好由生活每天来吹，直到吹得各自认不出最初的样子。

2010 年 11 月

# 我们并不如想象般的与众不同

终于开始读阿兰·德波顿。我说"终于"，是因为受这个人的"骚扰"很久了。先是许多媒体的轰炸，再就是卓越网的推荐里总有他的书出现——这种推荐号称是根据每个人的浏览及购书习惯生成的，那么，德波顿应该是符合我的口味的，但是，我看到腰封上"英伦才子"那几个字，就有点莫名的反感，一直不肯买。

这本《爱情笔记》也是在买另一堆书时捎带买的。

我承认这书带给我一种奇怪的阅读感觉。书里的爱情故事，是断续的，这断断续续中，穿插了德波顿不停的分析。这就像一个人在做事，另有一个人在俯视"他"做事，这做事的人和"俯视"的人，又是同一个。他们是分裂的，又是合一的。以前，从未有过这种分裂般的阅读体验。

读完《爱情笔记》，不会激动，因为那不是一本让你激动的书。它只是想叫你思索，而爱情，往往与思索是背道而驰的。一对男女，在飞机上偶遇，试探，恋爱，平淡，分离。一个熟烂的故事，却在德波顿的分析里立体起来。它可以遍及众生，遍及每一对爱情里的男女。读完之后，不得不承认，每一段爱情，都是我们尽心投入的游戏，我们全心全意地想让它完美，但它却不得不走一段抛物线般的历程，最终，归于沉寂。

爱上一个人，是偶然，还是必然？比如一对男女乘坐同一班飞机，是偶然又偶然，还是，命中注定，他们必然会越过种种不可能而坐在相邻的位子上？我们与之一同生活的那个人，是恰好遇到的，还是必然要遇到的？沉在爱情里时，我们觉得一切冥冥中有天意，仿佛一切都是为了此一时刻而设。"如果事物成为现实的可能性小而又小，但最终仍然实实在在发生了，难道不允许人们给予它一个宿命的解释？"但这一切，有没有可能仅仅是我们的想象？

相爱的人，也不是每时每刻都是甜蜜与和谐的，争吵是爱情里的小变奏。争吵的事情，往往是不起眼的鸡毛蒜皮，就像为了早餐没有草莓酱，为了克洛艾一双难看的鞋子。德波顿在"俯视"他笔下的那对爱人，争吵显现的是爱情里无趣的一面，德波顿分析的是无趣的原因。所以，"我"一边在谈恋爱，一边在分析恋爱，分析每一个进程里的生理与心理。

其实，爱情是不应该分析的，一旦可以分析，就代表那种狂热消逝。即使在两个主人公尚未步入热恋时，德波顿就已经写道："最具有魅力的不是那些立刻就允许我们亲吻（我们很快会感到无趣），或永远不让我们亲吻的人儿（我们很快会忘记他们），而是那些忸怩地牵引着我们在这两极间期待的精灵。"

那么，最理想的爱情，应该是永不能实现的那种，在水一方的那种，若即若离的那种，一旦近了，所有的挣扎与期待不复存在，人们长出一口气，此后，便开始抛物线的下降过程了。

"我"与克洛艾，从一刻也不愿意分离，到平静，到克洛艾移情别恋，再到分手。"我"痛苦到想要自杀，因为了无生趣，却误食了一大堆维生素泡腾片，橙色的泡泡从嘴里冒出来，有一点滑稽的感觉。终于，在痛过之后，我开始忘却："时间过去很久，克洛艾和我之间的成百上千个联系才消逝不见。好几个月后我才能淡忘她穿着晨衣躺在我的沙发上的样子，而由另外的影子——一个朋友坐在上面看书，或是我的外套放在上面——代替。"虽然，这花了几个月的时间，毕竟，可以有其他的东西来代替了。

一段曾让人要死要活的爱情，在德波顿的笔下，变成了一段经历。这段经历在时间的流逝后变得浅淡，无足轻重。有时候，会感伤地想起，曾经那么看重的人和事，已经变得蛛丝般轻飘，而当初，我们是打算珍藏一辈子的。


年轻一点时，也曾想过，那些都是别人的故事，我的，会与众不同，我不会同他们一样。现在，听到年轻的女孩子说"我会永远爱他"，心里会轻笑。这笑，不是嘲讽，而是悲悯。

德波顿在中文版的序言中说："我们在发现自己并非如此孤立的同时也要付点代价，我们也并非如我们想象的那般与众不同。"

是的，我们并不比别人专情，我们一样不敢说"永远"，我们放下一段记忆又开始另一段记忆，我们并不比别人高那么一点，一样的凉薄寡义，口是心非。所以，我也不过是假意拒绝了阅读德波顿，而最终，也跟着大家说，他是一个好读又好看的作家。

2010 年 12 月

# 董桥的文字

喜欢读董桥已经有些年头了。最早买的是陈子善编的大厚本《董桥文录》，四川文艺山版社的。白的封面，容量极大，但纸质差，印刷也差，像极了盗版书。有印象的文章，是《中年是下午茶》。这几日刚读完他的《墨影呈祥》，海豚出版社今年刚出的。蓝色封面，小开本，内页居然是雪白的铜版纸。小小的书，便有了几分压手的沉重意味。当然，五万字的书，价钱也很"沉重"。

一直说不太清喜欢读董桥书的原因。他写的东西，尤其是近些年的，大多是些收藏的经历，还有些老岁月里的人。物和人都是旧的，所以，读起来总是有点隔。但就是喜欢读。随手拿起来，也可以随手放下。不动什么情感。其实他写的善本、古画等等，并不懂欣赏。他笔下倒时常有些名字很熟的人出现，以另一种面貌，或者，以更具体的方式。

比如，他笔下的张爱玲，是他听来的，听曾见过张爱玲的人说的："她很瘦，飘来飘去不怎么说话：'如此而已。我在上海报上当然也读过她的文章，年少不记得了。横竖张小姐冷冷的过了一辈子，跟人家打个招呼也许她都嫌烦！'"我觉得"飘来飘去"这四个字很适合我对张的想象。"跟人家打个招呼也许她都嫌烦"又很传神。

他写俞平伯与周作人的书札往来，写到周作人与鲁迅闹翻的那封信："那件事是什么事老早盖起来了，周作人这封短信尽管没有掀开，偏偏教人读出一丝漏缝。周家大先生和二先生都是很不快乐的人。"董桥的文字尽是这样点到为止的。大约是年老的缘故吧，欲说还休，是因为知道说不清楚了。这说不清楚里便有一言难尽的意味，很玄妙，又挺引人想象的。

说实话，董桥的文字，不是市井生活里的烟火文字，他交往的人，好多也都有些旧岁月里的尘封味道。但可能也是这种尘封味道引人探头去看看那些旧日子。那时，人们讲究的是"信"，即使做生意，亦有不卑不亢的态度。中国的"士"的阶层的那些遗风，在今日，当然是失落了的，但在董桥的笔下，在民国时代，好像还在。还是写俞平伯与周作人，董桥写道："俞平伯致周作人的信有一封说他一九二三年出版的《红楼梦辨》始终卖得不好，一旦再印改名《红楼梦研究》竟然好卖了。那是'辨'字给'研究'两字一棒打扁的时代悲喜剧，拖到今天，出版社要推销这本书也许还要改一次书名，叫《红楼梦踢爆》！世道越新颖，苦茶庵主和古槐居士遗留下来的片纸只字越可珍惜……"

不少喜欢读董桥文字的人也都说不太清为何沉迷于他的文字，许多人都是费了心思买的港台版。非常贵，但依旧乐此不疲。港台版的装帧很漂亮，竖排繁体的感觉可能更贴合董桥文章的内容。我最近亦蠢蠢欲动，打算趁着新年将临，送自己一个礼物，买几本港台版的书，其中，就有董桥的《记得》，一本书，接近百元人民币。可能也是因为年纪大了，最近捧读《史记》，觉得竖排繁体，读来很舒服。

像董桥那样写文的人已经不多了。老人一个接一个地走了，旧情怀越来越成为人们思慕的东西。他说："从小读周作人，读俞平伯，读'五四'新文化运动中两位长衫人物的袖里清芬，尽管都吹过欧风，淋过美雨，无恙的依旧是那一盏古茶，那一株古槐，朱丝栏间浮动的墨影永远是三味书屋和春在堂的疏影。说颓废，那是最后一代文化贵族的颓废；说闲散，那倒不是秦淮梦醒灯火阑珊的闲散：是钟鼎胸襟供养温山软水的脱俗。"

这几句话，用来说董桥自己，倒也合适。现在市面上无数读唐诗宋词的感悟文字，几缕无根无底的感受，再配以一两段想当然的情事，真真俗解了古人！胸中要有多少墨水，方能在古老的文字间流连，感悟前人感悟过的山山水水。现今的人，脸上写满了"急"字，急着发财。那些所谓的收藏鉴宝节目，充斥着铜臭味道。

老派的人，做事不徐不疾，也认真固执，但可爱。笔下的文字，文字里的情感，都极克制。我以为，所有懂克制的人，都是人中上品。

2010 年 12 月

# 所有人的故乡

## ——《百年孤独》随想

我想，不少中国的读书人都有两本《百年孤独》，一本，是盗版的；一本，是前些日子刚刚面市的正版。

据说马尔克斯多年前在中国旅行，发现全中国到处可见《百年孤独》的盗版。老头惊诧之余，怒从心起，宣布永远（也有说150年）不给中国版权。今次，不知为何，老头儿松了口，所以，我们才能见到正版的书。从此，我的心目中，又多了个"出尔反尔"的人，即使他得过诺贝尔文学奖，即使他写出了堪称杰作的《百年孤独》。

"他智慧无边又神秘莫测，但还是有着凡人的一面，未能摆脱日常生活中琐碎问题的烦扰。"这是马尔克斯描写智者梅尔基亚德斯的话语。用来说马尔克斯本人，也许，也是合适的。

从来，对于盗版，无论是书还是碟，我都存着一种复杂的心理。一方面，讨厌盗版者们的盗窃行为，更何况，书中常有错字，碟中常有马赛克。可另一方面，很多我们想看的东西，只能通过买盗版的行为来得到。所以，中国充满了口是心非的人，出尔反尔的人。包括我在内。

记得当初，曾去书店找过《百年孤独》，觉得那样的名作一定能在名著区找到，但找遍整个书店，都没有它的踪影。后来，是偶然间，在地摊上买到的，才五块钱。那时，北京到处都是五元书店、地摊，到现在也未绝迹。

我的那本，是新疆人民出版社的。译者叫刘伟。不知是否真名，或者，是否真有其人。

读完正版，范晔的翻译得到了大家的认可。我好奇，去对比了一下盗版，发现盗版译得还可以，除了错字多，好像情节等等不会有任何差错，而且，有一个前言，对作品进行了介绍，亦言之有理，最重要的，是前言前面，还有一张家族的人物关系表，这对我来说，非常重要，相信对其他阅读《百年孤独》的人来说，也非常重要。因为，那书涉及了家族七代人，他们的名字却多有重复，很难记住。这张表格，就非常有用，而这些，正版的书中都没有。所以，本来打算有了正版就把盗版扔掉，却依旧没有舍得。就像当初将就的东西，久了，居然发现它的好。即使后来有了更好更新的，旧的，也依旧有它的位置。

由此，我推断，当初译这本名作的时候，即使是盗版，还是有人用了心的。

再一次认真地读完。我说的认真，是逐字逐句地读，大约用了半个月的时间。因为，现在用这种方式读的书，太少太少了。

然后，我去豆瓣读书打了五星，写了两个字的评语："杰作"。我在豆瓣上打了许多五星的书，但从未作过评论。《百年孤独》自是无愧这两个字。读一遍，就会多一分对作者的感佩。

百年的家族，从蛮荒时开拓，到最终毁灭于飓风，其间，有冲到顶点的荣耀，有低到谷底的荒凉。但无论怎样的荣耀与荒凉，都躲不开孤独的影子。

马尔克斯在字里行间安排了无数的触媒，如同挂在林间的香囊，经过，便会惹起香风，引起若有所思。在暗暗的认同间，感知人类共同的命运。

布恩迪亚家族经历过的开拓与繁盛，爱情与亲情，乖张与顺从，屠杀与血腥……哪一个，我们没有经历过？那下了四年十一个月零两天的雨，固然有创世纪的影子，固然是不合实际的铺张，但谁也不能否认，有些人，一生中都在下雨，无穷无尽，比如费尔南达。

拉着尸体的火车，有200节车厢，三个火车头，隆隆地开向海洋，却被所有人否认：没有过这样的事情，没有过屠杀，所有人都回家了！尼采说："没有真正的事实，只有诠释。"我们在诠释中长大，长大后，不再认同现实，只认同诠释！

阅读盗版的《百年孤独》，大约在六七年前了。两本书对照，发现六七年前在书中用彩色笔划下的句子，跟今天划下的，并无太大区别。这或者说明，这六七年间，我没有什么变化，也或者说明，打动自己的，永远是那些属于私人的感悟。它们没有共性，只属于我自己的"一瓢饮"。

第一次阅读时的惊异感在第二次阅读时减弱了，再次阅读，更注重于细节里透露出来的信息。如同刚开始看到一个中世纪的城堡，最初，被它的外表惊骇住了，但走进里面，细细观赏，发觉每一个细部，都有无可比拟的准确，虽然，它们往往以荒诞的方式出现。

奥雷里亚诺·布恩迪亚上校在作坊中不断地制作小金鱼，然后换成金币，把金币熔化，再制作小金鱼；阿玛兰妲不停地缝制寿衣，白天缝，晚上拆。这是两个极有隐喻性的画面，令我想到西西弗斯。他们俩在专心致志中得到了心灵的安宁，也得到心智的明澈。但即使这样，那不断做了毁，毁了做的方式，仍是让人痛，让人奈何不得。记得木心曾经说过："明哲仅仅是亮度较高的忧郁。"一个明哲的人，必定是洞悉了人生秘密而无可奈何的人。他的脸上，有智慧，有放弃，有平静，有缴械的木然，但别人不易发现。

奥雷里亚诺第二在漫长的雨季中带着衣箱回家。"一路上，他看见他们（马孔多的居民）坐在厅堂里，眼神迷茫，抱手胸前，感受着浑然一体、未经分割的时光在流逝。既然除了看雨再无事可做，那么将时光分为年月、将日子分为钟点都终归是徒劳。"也许，我始终是个悲观的人，即使我们没有漫长不断的雨连绵地下在我们的日子里，我还是觉得，即使不是看雨，我们所做的一切，终究是徒劳，所以，马尔克斯笔下的马孔多，是所有人的故乡。

2011 年 7 月

# 不　　知

　　小时候，看过许多的戏，大多数是越剧。戏里，有许多细节
是误会造成的。《红楼梦》里黛玉死前对宝玉的误解，《梁山伯与
祝英台》里梁山伯对祝英台的误解。误解，是由于信息的阻隔。
这些急需要找到主人的信息，在茫茫的时间与空间里错了位，无
法抵达。悲剧造成。台上台下的人一齐掉泪。但大多数的戏都有
结局，误会终得冰释，宝玉哭灵与梁祝化蝶最终使悲伤情绪得以
纾解，《红楼梦》与《梁山伯与祝英台》变成唯美经典。

　　但生活里的阴差阳错没有那么仁慈。许多人一辈子都蒙在鼓
里，真相，对于他们来说，永远错时错位。因为不知，所以，他
们常常无知无觉地生活下去。没有悲意，也无欣喜。时间流逝，

当真相终于来临，往往是当事人已经离世，或者，再也无从提起。所以，生活里的悲喜剧，到最终，只剩得叹息。

近日，在读《张充和诗书画选》。张充和先生年近百岁，安静淡然地度日。她是最后的闺秀。诗、书、画，充满恬然安静清秀之气。一个人，可以活得这样淡，实在难得。读到她为友人陶光诗集《独往集》写的序。文极短，录于下：

> 陶光死约四十，被师范大学解聘，又与其夫人离异。贫病忧愤，最后饿死，倒在桥上。死前不久寄来诗词一份，题曰《独往集》，附和周邦彦《兰陵王》一首，并云："此最后作未及印入。"后得消息已过世。以最后两字成谶，十余年后方知其饿死真相，再读《独往集》并题。

书上附陶光墨迹，清秀飘逸。张充和的文字，一派淡然。陶光是晚清收藏家端方后人，曾在昆明云南大学任教，后去台湾。在三十年代与张充和因昆曲结识。

想来，陶光必是个书呆子般人物，与现世格格不入。否则，饿死，终究是奇怪的。张充和的文字里，极深的情意终归于淡然，极深的悲悯也化作无迹，只是叙事。其中的苦，无法品，品得深了，也只得一声叹息。人已不在，再深的感喟，他已不知。

最初，学生学写作文，老师总是要求，多描写，要把事物写得生动。于是，学会各种修辞，铺陈自己的感受。现在，懂得最好的文字，是省却了附丽之后的平淡叙述。就像生离死别，再多的言语描述，终不如一声叹息包含的千般滋味。

于是，又想到英国女作家佩内洛普·菲茨杰拉德。读了她的三本书，《离岸》《天使之门》和《书店》。动容于她文字的波澜不惊，就像是香菱说的，含在嘴里倒像是几千斤重的一个橄榄。

《书店》里，描写一个在小镇开书店的寡妇弗洛伦斯，她的书店从开业到关门，只两三年的时间。她与将军夫人的拉锯战，最终以她的失败告终。她孤单地离开时，觉得羞愧，因为她生活了十年之久的小镇并不需要一家书店。

其实，是有一个人支持她的。那个人就是住在霍尔特屋的布朗迪希。奇怪的老人极少踏出屋子，却在书店开张之时捎来一封信，又邀请弗洛伦斯去他家做客——在小镇，代表一种荣耀——即使将军夫人，也不曾有过弗洛伦斯的幸运。在书店命运最危急的时候，他不顾身体的虚弱去到将军家里，对将军夫人说："我要你放过弗洛伦斯·格林。"最终，他在返回的路上倒在街头。

弗洛伦斯很信任他，在是否卖《洛丽塔》一书时，她特意给布朗迪希去信，希望得到他的意见。

显然，他们是同一种人，可是，他们却依旧无法完全沟通。弗洛伦斯在他家的餐桌上是拘谨的，他，则从未去过她的书店。直到他去世，葬礼举行，弗洛伦斯在想的问题依旧是："那一天，他戴上帽子，拿着手杖，穿过广场，是为了哪一桩不同寻常的差事呢？"

即使灵魂已经靠得很近，她与他，依旧是疏离的。世上的情况，也大致如此，当一个人为了另一个人，付出生命后，另一个人，却浑然不知。他们之间的情意断了链子，飘向无法着落的虚空。

所以，有时候，会望向虚空，想象空中飘满了那些无法抵达的情意，它们密密麻麻，如游丝般飘。永无终点，永无方向。所谓的苍凉，这时，会充满胸中。

2011 年 10 月

# 我们这样忘记痛楚

一直以来，总是有意无意地拒绝诺贝尔文学奖获奖作者的作品。觉得阅读这些作品，会很累。而我希望的阅读过程，是愉悦轻松的。日常生活不累，但是烦琐，如果在烦琐的生活间隙还要去读费神的东西，不外乎自讨苦吃。

我说的费神，指的是在阅读过程中的专心，还有，不断思索。如同一条河流，文字只是一些源头，它引导你寻访最深最幽暗之处。最终触及到的，是人性和命运，是无法破解的生命谜团。

这些想法，在读多丽丝·莱辛（2007 年诺贝尔文学奖获得者）的晚年代表作《又来了，爱情》一书时，又一次得到印证。二十六万多字的小说，我读了整整一天，只在中午吃东西时停了半个小时左右。不是情节吸引不忍释手，而是怕一旦放下，就没有耐心再读。读书，有时仍需要逼一下自己的。所以，这不是一个愉快的阅读经历。

书名给人的感觉，这是一部爱情小说，这当然是对的。主人公萨拉六十多岁了，是一个编剧。丈夫去世，儿女长大。已经寡居三十年。生活对于她来说，是一潭静水，静到连她自己也不相信会起波澜。在编写、排演一出新剧《朱莉·韦龙》时，她平静的生活被打破。与剧本的另一位编辑斯蒂芬，在第一次见面时就有不忍分开的感觉。导演亨利，演员比尔和安德鲁，也先后与萨拉产生了激烈的情感冲突。爱情，在萨拉自己都不愿相信的年龄，又一次来临。这，也许是书名的来历。

一直觉得，人生的美事，是在准确的时间做对的事。因为，在那个时间点上，一切都那么美，顺理成章，一旦过了那个点，美感就会打折，也许，这是我的固执。爱情，在如花的春季里萌生，与秋季里萌生，还是有本质的区别的。秋花也仍开在枝头，但即将来临的冬风，总宣告她的一丝落寞。

萨拉也深深感知这一点："她所无法面对（又一直不得不逼迫自己面对）的是，不管是哪个女孩，不管她的品位有多低，都有一样她没有的东西。而她再也不可能拥有了。这是无法挽回的。没有一点办法。"在无声无息的时光流逝中，有一些尘埃样的东西弥漫在空间，磨蚀头发与皮肤上的光亮，消融眼神的清澈，把挺拔变成佝偻，把飞扬变成委顿。这时，来到手边的东西，便不敢再伸手握取，觉得，自己已经失去了资格。

萨拉任由爱情的激烈冲荡她情感的河流，但是，她的理智如河岸封堵着狂奔的巨浪。所以，这不是一个哀怨的爱情故事。它说的是，爱情确乎可以在暮年时来临，但是，人们会如何接受它，看待它。其中，通过萨拉，人们要思索童年时的阴影，儿女的教育，亲人的关系，爱情的逝去与再生，友情，事业，生命的存在与意义……自然，多丽丝·莱辛是深刻的，但思考这些，并不轻松。

在人生中，有没有一个人是为你而且仅仅为你而设？或者，在生命的某个段落，有一个人为你的某个段落而生？所以，人们才拥有一段又一段荡气回肠的爱情，每一段都很真诚投入，每个人离开，都痛彻心肺。

在这个小说里，我最喜欢的，其实是在结尾，在所有的事情尘埃落定之后。斯蒂芬自杀，亨利、比尔、安德鲁各为自己的事情忙碌。萨拉却沉入了深深的痛里。人是如何安葬痛苦的？莱辛告诉我们：只有时间。

我记录下那个过程：

十一月……这时她正处在悲伤的顶峰或港湾，除了和曾与斯蒂芬纠缠的强大敌人斗争外，再没有任何精力做其他的事，仅仅因为她无法承受这带来的痛苦。

……

春天。……萨拉意识到，代替以前清醒时每时每刻的痛楚，代替夜晚常常含泪醒来，代替单调乏味的忧伤，她开始经历一种阶段性的痛楚，在傍晚或黄昏时最为严重，在醒来时较轻，尽管也够痛苦的。每天有两次，像潮水一样涌来。

……

到（第二年）初夏时萨拉的苦闷已经降低到基本没有了的程度，那就是说，留下的只是一种低落的情绪，这在她的生活中常有，总是和这一段或那一段生活碎片紧密相连，但这些碎片已经远离这个忧愁的国度，就像它们远离幸福一样的遥远。她此刻站在太阳升起前的景物里，到处弥漫着一种宁静，平和与真实的光芒，人、建筑、树木都屹立着等待被阳光和影子描画。这是最最打动成年人的景色。

……

现在到了八月中旬，曾经折磨她的痛楚已经过去几个星期了，正如她预言过的，她已不记得它的强烈程度了，这证明，自然之神并不要它的儿女记住痛苦，因为这无益于它的目标，不管这目标是什么。

......

　　几个月过去了，萨拉看着镜子里，就像我们看见她的第一个黄昏一样。

......


　　在大约两年的时间里，我们看见痛苦慢慢缴械投降。曾经的人与事，激烈的情感，缠绵的眼神，最终在时间的河里流走。那些胸口的痛，曾经以为会要了自己的命，但是，它也过去了。时间医好所有的创伤。上苍希望人带着微笑上路行走，这微笑里融入了经历的痛楚，所以，显得格外温暖，非常动人。

**2011 年 11 月**

# 有时，花朵会在它们的体内开放

　　一个多月前，我在去青岛的火车上读西蒙·范·布伊的《爱，始于冬季》。这是人民文学出版社出版的短经典中的一册，其实西蒙一共也只有两本薄薄的短篇小说集（他的第一部长篇已于2011年出版，但尚无中文翻译）。在火车车厢微微的动荡感中读他的文字，有一种被轻轻击中的感觉。

　　有许多书，被读到时，有更大的触动与震撼，那是些令我仰视的书。它们在不可企及的高度，令我产生的，是敬与怕。比如《百年孤独》。

　　但另一些书，如此的切近，是耳边轻轻掠过的和风，它荡起的某种频率，与自己内心的某个频率共振。会有一些叹息般的情绪升起。

西蒙很年轻，是 1975 年生人。2009 年，凭借《爱，始于冬季》获得弗兰克·奥康纳国际短篇小说奖。据说这是国际短篇小说的最高奖。那时，他 34 岁。书的腰封上有他的照片，是头像，面容英俊，略带忧郁。可惜我总是扔腰封，于是，他的形象是淡薄的。

我觉得他总在游荡，就如同在书最后所附文章中所说的那样："我（通常在冬天游客稀少的时候）到某个地方去，头脑中空空如也。找到酒店后，我便开始在街上闲逛。有时我一走就是一天——有时是一夜，有时在雨中……有时在烈日下……有几次是在大雪中……这是构建故事的过程中最令人享受的一部分，因为关键并不在于寻找故事，而是惬意地任由自己闲逛徜徉——就像某种异味。"在游荡的途中，他构思或者偶遇，有时狼狈，有时闲适。很少有人在现代生活中能如此静下来观照内心。所以，他的文章，常带有一种细腻的旁观感觉，即使是作品中的主人公，也时刻在观察，因为，创造他们的人，就带着那样的一双眼睛。

很难相信，一个男作家，能写出如此细致的文字。他的联想与体悟，深入到物的内里。有时，主人公是老人，有时，是孩子，有时，是职员或者农夫。但他们全都在边缘，在人生和社会的边缘。他们在低微的位置捕捉自己生存的依据与价值。西蒙的可贵，在于他伤感迷茫的故事后面，总有一抹暖色，令人不至绝望。想起也很喜欢的理查德·耶茨，当初读他的《十一种孤独》，读到一切黯淡无光，但西蒙不教人荒凉。

在他的第一部短篇《因为。爱》中，有一篇叫做《苹果》，从俄罗斯来的修鞋匠塞吉，在纽约布鲁克林区开着修鞋铺。他的妻子与女儿，在遥远的祖国的坟墓里安眠。离开俄罗斯前的某个深夜，在女儿的墓前，一个成熟的苹果沉甸甸地垂到墓碑顶部，他带着那只苹果，在六天的饥渴中舍不得吃掉。几十年后，他偷偷培育的一棵又一棵苹果树在纽约生长、结果。没有人知道这些长在荒地上的苹果树是谁栽下的。苹果节上，市长说这是这个城市最伟大的一个未解之谜。政府会买下这块地，建成游乐园送给纽约的孩子们。西蒙说："一个苹果跟一颗人类的心脏几乎同样大小，重量相等，他们（苹果节上的孩子们）背着那些苹果，就像是背着那些还未曾来到人世间的，和那些已经永远离开了的这个世界的，心灵。"我想，鞋匠塞吉，也终于在那些苹果树间，看到了女儿的心灵。

西蒙自己也有个女儿，而他的妻子，在女儿两岁时离开了人世。西蒙作品中的忧伤情绪，大约与妻子的离世有关。而如何对一个两岁的孩子解释死亡，是件难事。他没有直接去跟女儿说妈妈的死亡，而是在家里挂了一幅中国卷轴画："画上是一个女子站在树边，树上的花纷纷飘落。我跟她说，人去世就是花落的感觉，让她自己慢慢体会。"西蒙笔下的死亡，也就有了别样的美与意义，他借他的小说人物说："死去的人在别处生活着——穿着我们记忆中的那件衣服。"

西蒙有四分之一的中国血统，在他的小说里，中国元素也常会出现，在《他们躲在哪里是一个谜……》中，他熟练地点出小男孩死去的母亲喜欢的中国菜：木须肉，肉末炒饭，酸辣汤，广东脆皮鸭，宫保鸡丁。读到这样一份菜单，会有一种亲近的好感。

他的小说中闪亮的句子如夏夜里的萤火一样迷人而繁多，那是些闪着幽蓝光线的精灵。"孤独和抑郁的关系就好像游泳和溺水。很多年前在学校，我了解到有时花朵会在它们自己的体内开放。"我在电脑上敲下这些文字，窗外有呼啸着的热风，梧桐的树叶在烈日下翻卷着微白的光。此刻，我深深体会到，有时花朵的确会在它们自己的体内开放。

2012 年 5 月

# 悲观者的豁达

　　读到一本喜欢的书，看到一个打动自己的词语或句子，听到一阵旋律掠过耳旁，瞥见一棵秋风里黄金般站立的树……所有这些，以何种方式进入心底，留下踪迹？更多的物事，从身边飘浮而过，它们对我来说，毫无意义，但一定是另一些人心中的最重的东西。

　　西蒙·范·布伊的小说《美，始于怀念》中，亨利的女友在地震中去世，亨利痛不欲生，作践自己的身体——年轻人惯用的方式——终于进了医院。到了应该出院的时候，亨利却不肯走。他说："我还没好。""我还没准备好。"医生说："我知道你不乐意这样，不过也许有一天你会明白，你前头的东西，多过你后头的。"

在他们说话的时候，邻床的老人小心地摘下氧气罩。

"我真希望我是你。"他说道，露出微笑。

"不，你不希望的。"

"我希望的。"他坚持道。

"把氧气罩戴上，"医生命令道，"你应该好好休息。"

看到这些对话的时候，心里很舒服，因为你了解一个年轻人、一个老人、一个医生这样说话的必然性。我已活到懂得这些对话背后东西的年龄，甚至，连作者为何设计这些情节也了然于心。这样的了然之后，有一种稀薄的凉意，很妥帖地环绕。我知道亨利必能熬过痛楚。果然，在两年的流浪生活之后，亨利回归日常。他与朋友、父母、老师联络，重新投入工作。

木心在《文学回忆录》里说：

对年青人一生的转变有重要影响的事件，如下：
死亡，最亲爱的人的死亡。
爱情，得到或失去爱。
大病，病到几乎要死。
旅行，走到室外，有钱的旅行和无钱的流浪。

亨利占了其中的三样：死亡、爱情、旅行。只是这三样交织——得到爱，死亡让他失去爱，悲伤让他放弃一切从一个国家到另一个国家流浪。有时，我想，生活里最有情与最无情的事，大约只有一件，就是忘却。忘却即是深爱。

西蒙·范·布伊借亨利的感觉说道："你明白你终于长大，青春已尽。未来的任何感觉，不论是喜是悲，是心动是遗憾，始终都会意识到结局，带着你年轻时不曾留意的阴影，百端情绪化作深沉的情感。"

我知道这种"始终都会意识到结局"的感受。经过跋涉，你已登上高处，原本错综复杂的路径一目了然，深陷其中时的慌乱永不重现。从此，一切是坦途。

非常喜欢西蒙·范·布伊的作品。《美，始于怀念》是他的第一部长篇（太俗的译名）。大约一年前读过他的两个短篇集《因为。爱》和《爱，始于冬季》。一年前写过一些关于他的文字，现在依然有效——对一个作者的偏爱，始于共鸣。

小说的最后，亨利已在卢浮宫工作数年。他鬓有微霜，喜欢睡前喝一杯葡萄酒。有时会想到以往，想到生活本来可以是另外一个模样。但是，他不再停步，只是前行。西蒙说"他痴迷于细碎事物的美：滚烫的咖啡，敞开的窗户吹进来的风，雨滴叩敲的声响，过往的自行车，冬日冷清的雪景。"生活不再以重大主题出现，不再背负各种意义，从此懂得欣赏生活里的细枝末节，徐缓前行，步履坚定，这，是悲观者的豁达。

2013 年 11 月

# 回家其实更需要勇气

安静的家庭主妇，在远赴纽约之后返家，不知道丈夫在她离家之时，亦与隔壁的女人有了故事。两个偏离了方向又返回的人，见面之时，有如下的对话：

幸子用明朗的语气大声喊道："我回来了!"

集大郎闭着眼睛，沉默不语。

幸子再次喊了一声，下定决心鼓起勇气，用更明朗的语气、更大声地喊着："我回来了!"

"欢迎回家。"集太郎的眼睛依然闭着，然后问道："谷川怎么样?"

"老实说，我并没有去爬谷川岳。"

"别说了!"接着他又柔和地加上一句。"别说了,其实我自己也去了山下。"

"山下……"

"还被人家说比起上山,回家其实更需要勇气。"


读了向田邦子的两部小说《回忆,扑克牌》和《隔壁女子》,虽然都是短篇,却极有分量,是读完了要叹气的文字。

主人公,都是些小人物,底层的人,生活无着,在艰难的周旋之中有温情,又在温情之中有冷意。

天天在家踩缝纫机为了贴补家用的幸子,却从隔壁的对话里听到一个个缓慢念出的站名,这些名字给她想象,这些想象是她平淡日子的滋润,从而,关注发出那种好听声音的男人,直至追逐这一生可能唯一的恋情。

借口去爬谷川岳,她跑到纽约,在纽约,却惦记起她不隔音的屋子,还有对她不甚在意的丈夫。决定回去之时,情人问她:

"如果我说不准你回去呢?"

"我还是要回去。"

"回去你怎么说?"

"什么都不说,继续拼命踩我的缝纫机。"

什么都不说，继续拼命踩我的缝纫机，在我的脑中，这是一幅很有立体感的画。从此，低眉敛目，只关注于眼前的尺寸之地。外面看过了，也不过如此。面子与里子，不过是互为映衬的东西。在幸子倾听隔壁的声音时，那边屋子里的峰子，却也在倾听幸子的缝纫机声——那声音象征着一种平和与安宁。安宁的，向往着激情；浮荡的，向往着贞静。最终，却发现一切都是无味又有味，欲弃又不忍弃。生活的耐心令人发指，又有种动人的颜色。

一直记得我看的向田邦子的第一部作品，是《水獭》。文中说水獭有时并非为了食用，只是为了捕获猎物的趣味而杀许多鱼，并且，喜欢把杀死的鱼排列开来欣赏。男主人公宅次，仿佛就是那些被捕杀的鱼，而他的妻子厚子，就是水獭。

他们曾有过一个女儿，却在三岁时去世。当宅次得知妻子因为参加同学会而耽误送女儿去诊治的时机后，曾想"一打开玄关的玻璃窗，就狠狠挥拳打向厚子的脸"。但是，他最终没有打，也什么也没有说，只是借着酒意呼呼睡去。

文章结尾，突然中风的宅次，被厚子的许多举动弄得愤怒异常，在一天妻子回来时，他不自觉地手中握了一把菜刀。

"能拿菜刀了呢。快歇口气。"妻子的话语里毫无忧虑。他说："我想吃白兰瓜来着。"于是，菜刀被无力地丢下。

向田邦子的文章，大多结束于一个点上，这个点不是终点，而是途中。因为是途中，所以，她从不给你痛快的感觉，也就没有踏实感，这对于习惯看结局的人来说，是件比较难受的事情。但是，这样的结局，你可以大致推出路线，或喜或悲，都有草蛇灰线。有一定生活阅历的人，自然明白。

我很喜欢《慢坡》。中年男人养了纯朴的小情人，小情人不施粉黛，安心坐在家中等他。他觉得呼吸到了清纯空气那样的放松，但时日渐长，情人开始渐渐变得与都市人越来越像，学会打扮，学会说话。初时，可能是为了取悦于他。但是，他去她那里时，在通往她家的那条慢坡上花费的时间越来越长，终于，最后一次，他没有去情人的家，而是不紧不慢地下坡，打算买盒烟后，打车回家。

小说结束，我知道，他再也不会去了，那个情人，亦不需要他再"养"着了，她已羽翼丰满，从此可以飞翔。

读那样的一些故事，并不是愉快的过程。除了佩服向田的细腻与冷静，更多的，是感知平静河流下的旋涡，还有，是生活的耐心，不屈不挠，不动声色。但若仅仅若此，向田邦子也不会在日本拥有很高的声誉。

我想起看过的电影《宛如阿修罗》，一直记得母亲在目睹丈夫的外遇后，身着漂亮的和服，微笑着、慢慢倒地的画面。美轮美奂。那是根据向田邦子的小说改编的。生活里的是与非，那样和谐地依存，在向田的笔下，冷与热，是无法分开的一股水流，交织着涌流，每个人，在细微里体悟生的渺茫与热切。

向田邦子终身未嫁。1981 年 8 月 22 日因空难去世。日本最高荣誉编剧奖"向田邦子奖"以她的名字命名。

2012 年 7 月

# 心　碎

　　那个时候在这座像的内部忽然起了一个奇怪的爆裂声，好像有什么东西破碎了似的。事实是王子的那颗铅心已经裂成两半了。这的确是一个极可怕的严寒天气。

　　不少人问过我最喜欢的童话是哪一个，我一直回答，是《快乐王子》。本来是在书架上找书的，却一眼看到薄薄的《快乐王子》，上海译文名著文库里的一本，淡粉色封面，巴金的译文。要找的书忘了，拿起这小书就那么看下去了。

　　我发现王尔德那么喜欢写"心碎"。快乐王子的铅心碎裂之外，《西班牙公主的生日》里有一个丑陋的小矮人，在镜子中看到自己丑陋的形象之后，倒地不动，任凭公主如何叫唤，他再不应声。

"可是他为什么不再跳舞呢？"公主带笑问道。

"因为他的心碎了。"御前大臣答道。


还有一篇《打鱼人和他的灵魂》，是美丽、温暖又寒凉无奈的文字。小孩子只可看到一个故事，成年人可以读到一生里的灵肉矛盾与最终回归。教堂里的芳香之花，只奇异地开了一次，让神父落了泪。打鱼的年轻人为了小人鱼卖掉灵魂，灵魂在世间游荡，知道了世间种种恶行。故事结束，小人鱼死了，年轻人不愿独存：

> 他的灵魂要求他走开，可是他不肯，他的爱太大了，海水逐渐逼近，它要用它的浪盖住他，他知道他的死期就在眼前的时候，他疯狂地吻着小人鱼的冰冷的嘴唇，他的那颗心碎了。他的心因为充满了爱而碎裂的时候，灵魂就找到一个入口进去了，它好像以前一样地跟他成为一体了，海用浪盖住了年轻的打鱼人。

非常喜欢王尔德的童话，他的童话里，经常有充满了奇花异草的花园，那些花草，光看看名字就美得令人向往，只不过，我不知道他为什么那么喜欢写"心碎"。"心碎"的人，在他的作品里，都是"好人"。他的故事，有种轻的忧郁，杂在他的唯美的境界之中，像听爵士乐的时候，有时会感受到的徘徊来徘徊去的诉说，有节奏的，顽强的，但又不激烈，不过分。

想到这几天刚刚看完的劳伦斯·布洛克的《酒店关门之后》。买了全套的马修·斯卡德系列来看，是继钱德勒之后最爱的一套侦探小说。无照私家侦探马修·斯卡德身上有与侦探身份极不相称的脆弱气质，令人着迷。《酒店关门之后》里有一支歌，文中仅有歌词，有两段当时就找出本子抄了下来，其中一段是：

> 所以我们干掉这最后一杯，
>
> 有一句话我们永远不说出来，
>
> 谁有一颗玲珑剔透的心，
>
> 他就会知道何时心碎。

"心碎"是一个被过度使用的词，滥情的文章里到处可见。童话和侦探的"心碎"，绝对是特别的两种。

2013 年 1 月

# 磁力般的吸引

——读卡瓦菲斯

大约两年前偶然看到卡瓦菲斯的诗作《城市》，很喜欢。抄到笔记本上，读过很多遍，依然很喜欢。于是开始找卡瓦菲斯的诗集，网上那几家书店，一直缺货，去年底，终于买到黄灿然译的《卡瓦菲斯诗集》，打开书，首先找到《城市》，再次读，还是很喜欢。

去年，读了好几本诗集。特朗斯特罗姆、辛波丝卡、弗罗斯特、洛尔迦、卡瓦菲斯，最喜欢卡瓦菲斯，如此地吸引，对我来说，已很少见。在黄灿然的译序里，看到诗人兼翻译家罗伯特·费兹杰拉德对卡瓦菲斯的评价："如此敏锐，如此忧伤，达到了如此简洁的高度，远远超越了他的语言和他的时代。"是的，敏锐，忧伤，简洁，是这三个词语，说得如此准确。

一个人，在自己的城市里活得无奈，想去"另一个国家，另一片海岸，/寻找另一个比这里好的城市。"卡瓦菲斯说：

> 你不会找到一个新的国家，不会找到另一片海岸。
> 这个城市会永远跟着你。你会走在同样的街道上，
> 衰老在同样熟悉的地方，白发苍苍在同样这些屋
> 子里。
> 你会永远发现自己还是在这个城市里。不要对别处
> 的事物抱什么希望：
> 那里没有你的船，那里没有你的路。
> 就像你已经在这里，在这个小小角落浪费了你的生命，
> 你也已经在世界任何一个地方毁掉了它。

从未读过这样绝望的文字，一直刺到内心深处，不留任何余地，斩钉截铁。一直以来，昆德拉的"生活在别处"，总给人某种希冀，保留着人最后的一点幻想。若此处是糟糕的，他处可以春暖花开。但卡瓦菲斯是不给希望的，他说："我能在哪里过得好些？下面是出卖皮肉的妓院；那边是原谅罪犯的教堂；另一边

是供我们死亡的医院。"

岁末，会想到他的《蜡烛》：

> 逝去的日子留在我们背后，
> 像一排被掐灭的无光的蜡烛；
> 最靠近的仍在冒着烟，
> 冰冷、融化、弯下来。
>
> 我不想看它们：它们的形状使我悲伤，
> 回忆它们原来的光使我悲伤。
> ……

每个人，每段时间，都有"原来的光"，蜡烛熄灭之后的烟气上升，袅袅在空中，有形迹，也有气味。燃烧过的气味。但"原来的光"不见了，青春不见了，喧哗不见了，往前看，是终点，终点是什么？莫利斯在《裸猿三部曲》之《亲密行为》中说："我们人生的结局像婴儿，'舒舒服服'地躺在棺材里，棺木里用柔软的材料填充，就像摇篮一样。我们从摇篮的摇荡环境走到泥石封堵的固着环境。"作为生物学家，莫利斯是客观的，他陈述事实，作为诗人，卡瓦菲斯是感性的，感性让我们悲伤。

实际上，促使我到处找卡瓦菲斯诗集的另一个原因，是他的另一首诗《一个老人》。这首诗是在《城市》之后读到的，与《城市》一样，它一下子击中我。

我想象，应当是在一个下午，在咖啡店喧闹角落里有一个老人，他独自坐着，面前摊着一张报纸，他想起：

当年拥有力量、口才和外表时
他享受的东西是何等少。

他觉得仿佛在昨天，"相隔这么短，这么短"的昨天，他好像还是年轻人。

他想到谨慎怎样愚弄他；
他怎样总是相信——真是疯了——
那个骗子，它说什么："明天你还有很多时间。"

他想到被约束的冲动，被他
牺牲了的快乐。他失去的每一个机会
现在都取笑起他那毫无意义的小心。

假如诗只是到此结束，那也只是一个老人对过往的回忆与反思，感叹时光飞逝，错失的机会永不回来。别的人写，也许也是这样的思绪。但诗仍有最后一幕：

> 但是太多的思考和回忆
> 使这个老人晕眩。他睡着了，
> 他的头伏在桌上。

我想到纷乱的意象冲击着老人，他的身体无法承受。最终，人受限于肉身。即使他灵台清明，即使他有无数智慧想传达给年轻人，好教他们少走弯路，可是，他已经不堪重负，所有清明思绪都积在他的老心里，世上的年轻人只好一代代自己去走路，摔跤，再老去，再一代又一代，心绪繁多，但无法言传。

卡瓦菲斯囚自己的心在窗内，虽然屋子让他窒息，但是，他的屋子没有窗户，一天天寻找窗子终究让他厌倦，于是：

> 但是这里找不到窗子——
> 至少我找不到它们。也许
> 没找到它们更好。
> 也许光亮最终只是另一种独裁。
> 谁知道它将暴露什么样的新事物？

活在世上，是一个大屋子，所有的绿野青山只是屋中盆景，找不到窗子的结果是人们适应了窒息感觉，畅快地呼吸反而是种不知所措。就像是，熟悉了崎岖，不再能适应平坦；熟悉了病痛，不再适应健康；熟悉了畸形，不再适应正常；熟悉了忧伤，不再适应快乐。

卡瓦菲斯，忧伤的歌者，希腊现代诗人，同性恋者，水利局员工。生前未正式出版过诗集，死后，被同是希腊诗人，1979 年诺贝尔获奖者埃利蒂斯评价道："另一个极点是卡瓦菲斯，他与艾略特并驾齐驱，从诗歌中消除所有华而不实的东西，达到结构简练和词语精确的完善境界。"

2013 年 3 月

# 事情发生了

一天与先生为一件多年前的事起了争执。记得那天下班路上，他骑车带着我，行到一个路口，前面也有一人骑车带人，从车上掉下来一样东西，我们到跟前时，发现是一小卷用皮筋绑着的钱，连忙叫喊前面那两人，把钱还给了他们。

在这里，我俩的记忆不同了。我记得的是，那两个人恰巧是女儿同学的家长，于是站在路边聊了一会儿，感叹真是巧。先生记得的是，那两个人不认识，正跟这丢钱的两个人说完话，正好遇到了女儿同学的家长，于是站在路边聊起了天。

争执了一会儿，好在我俩都不是纠结之人，多年前的事，争下去也不可能有答案，于是，就放下了。不过，随后心中感叹，自己经历过的事，时间一久，便模糊起来，更不用说别人的事了，大而言之，所谓历史，真真假假，早已难以辨识。

朱利安·巴恩斯在《终结的感觉》里说："……你最后所记得的，并不总是与你曾经目睹的完全一样。"尤其是，"你发现，当你的人生见证者日渐减少，确凿的证据也随之减少，因此，对当下和曾经的你也就没有那么笃定了。"

看完《终结的感觉》，当天晚上，有一点轻度的失眠，似睡非睡地想了许多事。现在已经极少失眠了，很多事不会入脑，更不会入心，可知这本书对我触动很大。

书后的腰封上印着小说内容简介，如下：上世纪六十年代，高中生托尼有两个好友，三人爱读书也热衷于谈论性，常聚在一起调侃戏谑。后来博学睿智的艾德里安也加入了他们，他的加入让这个小圈子发生了悄然的改变。

成年后的托尼结婚又离婚，退休后他的生活平静无扰。然而，一份旧日女友母亲的遗嘱改变了他生活的轨迹，迫使他回首探寻当年的谜团。他发现，曾经笃信的回忆变得疑窦丛生，曾经温良无害的自己变得面目模糊。

朱利安·巴恩斯凭借《终结的感觉》获得 2011 年的布克奖，之前，我曾读过他的短篇集《柠檬桌子》，非常喜欢。《福楼拜的鹦鹉》应该是他最著名的作品，但我尚未读过。

《终结的感觉》让我再一次对"历史"的真伪产生深思。常读史书，朝代更迭是家常便饭，感觉每一个新朝代从开始到终结，都呈现一个抛物线形状，先上升，到顶点，然后下落。不同的，仅仅是抛物线的完美与否，形状大小，线条是否圆润等等细节，但这些，其实是大的脉络，隐藏于时间的长河里的每一朵浪花，在每个记录者的眼里，都是不同的，都各有深意。

在历史课上，高中生们在回答老师的提问，老师的问题是：什么是历史？

托尼的回答：历史就是胜利者的谎言。

老师补充说：它也是失败者的自欺欺人。

科林则认为历史是一块生洋葱三明治，因为它一个劲儿地重复，就像打嗝似的。

艾德里安认为"不可靠的记忆与不充分的材料相遇产生的确定性就是历史。"

这些孩子中最睿智的艾德里安向老师提出了问题，他借用了他们的同学罗布森自杀的事件，他说："那等到五十年之后，等到罗布森的父母去世，等到他的女朋友消失已久并且再也不愿回想有关他的一切，到了那时候，怎么可能还会有任何人有能力来记录罗布森的故事？"

多年之后，托尼与朋友很少联络，艾德里安也已自杀，退休之后的他回忆起高中课堂上的回答，重新认识到："历史其实是那些幸存者的记忆，他们既称不上胜者，也算不得败寇。"

这些对"历史"的解读散落在文字里，当然这同时也是作者巴恩斯的思索与质询。

对我来说，回顾是常事，但回顾之后得来的信息，究竟是当时的真相，还是多年之后的我愿意看到的真相？我无从回答。就像是，托尼写过的信，在他的记忆里，是无害的，但是，再次读到出自己手写的信件，居然是另一副面目，这时，对托尼的冲击是巨大的。

有没有可能，我们，曾经做过刽子手而不自知？或者，为了安宁地活下去，记忆自动改变了它存储的信息？在新存盘的信息里，我们比较善意，略带着受害者的无辜。别人的不幸，与自己无关或至少不紧密相关。记忆里的我们更公正与大义凛然，显然也更可爱。不过，这些，是真的吗？

巴恩斯以为，时间有客观时间与主观时间之分。而主观时间，"这一私人时间，即真正的时间，是以你的记忆的关系来衡量的"。

那么，往事，其实可以重新排列组合，或者，早已排列组合好了，以自己比较能够接受的方式呈现，这是人们活下去的秘方，也是代代传承的法门。

假如提出质询，对往事进行分拣：我曾去过的园林，其实不是我记得名字的那一个。爬过的山，也不是我心心念念的那座。我一直认为从未抵达的某处，可能是我有意地回避。一些暖流是我的臆测，一些森然冷意，也不过是妄想。人有多个面目，在棱镜中，我只有机会见识到某一面，我却把它当作全部了。还有，曾在墙上心上刻下的刀痕，其实更深。年月久了，血不再渗，病灶一直在，只是不复发了。

既然"悔恨的最大特点便是无能为力：道歉或者改过都为时已晚"，那么，回首往事还有什么意义？巴恩斯提供了一种可能：去体会岁月带给你的新的情感。在回顾中，剖析自己，从另一面，再认识自己。


曾在网络上看到过一段未经证实的文字：

我们见到的太阳是 8 分钟之前的太阳，见到的月亮是 1.3 秒之前的月亮，见到一英里以外的建筑是 5 微秒之前的存在，即使你在我一米之外，我见到的也是 3 纳米秒以前的你。我们所眼见的都是过去。

如果这段话为真，那么，眼前的一切都是"事过境迁"，对于所有发生的事情，对于"历史"，也只能用艾德里安的话来说："要形容任何历史事件——譬如说，即使是第一次世界大战的爆发——我们唯一真正可说的一句话就是：'事情发生了'。"

2013 年 3 月

# 自己那样的一种紫

有个女孩子借汪曾祺的散文集，打算明天带给她，坐沙发上随手翻，却停不下来了。一直看了两个小时。

汪曾祺的人是散淡的。有的人，想起来时，是浓烈的，他却不，想一想他的人或文，好像都淡薄如烟。浓烈的人，会给人深刻的打动，汪曾祺只给人水般的感觉。也是，他本就是水边的人。他与沈从文，都给人淡的感觉，如果是画，也是水墨，必不是油画。

淡的人与文，有一种韧。坚持，缠绵，轻柔地渗透。他的文字，是平常的，不以惊心动魄吸引人，却自有一种直达心底的东西，也许，可以叫做瞬间的颤动。

《葡萄月令》里有段话，写花："都说梨花像雪，其实苹果花才像雪。雪是厚重的，不是透明的。梨花像什么呢？——梨花的瓣子是月亮做的。"他说得毫无商量余地。透明的梨花,我也见过,想一想,真是月亮做的,雪没有那般轻。

他写紫薇:"紫薇我见过很大的。昆明金殿两边各有一棵紫薇,树上挂一木牌,写明是'明代紫薇',似可信。树干近根部已经老得不成样子,疙瘩流秋。梢头枝叶犹繁茂,开花时,必有可观。用手指搔搔它的树干,无反应。它已经那么老了,不再怕痒痒了。"(《滇游新记》)我小时候,也听说在紫薇光滑的树干上挠,树叶会动,说它怕痒痒。曾经试过多次,甚至成为习惯,看见紫薇树,总想伸手去挠。汪曾祺的文字极简,极克制,谁都读得懂,他不只是在说树。

有时候,会想到他、沈从文、张中行,虽然也经浩劫,也受迫害,但至少都活了下来。觉得他们有共性,那就是顺遇而安,也就是张中行说的"顺生"。他们在劫难中间,都有种弹性。可以被压得极低,却终究能反弹。

我看过汪曾祺画的土豆图谱,真是美。很难想象这是他独自一人在沽源这样一个高寒地区完成的。看他的文字,早晨趁着露水去田里摘花,插在玻璃杯里画,下午画叶子。天凉了,土豆成熟了,切开,画剖面图,最后,"一块马铃薯画完了,薯块就再无用处,我于是随手埋进牛粪火里,烤烤,吃掉。我敢说,像我一样吃过那么多品种的马铃薯的,全国盖无第二人"。字里行间,读不到"受难"的痛苦,几乎是令人羡慕的享受。

《葡萄月令》是一个熟悉葡萄生长全过程的人写的，简洁的文字里，既有农时农活，更有诗意。令人想到陶渊明的《归园田居》，但陶种的豆子是"草盛豆苗稀"，汪曾祺的农活，却是干得有模有样的。

　　他在果园，"最常干的活是给果树喷波尔多液。硫酸铜加石灰，兑上适量的水，便是波尔多液，颜色浅蓝如晴空，很好看"。农药，在他眼里，是"好看"的。任何时候，都能从生活里找到乐趣是一种能力，这种能力，苏东坡身上很多，"日啖荔枝三百颗"就是。沈从文埋头写《中国服饰研究》时，也是。

　　汪曾祺自己分析，随遇而安来自于老庄思想的影响，也在自身，"我就不是具有抗争性格的人"。中国文人里，这样的人历朝历代都有。使命感太过强烈的人，往往会把自己摆到期望到达的高处，跌下来时，结局常常令人唏嘘。汪曾祺这样的人，度过劫难，便如老树，依旧自由地开花，一点也不突兀，桑榆晚景，还常常温暖自身与他人。

　　他的文字，需要一点年龄的积淀才能更好地欣赏。非常特别的感觉，又说不太清楚。我看到他写叶子花（三角梅）的紫："叶子花的紫，紫得很特别，不像丁香，不像紫藤，也不像玫瑰，它就是它自己那样的一种紫。"是的，汪曾祺就是他自己那样的一种"紫"。

2013 年 6 月

# 唐鲁孙的书

做狮子头，是下了番决心的，只因它太费事。其实，这是我第一次"认真"地做狮子头。买来三分肥七分瘦的鲜肉，去皮、去筋、去膜，切成片，再切成丝，再一刀刀切成玉米粒大的肉丁，关键是不能剁。切到最后，两手都是酸痛的。加黄酒鸡蛋盐葱姜水等拌匀，做成五个大肉圆（狮子头），最后将狮子头放入砂锅，把砂锅放入蒸锅蒸一个半小时。

出锅时，令我吃惊的是砂锅里浮着五个狮子头，一色雪白，关键是汤，一清到底，却充溢着难以言喻的肉香。第一次不惮其烦地费时费力，终于成功。

想想食物给人带来的快乐，实在是丰盈温暖的。那种幸福是溢着尘世芳香的满足，与书及文字给予的快乐，虽不相同，却均不能缺乏。

素来爱读写吃的文章，觉得爱吃的人比较没有机心，因为馋相总是不太好看的，但馋人总会因为馋而有某种令人瞠目的举动，把平日加以克制的仪礼忘在脑后：有远赴千里只为一道菜的，有为了吃不要命的，也有霸占着爱吃的一道菜不想令人举箸的……读过的文章，从古时的张岱、袁枚，到现在的梁实秋、汪曾祺、赵珩、沈宏非、蔡澜……各有各的风格。

近日买了数本唐鲁孙的书。广西师范大学出版社的集子，封面做得很淡雅，浅黄色，每本封面上点缀各不相同的简洁的一枝花，右上角并排竖印两行文字：中华谈吃第一人，唐鲁孙作品。说实话，对这行文字，颇有点不以为然。

但看完其中一本《唐鲁孙谈吃》后，却至少觉得这一行文字并未说大话。按介绍，他的曾叔祖曾为刑部侍郎，唐鲁孙是珍、瑾二妃的侄孙，七八岁时进宫向瑾太妃叩拜春节，被封为一品官职。幼时见过世面，长大尝遍各地美食，后又在台湾长久居住。退休后才开始写作。有些人老了之后才开始创作或才有机会畅所欲言，唐鲁孙是一个，还有张中行，英国的女作家佩内洛普·菲茨杰拉德（代表作《书店》《离岸》等，不是写盖茨比的菲茨杰拉德）也是如此。年老之后写作，阅尽风霜，出手老辣，又极少烟火气。我最喜欢的，就是这种淡而有味。

唐鲁孙给自己定的写作要求是："自重操笔墨生涯，自己规定一个原则，就是只谈饮食游乐，不及其他。良以宦海浮沉了半个世纪，如果臧否时事人物，惹些不必要的啰唆，岂不自找麻烦。"所以，读他的文章，实在是舒服。只是掌故见闻，笔底波澜自己去想。没有故作散淡，也没有尖酸刻薄，但自有股清贵之气，那是人家骨子里带着的，学也学不来。

老人常常喜欢感叹，尤其是今不如昔。对唐鲁孙来说，还有故国之叹，但是，他只在吃上恣肆，绝不在别处拖泥带水。做到如此之淡，是他真的忘却真的放下了，还是他真的控制得好。我不知道。

有篇小文叫《一品富贵》，写过年时吃的火锅，南北有别，丰俭由人。结尾处写着："现在我在台湾虽然每年除夕也准备一只一品富贵，从前忝居末位，现在已升格高踞首座，虽然高高在上，可是心绪情怀都没有当年身在下位的无忧无虑火炽有趣了。"

这一段，算是比较直接的情感流露了，但也仅止于此。

读他的书，就想到我那天做的狮子头，一切功夫，都在一锅澄清汤外，那汤 清到底，却丰腴逼人。

2013 年 9 月

# 俯　瞰

　　一个恐怖分子在一家酒吧放置了定时炸弹之后离开，炸弹将于十三点二十分爆炸，这时，是十三点十六分：

　　　　一个穿黄夹克的女人，她正要进入。
　　　　一位戴眼镜的男士，他正走出来。
　　　　穿牛仔裤的青少年，他们正在交谈。
　　　　十三点十七分又四秒。
　　　　那个矮个儿是幸运的，他正跨上机车。
　　　　但那个高个儿，却正在进去。

　　这是辛波丝卡的诗《恐怖分子，他在注视》里的一段。每次读到这首诗，心里总会升起一种难过，是目睹别人走向不可知的命运的难过。每个人，每日做着几乎相同的事情，并不知晓一如以往的事情背后暗藏的机关，也许，这机关通向绝路，也许相反，它通向狂喜。通过这个点之后——比如，诗中的爆炸时间：十三点二十分——人们的命运会有天壤之别。

在诗中，恐怖分子放置完炸弹离开，他穿过街道，距离使他远离了危险。他成了旁观者，得以旁观他一手制造的别人的命运。这诗如此冷静，又如此残酷：在十三点十九分，有个肥胖的秃头，他正打算离开，他翻寻衣袋之后，在十三点十九分十秒，"他又走进去寻找他那一文不值的手套"。

每个人，都是别人命运的旁观者，在旁观中感知各种甜酸苦辣。同时，每个人，又被别人旁观。是谁，在注视你的生活？以何种角度何种方式？我最感兴趣的，其实，是注视的方式。

记得有一年的五一假期，去应县看木塔，在木塔前的广场上，看了一个多小时的蚂蚁。看它们不断走错路，拖着食物来来回回地奔忙。无法告诉它们家在哪里，只能看着。这个场景对我来说印象深刻，是因为那一次，我有机会获得了一个角度：俯瞰。

如同诗中的恐怖分子一样，作为人，我们其实无法获得俯瞰别人命运的机会，除了某些特殊时刻。走在路上，只有前后的差异，走得快的，走得远的，得以看到更多一点的风景，也许因此会比后面的人看得深些远些，但却始终无法以俯视的角度观看整个人生，这，是人的最大遗憾，也可能是人生最大的魅力所在。

在一本全方位介绍电影的书《认识电影》中，我读到一段关于镜头角度的文字。电影中有一种拍摄角度叫做"鸟瞰角度"："它是直接从被摄物正上方往下拍，我们很少从这样的角度看事物，……这种角度相当具表达效果。它使观众盘旋在被摄物上空宛如天神般，镜头下的人物往往像蚂蚁般卑微无助。"

我经常会想象假如有上帝，他在上方注视我们凡人的生活时脸上的表情。我一直觉得他脸上是有微笑的、悲悯的、慈和的、冷静的。上帝的心情我无法推知，假如"他"有心情的话，会不会就是我在应县木塔看蚂蚁时的心情：无法告知与无法帮助的无奈。

顾城说他在五岁的某一天看着白墙，突然感到空虚，第一次清楚地知道自己有一天是要死的。他跑到外面草地里看虫子："我就坐在草中间看那些昆虫爬上草叶，又掉下来，这时候我忽然觉到了一种安慰——在这个很大很大的天地间，我就像这个昆虫一样，走我的路，我不知道我爬上去的是哪片草叶，然后到哪里去；但是天看着我，天知道，就像我看着这个爬动小昆虫，我知道一样。"

当我们俯视比我们弱小的昆虫，或者，当我们读书，读那些已经离开这个世界的人留下的文字，我们会获得"天"的角度，得以俯瞰别人的命运。但是，也仅仅是看。

艺术家可能是比较少数可以享受创造命运的特权的人，所以，文学上有所谓的"全知"角度。这些日子一直断断续续看艾丽丝·门罗的作品。这位去年诺贝尔文学奖获得者的小说充满张力，经得起反复阅读。她经常在一个短篇中概括一个人一生的命运，大起大落之后沉静如水。有一篇叫做《公开的秘密》，讲一个女孩突然失踪。这个小说的结尾一段我非常喜欢：

> 莫琳还是个年轻的女人，虽然她并不觉得，她还有未来在等她。先是死亡——很快的事——再婚，新的地方和房子。在千里之外的厨房，她将注视着木勺背后的软皮，她的记忆将会刺痛，但在这个时刻，这一切不会透露给她……

这里，是作家在俯视她的人物，她告诉读者，这个莫琳，虽然现在还住在一个小镇，处于一个女孩子的失踪事件之中，但是，很快，她年长的丈夫会去世，她会远嫁，她还有长长的生活——但对于这些，莫琳自己一无所知，而作为读者，读到这些文字时，与作家一起，获得了俯瞰的角度，从而也获得了某些感受。

**2014 年 5 月**

# 我选择轴心，而不漠视旋转

——周梦蝶印象之一

台湾诗人周梦蝶于今年五月一日去世，之后，开始认真读他的诗、文，并看过台湾2011年拍摄的纪录片《他们在岛屿写作——化城再来人》。《化城再来人》时长164分钟，我看过两遍。整整两个下午，沉浸在诗的氛围之中。

周梦蝶的诗，在大陆，只有海豚出版社2010年出版的选集《刹那》能买到。这本小小的诗集，我读过三遍，在一个月内。之后，又辗转买得台湾印刻出版的三卷本《周梦蝶诗文集》，尚不包括他所有的作品。台湾的竖版繁体更符合周梦蝶的气质。

中年之后，开始爱读诗，是因为年轻时读不懂读不下去的现在突然豁然明悟。洞彻的感觉如此之美妙。当然，也因为诗短，读起来不累。

但读下来，心仪之作，依旧是古典诗歌，《诗经》之美，难以言说。外国诗歌，终究因语言而"隔"。现代诗人中，喜欢的，更是寥寥。周梦蝶是非常非常喜欢的诗人。喜欢一个作家，与喜欢日常生活中的一个人一样，因气味相投。

录台湾印刻《周梦蝶诗文集》中周梦蝶的简介如下（节选）：

周梦蝶，本名周起述，笔名起自庄子午梦，表示对自由的无限向往。1921年生，河南省淅川县人，开封师范、宛西乡村师范肄业。熟读古典诗词及四书五经，因战乱，中途辍学后加入青年军行列，1948年随军来台，遗有发妻和二子一女在家乡。周氏1952年开始写诗，作品主要刊载于《中央日报》、《青年战士报》副刊。1955年退伍后，加入"蓝星诗社"，当过书店店员，1959年起于（台）北市武昌街明星咖啡厅门口摆书摊，专卖诗集和文哲图书，并出版生平第一本诗集《孤独国》；

1962 年开始礼佛习禅，终日默坐繁华街头，成为北市颇
具代表性的艺文"风景"，文坛"传奇"，1980 年因胃
病开刀，才结束二十年书摊生涯。

《化城再来人》的起始，是周梦蝶用河南口音朗读自己的诗
《我选择》，他读得很慢，慢性子的人估计等不下去。但是，那就
是周梦蝶的节奏。

　　我选择紫色。
　　我选择早睡早起早出早归。
　　我选择冷粥，破砚，晴窗；忙人之所闲而闲人之
所忙。

《我选择》是周梦蝶仿波兰女诗人辛波丝卡风格创作的，发
表于 2004 年。我把它当作周梦蝶人生态度的表露。碰巧，辛波丝
卡也是我很喜欢的诗人。周梦蝶是世外之人，但是，他从来也
没有远离人生，"我选择热胀冷缩，如铁轨与铁轨之不离不
即"。不即不离，是周梦蝶的处世方式，虽然，做到这样，其实
很难。

年轻时，我也许会对周梦蝶摆书摊的姿态更感兴趣，但现

在，所有猎奇性的遭遇已勾不起我足够的好奇。对文本的阅读是对作者最大的尊重。在周梦蝶的字里行间，我读到的有：古典，禅味，老庄气息，热烈，隐忍，豁达，其中最重要的是，孤独，还有美。

2014 年 8 月

# 不 得 不

——周梦蝶印象之二

　　走在隔离护栏与围墙之间的狭长路上，与一只麻雀偶遇。麻雀正在啄食地上面包屑样的东西，感知我前来，一再躲，直到躲无可躲，不得不放弃，飞到附近的一棵柏树上。我万分不想惊扰这小生灵，但一切只在瞬间。我在树附近又站了一会儿，希望这麻雀能回来重新啄食它不愿放弃的食物，却始终未见它回来。快快离开时想，不知麻雀可有记忆，若有记忆，它便能回来找到它的食物。

　　这小东西一躲再躲不忍离开的样子，让我想到"不得不"。

　　人与物，都有其"不得不"。在"不得不"背后，无数的挣扎无奈，只有自知。

便又想起周梦蝶有首诗，叫做《咏紫砂葫芦 遥寄妙恭尼》。诗后附一段"跋"，写得简洁，字里行间却有情态。令人想起《世说新语》，却又比《世说》深挚，引人揣摩，向往不尽。录于下：

> 女诗人林峻枫，家世履历不详；只知其于台北某角落赁屋独处，以笔砚代耕织。四年前农历除夕予八十生辰，女诗人著大红风衣，飘然莅止，以紫砂葫芦一事为贺。厥后二年，忽传其于高雄大树乡某禅院削发为尼，法号妙恭。其剃度师为谁，剃度因缘为何，都会阙如。人亦南北各天，杳不复通音问。所幸此紫砂葫芦尚在。风雨晨昏，相视莫逆。傥亦昔人云汉影月醉醒外之无情游乎？惭谢！

我读此段文字，想象女诗人风采，"大红风衣"与"飘然"已经足够展现。更感佩她做事决绝果敢，一尘不沾，去得彻底。周梦蝶与紫砂葫芦"相视莫逆"的静寂画面，也真切地出现在眼前。世间有的是说不清道不明的因缘与情缘，言少，情溢，生生叫人惆怅。

诗有不少佛家言辞，并不太懂，但结尾两句，却一下了楔入心里：

　　路是路自己走出来的！
　　枫丹露白，各自有其所以与不得不。

　　周梦蝶对女诗人的出家，予以最宽容的解释与体谅。那是自己也经了无数"不得不"之后了然于心的态度，那态度里，自有温热。

　　我想，"不得不"是进到悬崖峭壁，也是退到月明星稀。是铤而走险，也是黯然低头。是一再进逼的沙丘蚕食绿洲时漫天的无可奈何。周梦蝶深谙此理。他守的是"退"，直退到孤灯黄卷。青布长衫，毛线帽，长柄雨伞，他是一个旧时代的梦魂，活在新世界里，不得不。

2014 年 9 月

# 恍　　惚

许多年前的一个夜晚，在长春的街上散步。冬天的东北，在一个江南人的眼里，是雪，还有白色和冷冽。夜晚极少行人，在雪里走的时候，突然想到雪上看不见的微尘，它们从何处吹来？有没有可能，它们一路从江南来，也许，某一粒尘土，我曾在故乡踏过，如今它飞过千山，我又一次踏过，却茫然无知？这么想着，心中涌起一阵恍惚，不知今夕何夕，也不知身在何处。

从此，这种恍惚常常出现，伴随黄昏城市里的车流，暗淡灯火，或者，年节时雪野里灯笼朦胧柔和的红光。独自站立，时间静止，感觉抽离自身，上升至空中变成另一个我，冷眼看着尘世里的我。这时，尘世里的我，就陷入恍惚。

读莫迪亚诺的《地平线》，经常感到恍惚，是那种熟悉的感觉。这是我读的第一本莫迪亚诺。《地平线》故事清淡，剧烈的情节被时间淡化了。主人公博斯曼斯经常在路上走，走路的时候，想到过去，想到四十年前他与玛格丽特的初次相遇，相恋。一年的甜蜜换四十年的孤单。

玛格丽特是突然消失的。自然，书里有蛛丝马迹，围绕玛格丽特的，是一种神秘气息。所以，在阅读的过程里，你知道分离早晚来到，更何况，莫迪亚诺的叙述，是打破了时间连续性的。你只是好奇，他们怎么分手，为何分手。

玛格丽特匆匆走了，临别时告诉博斯曼斯，"她到了汉堡或柏林之后，立刻会把自己的住址告诉他，他就去那里找她。他对她说，最好是给他写信，或者给他打电话，打到沙漏书店……但时间一年年过去，却从未收到来信，也没有听到电话铃响。"

在现时，一个人杳无音信几乎是件不可能的事。但在二战结束之后的世界，又在刻意的隐瞒之下，这件事却是可信的。

一个人从另一个人的世界里抽身而去，是每个人必然会遇到的事情。假如这个人非常重要，我们常常会以为他离开后，另一个人的生活从此会陷入混乱之中。但是，莫迪亚诺说："随着时间的流逝，我们过去受到的痛苦显得多么微不足道……"这种

"微不足道"的"痛苦"化作了一种气息，萦绕在周围，使一个人全然不同于其他的任何人。事实上，博斯曼斯并未消沉，而是成了一个成功的小说家，但却孤单，独立，常常行走在巴黎的街头，陷入恍惚之中。

莫迪亚诺的叙述几乎是优雅而迷人的："许多年后，他偶然又来到这条蓝街，一种想法使他呆立不动：两个人在初次相遇时说的话，竟会消失得无影无踪，仿佛从未说过，这事是否真的确信无疑？那么，几年来低语的声音、电话里的谈话呢？耳过低声说出的千言万语呢？这些片言只语无关紧要，都注定要被遗忘？"

我常常沉迷于这种恍惚，它不知何时到来。它仿佛是生命中的一段空白。人从现实里抽离，在人群外游离，神思飘荡于虚空之中，总感到那个时刻的自己，更逼近冷然客观的自己，清明而灵动。但这种时刻极其稀少，它总是不期而至，无法预知，也无法迎接。如同生命中那些不可知的相遇，用莫迪亚诺的话来说就是："两个人首次相遇，如同各自感到身受轻伤，会把两人都从孤独和麻木中唤醒。"有时，恍惚也有这种作用，使人"身受轻伤"的作用。

莫迪亚诺说起《地平线》的构思，正是来自一次在巴黎街头的漫步："我有了一种感觉，似乎出自科幻小说或影片：这个街区高楼林立，我已认不出以前的街道，我感受到也许有一种平行的生活，人们在过这种生活时会跟以前一样。仿佛存在着时间的走廊，人在那里，跟你在四十年前看到他们时一模一样。"他把这种想法移到了小说中。博斯曼斯在街上看到一个姑娘，姑娘的背影与玛格丽特完全一样。他尾随着这个姑娘，最终确信她就是玛格丽特。但作为读者，你知道这姑娘并非玛格丽特，莫迪亚诺只不过是制造了又一种"恍惚"："一些人在青年时代是朋友，但有些人不会变老，他们在四十年后跟其他人迎面相遇，就再也认不出那些人。另外，他们之间也不可能再有任何接触：他们往往是并排待着，但每个人都在一条不同的时间走廊里。他们即使想相互说话，也不会听到对方的声音，如同两个人被鱼缸玻璃隔开那样。"

想起前些日子看过的电影《星际穿越》里的情节，父亲在四维空间里，落到自己家中，看到童年的女儿，想与她交谈，却无法交谈。他飘浮在空中，眼前有透明的丝线样的东西隔开时空。也许，这些丝线样的东西，就是莫迪亚诺书中的鱼缸玻璃。

我喜欢这种设想，也体会着这种设想背后残酷的现实：在现实中交流的不易，在想象中依旧不易，甚至更难。但这种想法本身却很美，它提供了一种可能性，让一个爱情故事，有了某种哲学意味。

读《地平线》本身是一个"恍惚"的过程，读罢全书，你也不能全然知道玛格丽特的过去，她在怕什么，为什么要不断地逃亡，是否存在一个组织在她身后，全是谜。四十年的生活，是空白，她如何在柏林开了一家书店，长长的故事只有细细线索。我喜欢这种跳脱了致密情节的小说，只提供一种可能性。其实现实本身并不如同我们想象的那般一清二楚，很多情意从未诉说，很多故事没有结局。

博斯曼斯最终来到柏林，在离玛格丽特书店不远的公园里坐着，他已经老了，走路时间长了就腿疼。他向邻桌坐着的一个三十多岁的男子打听玛格丽特与她的书店。久远的时间与长远的路途之后，相遇变得不再是一件急迫的事情。

《地平线》写于2010年，据说是莫迪亚诺首次有温暖结局的小说，但所谓的温暖结局，也只是一种可能：博斯曼斯不过是在走着，并未到达书店。"他走了那么长时间，累了。但他在一瞬间有一种安详的感觉，并确信回到了他曾在某一天离开的地方，是同一个地方，同一钟点，同一季节，如同钟表的时针和分针在中午十二点时并在一起。"

有时，想象比现实更确定，有时，恍惚比清醒更精准。我了解那种"安详的感觉"，在其中，一切更"大"，更延展，更逼近真实。

2015 年 1 月

# 甚至一个短暂的瞬间也拥有丰腴的过往

## ——《纯真博物馆》阅读随想

**1**

阅读《纯真博物馆》并非一件轻松之事。42万多字的篇幅，虽只讲了一个有情人抱憾终身的故事，却充满了无数细节。这些细节不能跳过，否则，这书就像是抛弃丰富汁液之后干枯的树枝，浓稠及致密感将不复存在。

阅读这样的书需要时间更需要耐心，这两样，对现代人来说，都是稀缺之物。

因此，在春节假期里，几乎不需为任何"俗事"忙乱，静心读完这样的一本书，是一种平淡、微小的幸福。

## 2

奥尔罕·帕慕克的书，只读了这一本，也不一定会再去读他其他的书。因为，对土耳其缺乏了解，导致阅读时的"隔"。这种"隔"，主要体现在对人物某些行为动因的不解，这种不解，又进一步影响阅读的畅快感。

不过，这些无损我对帕慕克的敬意。他力图在宽大的背景之上展开一个故事，故事的枝枝杈杈中饱含情意和思索。凯末尔与芙颂的故事，既是富家子弟与贫女的故事，也是两个家庭或者许多土耳其家庭生活的缩影。政变、宵禁、电影、风俗、着火的油轮、街市的变迁，凡此种种，都是凯末尔与芙颂故事的背景板，所以，《纯真博物馆》并非一个单纯的爱情故事。

## 3

这本书中，印象最深之处，是"疼痛"。也许是我的孤陋寡闻，我尚未见过如此细腻并且具体的"疼痛"描写："疼痛最剧烈的起点位于胃的左上方。疼痛加剧时，……会立刻蔓延到胸口和胃之间的地方。那时，疼痛不只停留在身体的左边，还会蔓延到右边。我会感到一阵绞痛，就像心里被插进一把螺丝刀或者一根滚烫的铁棍那样。仿佛一股烧心的酸水正在整个腹腔积聚，仿佛一些灼热、黏糊的小海星正在往我的内脏上黏附。不断加剧的疼痛，会冲击到我的额头、脖颈、后背、我的全身，会让我感觉窒息。"

帕慕克大约用了三四章的篇幅来写这种疼痛，那是当芙颂不再前来赴约之后，凯末尔独自在别墅中体会到的，之后，这种疼痛蔓延至他生活中的许多时刻。这种痛的顽固与持久令人印象深刻。

我记得初次去东北时感受到的寒冷，脸、手冻到生疼之后变得麻木，后来意识到所有的感觉，越来越强烈时，或许，最终都会变成一种疼痛。如凯末尔失去芙颂之痛，窒息之痛。

# 4

失去所爱之后，物件的作用是什么？所爱之人住过的屋子，触摸过的桌子、口红、盐瓶，戴过的发卡、耳坠……是否存在信息，可以提取？帕慕克说："不停积攒起来的物件，慢慢变成了展示我那浓烈爱情的标志。有时，它们对我来说，不是一种让我想起和芙颂度过的幸福时光的安慰物，而像是在我灵魂深处掀起的一阵风暴的有形的延伸物。"

曾经属于所爱之人的物件，最初，是思念的触发物，最终，与所爱之人无关，它属于"我"——作为"我"意识中的一部分，完善"我"去描摹的细节。这些物件是"我"的再创造。

"物件的力量，以及积淀在其中的回忆，当然也取决于我们的幻想力和记忆力的表现。"我是一个深爱"物件"的人。察看、触摸它们，能令我回到与这些物品初遇的瞬间，彼时空气的味道，会重新弥散。在其中，体味过去不再必需，此刻的感悟更为重要。物件不过是与过去连接的通道。


## 5


如果说，凯末尔失去芙颂之后深入心肺的爱情之痛令我印象深刻，那么，他重新见到芙颂，经常去她家吃晚饭，居然维持了大约八年的时间，是令我意外的。这一段情节在阅读时也最为费时费力。每周去芙颂家两到三次，吃饭，看电视，对话。这是一段寻常日子，耐下性子，才能体会到帕慕克的意图。他想在相对平静的叙述中，展示一个土耳其家庭的生活，另外，更重要的是，一段感情如何在日常生活中持续。

《三联生活周刊》曾在对帕慕克的专访中提出过这个问题："凯末尔对芙颂的拜访持续了八年，你不担心会令读者失去耐心吗？没有考虑别的可能性吗？"帕慕克的回答是："的确，不是所有成年人像凯末尔那样，一个社会意义上的成功男人迷失在对芙颂的迷恋中，不能自拔，这是他不寻常的地方，但要知道，我们只是把这种情感隐藏起来而已！一方面，他本性并不浪漫，所以会以为一个半月的亲密接触，就可以让他永远地得到芙颂。我相信在故事的开始，他完全没有意识到这场爱情会令他如此失态。但另一方面，你也可以说他是个极度浪漫的人，因为后来的八年他为了芙颂所做的那些事情。这是各花入各眼的事儿。"

尽管如此，在阅读过程中，对凯末尔的"恋物癖"仍有些不太适应，但能够理解。面对芙颂的父母、丈夫，满怀情思无法倾吐，"偷走"与芙颂有关的物件，就成了凯末尔情感的寄托。

"就像在这八年里我慢慢明白的那样，每天晚上我去凯斯金他们家，不仅是为了看见芙颂，还为了在她生活、呼吸的那个世界待上一段时间。这是一个'时间之外'的世界。"也就是说，"晚饭时间"成了凯末尔的另一个世界，他与芙颂的爱情，安放在那个世界里，它已不随时间流逝而变化。如同，我们也会在某个城市、某个瞬间，看见自己的过往，嗅到曾经熟悉的气息。许多旅行的出发点，正是离开自己的世界，前往"时间之外"的世界，每个人，在那个世界里，都存放了一些东西，那些东西非常重要，虽然，在现实的世界里，它们可能已经失去了意义。

## 6

凯末尔与芙颂的爱情，并非我心仪的那种。他们的爱情之中，掺杂了一些东西，是我不太喜欢的。帕慕克在解释对芙颂的描写时说："我尽量做到令这个人物栩栩如生，但我并不想在小说中解释她的人生目标，我们不确定最后他们俩之间到底发生了什么，她到底恨他还是爱他，也不确定她到底想要什么。她到底是个浪漫的人还是个世故的人，我不解释这些，以保持她的神秘性。"这种"神秘性"确实存在。大约，我仍是喜欢简单的爱，因此，对凯末尔与芙颂，都不是太喜欢。

记得还是十四五岁时，就非常喜欢王维的两句诗："山路元无雨，空翠湿人衣。"那时懵懂，只觉得"空翠"两字神奇，它引起的想象更加诱人。多少年过去，终于明白，那种轻、空、灵动、弥漫、无意，就是我最喜欢的"简单"。它适用于所有境界，当然也包括爱情。凯末尔与芙颂的爱情，既不轻灵，更不"无意"，因此，阅读时，并不太能投入进去。


## 7


《纯真博物馆》中，最令我感动的句子，是关于博物馆的，那个句子出现在这本厚书将要结束的章节，只是一个小句子："真正的博物馆，是时间变成空间的地方。"我无法解释这句话对我形成的力量，只是当时就把书放下了，怔怔地想了许久。我想，帕慕克终于把一个爱情故事写成了另有深意的文章。他找到了对博物馆最佳的解释。

我想起曾经去过的许多博物馆，表面看来，那里保存并展览着一些可能贵重，也可能不太贵重却饱含信息的物品。这些物品使得时间有了立体感，可久久凝视。三千年前的一个花瓣，可能落在古陶的褐色表面。一条游鱼，则静止于乾隆时期的瓷盘之上。《诗经》里的人物，行走在杨柳依依雨雪霏霏的古画之中。秦始皇的兵士，在沉沉的黄土之下越过千年时光。

但是，为一个人建一个博物馆，收藏的物件，又只与此人有关，"谁会对一个陈列着我们生活里熟悉的东西的博物馆感兴趣呢？"记者如此问帕慕克。帕慕克的回答是："博物馆吸引人的不仅是陈列的藏品，还有物件摆放上的平衡，以及你以什么样的逻辑展示。你可以以幽默和智慧收集任何东西。纯真博物馆不仅是收藏展示，更重要的是那种气氛。"是的，是那种气氛。

一件件东西被挑选出来，它们不再是"物品"，而是"藏品"。原本的实用意义消解，我们站在玻璃之外观看的，是由时间、事件、情感等交织而成的诗意的寄托。人，在许多时候，是靠心底里的一点"诗意"与"气氛"活着的。

为了建造博物馆，凯末尔在世界各地流连，十五年，走完了1743个博物馆（包括中国杭州的中医药博物馆）。其中，最打动凯末尔，或者，也最打动我的，是一些小型的、私人的博物馆。它们靠一己之力、靠痴心与执念建起来，可能寒伧，却都有浓情牵系。

"……所有这些承载着人们回忆的东西，他们的主人都曾经在伊斯坦布尔的街道上走过、生活过、多数现在已经辞世了，这些东西将在没到达任何博物馆、没进行任何分类、没放进过任何展柜和镜框之前消失。"在土耳其的许多平凡人家里，凯末尔感受到作为个体的人的渺小。他的博物馆，也渐渐从对芙颂的怀念，变为对逝去的美好时光的留恋，因此，这个博物馆，也有了越来越多的"共鸣点"。

## 8

有一个收藏家，给凯末尔提供了他的门把手和钥匙收藏。"他说，每个伊斯坦布尔人（他说的是男人），一生会碰过将近两万个门把手，他让我相信，这些门把手中的大多数，'我爱的人的手'也一定碰过。"读到这样的细节让我动容。想起辛波丝卡的诗《一见钟情》：

> 曾经有过一些迹象与征兆，
> 但他们未能解读。
> 也许是三年前，
> 或者就在上个星期二，
> 一片树叶
> 从一人的肩上飘至另一个的肩上。
> 一件东西掉了，又被捡起。
> 谁知道呢，也许是那只球，消失于

儿时的灌木丛？

门把上，门铃上，

一人先前的触痕被另一人的

覆盖。

这些错过的机缘，浑然无知地被"物"携带。当我们在博物馆中凝视藏品，是不是也同时在凝视自身？假如有一些赞叹与温柔泛起，也许，是被我们已无法知晓的过往击中？我宁肯相信，是这样的。

"甚至一个短暂的瞬间也拥有丰腴的过往"，博物馆的存在，抚慰并启迪了人们。在此，时间不再是无情与客观之物，它变得柔软或者湿润，它可以折叠、浓缩。藏品在被凝视的"瞬间"变得沉重，如同金子一般压手。

## 9

2012年，帕慕克用他的诺贝尔文学奖奖金，历时四年，建成了他小说中的"纯真博物馆"。如同《红楼梦》中的大观园，起于虚构，却落于实地。想象有了依托。凯末尔与芙颂的爱情，在繁多的藏品中，永远"纯真"下去了。

2015年3月

光影游走

# 盖茨比的梦幻

## ——《了不起的盖茨比》

菲茨杰拉德（1896 年—1940 年），美国 20 世纪最杰出的作家之一，《了不起的盖茨比》是其代表作。20 世纪 20 年代的美国，空气里弥漫着欢歌与纵饮的气息。穷职员尼克闯入了挥金如土的大富翁盖茨比隐秘的世界，惊讶地发现，他内心惟一的牵绊竟是河对岸那盏小小的绿灯——灯影婆娑中，住着心爱的黛茜。然而，冰冷的现实容不下缥缈的梦，璀璨只是一瞬，幻灭才是永恒。一阕华丽的"爵士时代"的挽歌，在菲茨杰拉德笔下，如诗如梦，在美国当代文学史上留下了墨色浓重的印痕。20 世纪末，美国学术界权威在百年英语文学长河中选出一百部最优秀的小说，《了不起的盖茨比》众望所归，高居第二位。

名作注定不会寂寞，《了不起的盖茨比》也是如此。至今，已有五部根据此小说改编的电影问世，分别为 1926 年、1949 年、1974 年、2000 年及今年 5 月上映的最新作品。今年的电影因有莱昂纳多·迪卡普里奥加盟，倍受关注。此前四部中，1974 年，由罗伯特·雷德福与米亚·法罗主演的版本，也深受好评。

## 莱昂纳多做得不错

把名作改编成电影，历来是件费力不讨好的事，盖因各人心中自有各人的哈姆雷特。盖茨比第一次出场亮相，与尼克在奢华宴会上交谈，小说中写道："他报以会意的一笑……不仅仅是会意。这是一种罕见的笑容，给人无比放心的感觉，或许你一辈子只能遇上四五次。"文字可以提供给人想象，但演员如何表现这样一种稀有的笑容，是件难事，我觉得，莱昂纳多做得不错：黑夜里，他在台阶较高的位置，俯视，身形几乎没动，只有笑容在脸上徐徐展开。莱昂纳多一直是个酷劲十足的演员，但这一次，他沉下来了，表演不再是件张扬的事情，而是隐忍，是朴素的对生活的再现。

我一直记得初读《了不起的盖茨比》时两个深切感受。第一，来自盖茨比在深夜的奇怪动作："他用一种奇怪的方式朝着幽暗的海水伸出双臂，尽管离我很远，但我敢肯定他在发抖。我不由地朝海面望去，那里除了一盏绿灯，什么也没有。它渺小而遥远，或许是在码头的尽头。"这个细节，在1974年和今年的版本中，都有表现，因为它是灵魂一般的细节。这灯光闪烁在盖茨比梦中女人黛西家的码头上，盖茨比远道而来，只为能每夜遥望那绿色灯光。他伸出手，仿佛想去触摸梦想，隔着海洋，更隔着无数看不见的障碍。

初看这个细节，被深深打动。一个男人，用这种无言的方式，凝视他梦想中的女人。不走近，无望、无悔地看，仅仅是这样的行为本身，也体现了一种深挚的情意与体谅。固然，他的那些奢华晚宴，也只是为了吸引黛西，美酒、歌舞、音乐，种种铺排只为了让黛西关注，但纸醉金迷中的巨大深情，仍不及他深夜对绿色灯光的凝视。那是一种孤单、专注、固执的凝视，是盖茨比梦想的基石。

## 菲茨杰拉德其人

村上春树曾经这样评价《了不起的盖茨比》的作者斯科特·菲茨杰拉德："斯科特·菲茨杰拉德其人，不妨说是美国这个国家青春期激烈而美丽的表露。那叹息在空中陡然化作神话般的结晶，就是菲茨杰拉德的作品，也是他这个人。他把美国拥有的最天真浪漫的部分、那灵魂宁静的颤动，用自然而充满生命力的语言鲜活地描绘出来，寄托在美丽而又阴影重重的故事中。"菲茨杰拉德与妻子泽尔达的婚姻，他的神话般的崛起与急速的坠落，与盖茨比有着诸多相似之处。盖茨比身上最动人的地方，是他一直在做梦，沉醉在他织起的梦中，不愿醒来，即使梦的网有破裂的危险，他也视而不见，他是一个彻底的"造梦人"。

就如一场车祸需要两个粗心的人，一个梦，也需要两个分量相当的人一起编织。所以，我对《了不起的盖茨比》另一个深切感受，是读完之后的痛楚。有一种使尽全力打到棉花上的那种落空感觉，巨大的倾斜，为盖茨比不值，因为黛西执不起梦想之网的另一端。

## 盖茨比营造的梦想宫殿

那么，盖茨比在营造他的梦想宫殿时，究竟有没有发现过裂缝？有没有过迟疑？在书中，有我特别喜欢的一段话，今年的电影版本中没有出现："将近五年了！那个下午一定有某些时刻，黛西并不如他梦想中的那般，但这不是黛西的错，而是因为他的幻想生命力过于旺盛。这种幻想已经超越了她，超越了一切。他以创造的激情投入到这场梦幻中，不断地给它增添色彩，用飘来的每一根绚丽的羽毛点缀着它。再炽热的火焰，再饱满的活力，都比不上一个男人孤独的内心积聚起的情思。"这段话交代了盖茨比"做梦"的终极原因。电影中的盖茨比，比书中的显得更单纯，更浪漫，更一厢情愿，但仿佛没有书中的立体。

我更愿意相信盖茨比发现黛西已经不是或不全是他梦想中的那个人了，但他依然想把梦做下去。电影中盖茨比对尼兑说："我的生活，老兄，我的人生……已经注定是这样，那就还得继续。"我喜欢他的认命，或者说，他的固执。就像他一定要黛西对汤姆说从未爱过他，哪怕汤姆已是她的丈夫。盖茨比追求的，是梦想的纯度，这本来就是不切实际的，但是，正因如此，也才是可贵的。

盖茨比迅速致富背后阴谋重重的社会，贫富之间的等级，葬礼上的世态炎凉，衬托得盖茨比的梦想无比华美与苍凉。其实心中一直暗暗希望汤姆与黛西会得到某种惩罚，但这不是一个因果报应的作品——他们全身而退，回到他们富裕的生活中，仿佛一切从未发生。盖茨比的存在，好像是个笑话，或者，是个梦境。也许这样，才是真正的生活。

每个人都有梦，把喜欢的文学作品变成电影，挑战极限，表现自己对原作的独特理解，可能就是很多电影人的梦想，所以，一部文学名作被不同时代的人不断翻拍的现象不会终结。

现代社会，更容易铺排盖茨比宴会上的华服美食、纸醉金迷，声光效果让那些晚宴更加活色生香，甚至，黛西家码头上的绿灯在海水中映出长长光带，随波摇漾，也更具诱人色彩。将近四十年了，1974 年的版本，显得不够完美：演员脸上的大粒汗珠，皮肤粗糙的质感，盖茨比滑稽的粉色西服裹在雷德福身上，看着就觉得热。这是一个发生在夏天的故事，三个月，逼人的热浪里，一个豪华梦幻破灭。我个人可能更喜欢四十年前笨拙地造梦的人，黛西家里飞扬的白纱，爵士乐里的摇摆，酒宴上的美食……手工艺人做出的东西，总有力所不能及的瑕疵，永不可能流畅到无懈可击。但我喜欢那些瑕疵胜过电脑做出来的完美场景，如同喜欢盖茨比过于用力地做梦。

**2013 年 7 月**

# 又 是 她

## ——梅丽尔·斯特里普

在今年第 84 届奥斯卡颁奖典礼上，六十三岁的梅丽尔·斯特里普以《铁娘子》中的出色表演获得最佳女主角奖。

十七次提名，三座小金人，两次影后，不知不觉中，梅丽尔·斯特里普这个名字已经成了好莱坞最闪耀的明星。

那晚，梅丽尔·斯特里普穿金色的长裙，头发松松地挽起。也许，她已数不清这是第几次坐在台下，等待主持人口中念出获奖者的名字。自《苏菲的选择》之后，在奥斯卡的颁奖礼上，她已多次空手而归。喜欢她的我，也已习惯这些年来五张脸的特写之后，她笑着看别人走上舞台。有时，我会想，她已不再年轻，她已不需要那些奖项来肯定，所以，她应该淡然了。不过，凡是有她提名时，我总是不能淡然。暗中期待那五张特写里，最终会定格到她的脸。

那张脸，我已经非常熟悉。《法国中尉的女人》里，她年轻，皮肤光滑。一会儿，她是神情忧郁的萨拉，一会儿，她是开朗温暖的安娜。是萨拉时，她有蓬乱的卷发，是安娜时，她有顺滑的短发。但是，眼神里，已有复杂的情愫，画面里有她的时候，总是张力丰满，不需言语。

《苏菲的选择》我只看了一遍，以后无法再看。因为，通过梅丽尔，你可以触到苏菲的痛。那被迫在两个孩子中选择一个生存的绝望，偷偷藏在鞋里的文章是人心底里最深的黑暗，离开了集中营，却一世囚禁在无形的囹圄里……那样的电影，每看一遍都是一种折磨，谁愿意一次又一次地经历？到最终，会觉得，自杀已是苏菲最好的归宿，她终于可以安然睡去，永不醒来。她，解脱了。

一遍又一遍重复看的电影，是《廊桥遗梦》。为了听梅丽尔的原音，买过多个版本的碟。在《廊桥遗梦》里，梅丽尔是一个农妇。赤脚，伸手抚摸牛的时候，你会觉得她就是弗朗西斯卡，一个在美国乡村住了多年，有三个孩子，但心里依然有梦的意大利女人。说实话，这部电影的内容，若不是梅丽尔·斯特里普来演绎，弗朗西斯卡与罗伯特的感情，未必让人信服。在四五天时间里，让一个中年家庭主妇，爱上一个过路的不再年轻的浪子，是不容易的。但梅丽尔的举手投足里，流露着内心有梦的人的游离，有渴望，但隐得深。每次看到他们在雨中分别，不管看多少次，都会流泪。她的手，握着车门的把手，按下又放开，放开又紧攥，她凝视着伊斯特伍德扮演的罗伯特，头发湿漉地贴在头皮上，在雨里迟疑地走近又离开。你会信那一刻的深情，超过相伴二十年的夫妻之情。

在《妈妈咪呀》里，你不会相信一个将近六十岁的人，在房顶上又唱又跳，能做出那么高难度的劈叉，能从楼梯扶手上一滑而下。那是一部在全球带来数亿票房的电影，梅丽尔化身老顽童，看着她疯魔的样子，除了惊讶与感佩，你还有什么可以表达呢？

终于，台上的主持人念出了梅丽尔的名字。我诧异地看到了她的激动。原来，她也需要平复情绪，很熟悉她用手按住胸口的动作，在她扮演的角色身上，也常能看到这个动作。那一刻，当然是替她欣喜。她说："当他们叫我的名字时，我感觉半个美国都露出这样的表情，哦，不，为什么又是她！""又是她"，是梅丽尔的自豪，还是她的自嘲呢？

2004年的时候，她曾来过中国，当时，中央电视台的水均益对她作过专访。水均益问她："您还希望再得奥斯卡吗？"她回答说："当然，我可以把以前的奖往一边推推，再放上一个，但是我活着并不是为了这些，我活着为了我的事业，为了能够塑造各种各样的女性，我并不是为了得奖才演戏的，就好像你不会为了让孩子在学校考一百分才生他们的，你生他们是因为你爱他们，这是一种享受和幸福。"

我相信她的深爱，在一帧帧影像中享受并幸福着。为了这样的享受与幸福，她可以在《苏菲的选择》里骨瘦如柴，只是为了体现集中营的效果；也可以在拍《弦动我心》时，连续两个月，每天练琴六个小时，直到能顺畅地拉出巴赫的曲子，而之前，她并不懂小提琴。为了演好《狂野之河》，她在激流中练习划船，那时，她已经四十一岁了。在《苏菲的选择》里，她说带波兰口音的英语，在《廊桥遗梦》里，她又带上了意大利口音。当大家质疑《铁娘子》能不能被一个美国演员演好时，她又在英国的下议院侃侃而谈了。

谁说她不是撒切尔夫人？据说她的一段演讲，跟撒切尔夫人的原音难以分辨。八十五岁的铁娘子，不再有逼人的气势。她行走时步履蹒跚，她一个人在屋子里自言自语，她偷偷溜到街上买牛奶。她伏在桌上，给马岛战争中阵亡的士兵家属写信，那一刻，你会相信她所说的"感同身受"并不是官场的应酬，而是一个母亲的真情流露。据说，梅丽尔自己并不认同撒切尔夫人的政治主张，但看过影片后，没人会否认，这是一部由梅丽尔撑起来的电影。

"谁要是演她的情人，真的会爱上她。谁要是演她的情敌，就会恨她，她具有改变人与人之间关系的魔力，我从来没看到过任何演员能做到这点。"《走出非洲》的导演西德尼·波拉克曾这样说过，这是对一个演员最高的评价。《走出非洲》是许多人的至爱，那广袤无边的非洲原野，那动人心魄的音乐，那飞翔于蓝空的机翼，梅丽尔扮演的凯伦遗落在非洲土壤里的爱情，连同那夕阳里金黄色背景下两个人的剪影，已成经典。

我经常只因为梅丽尔买碟，比如《夜幕》，在那个电影里，她只在片尾的时候出来了十多分钟，但这十多分钟，就是能成为整个电影最精彩的部分。《穿普拉达的女王》里，她出场时银色的头发，急促的步子，一路走一路扔下东西的霸气，就是一个职场上的强人。只是，这个强人有丰富的内心，所以，才会有她素颜哭泣的一场戏。任何人，在她的饰演之下，都是一个多棱体，每一面，都有夺目的光亮。

她不喜浮华，但是，她可以是银幕上的浮华女子。她不爱上杂志的封面，但是，她理解那些爱上杂志封面的人，她说："感谢上帝，因为有了她们，我就不用做这些事了。"我觉得，在她年轻的时候，她已经"老"了，她永远知道自己想要什么，所以，才对自己不想要的一眼不看。

最近读书，看到一句明朝画家文徵明的话："命不可枉，时不可忽。人生实难，不勤何获？"梅丽尔曾在访谈中对水均益说："即使最完美的生命，也会有疾病，有死亡，也会有失去，有你无法改变的现实。"那是在她父母双双亡故之后的感悟。她的身上，最能体现的是"勤"，是力求与角色合而为一的契合。银幕上各式各样的女人，敏感纤细如苏菲，细腻温情如弗兰西斯卡，刚强如凯伦，时尚如"女王"，强硬如铁娘子，爽朗如朱莉娅……一串串的名字，我相信，依旧会精彩地延续下去。

经常，在银幕上看着梅丽尔·斯特里普，细细品味她每个动作里的深意。有时会想，人生实在是短，我们只能做一回自己，但是，像梅丽尔那样的人，可以活在许多人的血液里，那么真实地，替他人活一次，然后，幕落，她做回自己，自然，安静。因为，她已经生生死死无数次了，笑过痛过无数次了，而我们，却只有一个版本的人生，由此，真的觉得，她，是一个幸福的人。

2012 年 3 月

# 巴塞罗那的意义

## ——《午夜巴塞罗那》

## 别 处

生活在别处，爱情也是。似乎在天天生息着的城市里再也找不到滋生热情的动力了，于是，人们寻找。于是，有了旅行或者流浪。但任何对个人有深刻意义的故事，开始时仿佛总有点不经意。比如，维琪与克利斯蒂娜的巴塞罗那之行，也只是因为有人提供给她们住处而已。

巴塞罗那对两个美国女孩来说，是她们的"别处"。当她们来临时，并不知道这是一次会改变些什么的旅行。不过，这里的阳光、建筑、人物、风情，渐渐渗入她们的行踪，也许，因为在

"别处"，人就会变得松弛与放纵。

这样的故事里，一定要有男人，要有不一样的男人，正如克利斯蒂娜向往的那样。安东尼奥适时出现。

如果说，按照克利斯蒂娜的个性，她与安东尼奥发生点什么，只是早晚或者顺理成章的事情，那么，维琪与安东尼奥的纠缠，似乎是有点意外却又在情理之中的。

维琪是生活里的好女孩，最理想的女孩。有出色的学业，合适的未婚夫，并不见得特别性感美丽，但对爱情有责任感，让那样的一个人在婚前与一个原先她并不认同的人，在非常短的时间内发生情感，也许是伍迪·艾伦的幽默，也许，更是生活里的真相吧。

因为，那些自以为心静如水的人，只是因为没有被风吹过。平静的镜面最容易起微澜，这微澜有时比巨浪更难平息，所以，维琪以后的生活与心态，也许，更让人担心吧。

点燃维琪的，是西班牙吉他的声音，影片里到处充满了这种细细碎碎的声音，若有若无，伴着金子般的阳光在树叶上的跳跃。维琪在那声音里变得感性，变得风情万种，有一种她自己并不知晓的柔软。吉他，是维琪的"别处"。

## 意　外

意外是没有料想到却发生了的现实。

这部影片里充满了意外：

克利斯蒂娜在"关键时刻"因食物中毒而腹痛难忍；

是老实沉静的维琪而不是浪漫性感的克利斯蒂娜先与安东尼奥发生了关系；

克利斯蒂娜与爱莲娜与安乐尼奥，三个个性强烈的人，竟然会和谐地共处一室；

克利斯蒂娜居然跟爱莲娜也有了同性之情；

好好先生道格居然会有在巴塞罗娜结婚的浪漫想法；

看上去温馨美好的朱迪，原来也有偷偷摸摸的事情；

安东尼奥与爱莲娜的关系，是那么暴烈而又温柔地存在……

这些事情发生之后，就不再是意外，而是现实，那么，是什么，让我们对那么多的事情料想不到，而在它们发生之后感到诧异，无法解释并束手无策？隐藏在我们生命深处，还有多少是我们自己也无法了解的内幕？


## 张　力


一直非常喜欢"张力"这个词。

雷蒙德·卡佛说："是什么创造出一篇小说中的张力？在一定程度上，得益于具体的语句连接在一起的方式，这组成了小说里的可见部分。但同样重要的是那些被省略的部分，那些被暗示的部分，那些事物平静光滑的表面下的风景。"

生活里最可贵最令人珍惜的，也许正如国画中的"留白"，是那些未曾出口的情意，那些了然于心的惺惺相惜，那些灵犀一点的微笑，或者，字里行间闪动而过的身形。

在巴塞罗那，每个人的生活都在运行，如一列不回头的火车，每个乘客间却充满了微妙而奇异的气场，维持住一种危险的平衡。仿佛在某个路口，这火车就要失控，但奇怪的是，它一直往前开着，只令人提心吊胆而已。也许，这，就是"张力"吧。

电影里点了好几种的关系，有浮光掠影的感觉，但又引人遐想。每个人，可能都能从身边的日常里找到些许影子，来对应影片中的某个关系。看得见的画面与故事，看不清的心情与胡思乱想，也许，就是一部好书或好电影提供给人的基点——你可以藉此，回望自己的人生。


## 如　常

在《南方周末》上看到的安哲罗普洛斯的一段话："电影惟一能做的就是使时间的流逝变得甜美。它给人做伴，让我们的生活稍微好一点，那就是好电影、好诗的作用。它不能改变世界，人才能改变世界。你知道人多么经常地尝试改变世界，同样的故事一次次重复，最终他们总是牺牲品，几代人迷失其中。"

《午夜巴塞罗那》结尾的镜头与开始时如出一辙，同样是机场，同样是两个美国女孩，连脸上的匆匆行色也仿佛相似。生活在继续。维琪会回纽约，有盛大的婚礼等着她，亦有新的房子在等着她。她的未来，与普通的你我，没有什么差异。总是期待着的克利斯蒂娜，大约依旧会寻寻觅觅，只是，与来巴塞罗那前一样，她只清楚自己不要什么，却不知道要什么……那么，在巴塞罗那发生的一切，有什么意义呢？大约，它只是一个发生在"别处"的故事，故事里的主人公，只是两个自己都不太熟悉的人吧。

在卡佛的《大教堂》里，读到一篇《瑟夫的房子》。当时，只是想挑一篇相对短的文字来读的，却不料读完后如骨鲠在喉，有一种吐不出来又咽不下去的沉重积在心底里。魏斯和埃德娜，曾经的恩爱夫妻，却只能在别人的房子里重温旧梦，而当别人要收回房子时，他们的美梦也要终结。这"房子"，也许是上苍慈怜，让他们知道，他们是曾经有过好日子的。

巴塞罗那，就是维琪和克利斯蒂娜的"房子"。

而卡佛说："我小时候，阅读曾让我知道我自己过的生活不合我的身，我以为我能改变，但这是不可能的，不可能就这样，在打一个响指之间，变成一个新的人，换一种活法。"

"如常"逼我们一次次选择陌生，又一次次回归熟悉，如此而已。

2009 年 4 月

# 如果只能选一段记忆

——《下一站，天国》

这是一部我找了将近十年的电影。各种碟店，都没有它的踪影，甚至，在网上也找不到。因为找不到，所以，这部电影在我心里有了奇怪的感觉，它仿佛有一种存在但无法获得的矜持。电影好不好，好像已经不重要了。

前几天，在南方小城的碟店里翻碟时，它却突然出现，捡出这碟，仿佛是与相约了许久的某人相遇，终于，把心放下了。

小到一张碟，居然，也需要等待十年的时间。

最初注意到《下一站，天国》，是因为看了一些介绍的文字，知道这是一部关于死亡和记忆的电影。每个人，在死后，会来到天国车站，用一个星期的时间，翻捡往日的记忆，找到最深刻的那一段，由工作人员拍下影像，放映给主人看，然后，他们带着这记忆，步入永恒。

这是一个非常讨巧的创意。几乎每个人，看或者没看这电影，都会被这创意打动，去想，我自己，在死后，会选择哪一段记忆呢？

这电影的固执，是它设定的选择的唯一性——只允许选择一段记忆，而其实，除了婴儿，每个人，在过往的生命中，只找出一段最深刻的记忆，都不是一件容易的事。连十几岁的少女，也在迪斯尼游玩的快乐和妈妈为她掏耳朵的恬静里犹豫。更不用说七八十岁的老人，一生的斑斓光影，本是一部长篇，却非要精致到微型小说。也许，选取并不难，不容易的是放弃，放弃哪一段哪个人哪个瞬间呢？当初，仿佛都是刻骨铭心的，而人，都是贪心的。所以，渡边老人疑惑了，他不得不搬来71盘录像带，来回顾他的长路。

几乎是从万物向感觉示意，

从每一变化中随风吹来：回忆！

我们彼此陌生走过的某一日，

决意在未来成为一份赠礼。

也许，里尔克的这几句诗，对渡边和望月来说，都是有意义的。渡边最终选择的记忆，是与妻子在公园的椅子上坐着，闲闲地聊天。在度过一生之后，才知道平淡的幸福是如此的深入骨髓与不忍舍弃。而已经在工作站流连了五十年的望月，虽仍是二十二岁的青春面容，却有一颗老心。渡边的老妻，正是他五十年前的恋人，他的心，在看到杏子新婚的画面后开始萌动。

杏子与渡边相伴一生，在公园椅子上的安恬，是一幅许多人羡慕的夕阳画。杏子已经辞世，在她留下的记忆里，也是公园的椅子，身边人却是五十年前的望月，那时，他着白衣，是年轻英俊的海军士兵。他们坐在椅子上，只有手的微动与欲言又止，但心中的情意流溢于画面。想到《廊桥遗梦》，弗朗西斯卡把一生给了理查德，但死后，把骨灰洒在廊桥，她要与罗伯特相伴。

渡边，杏子，望月，他们在死后的相遇，都成了给对方的赠礼，接过赠礼之后，他们都得以安静地离开。

我发现，在所有人的选择里，选择细节，是最多的：初中上学时坐在公共汽车上微风吹来的惬意，竹林间荡秋千做饭团的家常，小时候着红裙红鞋跳舞时的动作，与多年恋人在桥上不期而遇时的旁若无人……

也许，在生命的最后抉择里，洞房花烛夜，金榜题名时，都已不是最深的车辙。而生命里的轻风拂过，如某一夜的月色，某一刻的忘情，某个人的气息，一朵花的精致，一个招手的动作，一块远云的轻盈……却成了我们不忍舍弃的宝贝。只不过，当初经历时，我们以为那只是一些寻常时刻或寻常人事。

喜欢那个在落叶间俯首的老婆婆，她的记忆只停留在九岁。她在秋叶的黄落与白雪的飘飞里等待樱花开放。樱花生来就是让人感叹的花朵。老婆婆选择的记忆，是坐在樱花树下，粉色花瓣落满她的白发。她在落瓣里微笑，一如婴儿。

"在赞美樱花美丽的心灵深处，其实一定无意中流露出珍视相互间生命的情感和在地球上短暂存在的彼此相遇的喜悦。"这是多年前记下的东山魁夷的话。人的生命再长，也是一瞬，樱花的美再短，也是永恒。记住擦肩而过时的暖意，是这人世的好。

一扇门，有人从光里走进来，他们都是死去的人了，报上名字，然后来到会议室，由一些工作人员，留下最美记忆，然后，他们远行。有这样一个天国车站吗？我希望有，因为那可以帮我回顾。但是，假如只能选择一段记忆，多半，我会放弃。我会留在车站，为来往的人服务，阅读他们的故事，而我自己，固执地守着自己的那份记忆，痛苦而甜蜜地，直到地老天荒⋯⋯

**2009 年 2 月**

# 这些都不会长久

——《挽歌》

看完《挽歌》的当晚，翻到英国诗人欧内斯特·道生的诗《这些都不会长久》，觉得《挽歌》与《这些都不会长久》合得非常妥帖，如同原文与笺注。

> 这些都不会长久，哭泣和笑靥，
> 爱恋、欲望和怨恨：
> 依我想，这些都将同我们无缘——
> 当我们走过那门。

"那门"是死亡，是人人必然到达的终点。

按照常理，一切依序发生，假如一个六十二岁的老人，爱上一个二十四岁的年轻女子，那么，忧心忡忡的自然是那个老人——因为，一切在他手中，已呈下降的姿势，他能够捉住的，是生命的尾巴。

　　影片的前半部分，也确实是这样展开的。

　　作为老师的大卫，和坐在讲台下的康斯薇拉，从第一眼起，就有了化学反应。这是个老套的故事，这样的故事，一般更让人猜测的是结局，两个人，会以何种方式告别？告别得愁肠百结抑或潇洒淡然？一般也就是这样的方式。我想起过《魂断威尼斯》，最终也是老人倒在海滩边难看地死去——这是最常见的一种告别。

　　但《挽歌》走了另外的路子。

　　我喜欢看一个人沉入爱情里的那种不顾一切，还有一切的小心眼，哪怕他已是一个老人。他也一样地嫉妒，一样的魂不守舍。尽管他在讲台上、在电台里，是人们的导师，但和所有的人一样，在爱情面前是傻子。

　　看完电影后，去网上找到了原作小说，叫做《垂死的肉身》，一般来说，我更喜欢文字的想像空间，但比较而言，《挽歌》要比《垂死的肉身》更纯净一点，也就是说，大卫和康斯薇拉的感情更执着更干净，还有影片里细细碎碎的音乐，造出文艺片里痴情的氛围，让人觉得他们的感情是可信的。

大卫以他六十二岁的年龄，一边承受着年轻女孩的爱恋，一边惊惶地觉察到年龄的煎熬，在《垂死的肉身》中，大卫前去赴约，在见到康斯薇拉之前，在广场上等待，有这样的一段描写：

　　　　一个年轻人会发现她并带走她。我看见了他。我认识他。我知道他能干什么，因为他就是二十五岁时的我。……他躲在柱子后面，别人看不见他，他打量着她，就像那天晚上我带她去听首场贝多芬音乐会时打量她一样。……你难以想象当她出现在大街上、商店里、晚会、沙滩上时，那个家伙没有从暗地里出现。

　　在《挽歌》的电影里，一个年轻人，穿着风衣，在画面中淡出淡入。初时，让人有点看不懂。原来，是大卫在幻觉里看到二十五岁的自己，正抢在六十二岁的自己前面，要带走他的爱人。

　　这样的一种煎熬，与别种煎熬不同的是，别人的对手，可能是人，但大卫的对手，是时间。

　　到这时，我已经理解大卫不敢去康斯薇拉家里参加她的毕业晚会的心理了，换了是我，要面对她的父母、同学，甚至她昔日的情人，我也不敢去。

　　但没想到康斯薇拉很在意，从此，在大卫的视野中消失。

　　对大卫来说，固然是一件痛彻心肺的事，但又何尝不是一种解脱？从此留一段记忆铭心刻骨，余生反复咀嚼，渐成美丽标本，这是最好的结局。

但是，《挽歌》不想以此收尾，它让几年后的大卫，接到康斯薇拉的一个电话。

重来的她，是一头短发。佩内洛甫·克鲁兹的美，是带点凌厉的美，不是温婉的。但此时，她从门外挤进屋子，却带三分憔悴，让人心疼。

她的要求非常奇怪，是让大卫在她做乳腺癌手术前，拍下她美丽的身体。

这时，无常如一丝冷风从门缝间挤入。

"童年时听过的最美丽的童话告诉我们一切事情都按顺序发生。你的祖辈早于你的父辈去世，而你的父辈则早于你去世。如果你是幸运的。那么结果就是如此，人们按顺序变老、去世，这样在葬礼上想到去世的人活得长寿你会减轻一些痛苦。"书里这样描写道。

但康斯薇拉显然不一样。大卫和她一起在窗前迎接新年到来。人们在街头的欢呼，此起彼伏的烟花，正是她心头的痛的来源，尘世再不好，有可把握的事和不可把握的情意，即使不可把握，也比没有要好。

到此，大卫的年龄已经不是问题，一个老人，总是让人安心，他永远在那里等着你，所以，康斯薇拉，还是回来找他。

结尾的时候，做完手术的康斯薇拉对大卫说："我会想念你。"

大卫说："我在这儿。"

影片就这样结束，仿佛是温暖了。看电影的人也许松了一口气，终于，这两个不可能在一起的人，暂时在一起了。在现实里，我不知会怎么样，但看电影时，也松了口气，好像是满足的，但满足什么？也许是觉得，他们这样在一起，一个老了，一个病了，是平衡的了，也许，会长久一些……

但，在诗中，道生继续着他的诉说：

> 充满酒和玫瑰的日子不会长久；
> 从一个朦胧的梦中
> 我们的路浮现了片刻，然后又
> 在梦中失去了影踪。

2009 年 1 月

# 时间的足迹

——"爱在"三部曲

如果，世上的某种东西具有神奇的吸引力，它只作用于与之有感应的人，那么，对于导演理查德·林克莱特来说，这样东西，叫做"时间"。

《爱在黎明破晓前》《爱在日落黄昏时》以及《爱在午夜降临前》三部曲推出之后，2014年，《少年时代》上映，这部花费了十二年时间拍摄的影片，记录了一个少年的成长。一上映，即获得无数赞誉，林克莱特也凭此片斩获2014年柏林电影节导演银熊奖。

## 一部神奇迷人的影片

表现一个孩子的成长，并不是罕见的题材，罕见的是《少年时代》的拍摄方式。林克莱特说："每年就拍大概三天，我们就要找拍摄地点，布置场景，租赁器材和车子，然后把人都叫来。每一年都是这样，就为了三天的戏。"这三天，选在小演员放暑假的时间。

这样的拍摄方式，是一种奢侈。在急速流动的现代气息里，有这样的一群人，缓慢地进行他们的工作。十二年，能完成这样一部作品，本身就是奇迹。而捕捉一个少年的成长，不光把容貌的变化，还有家人、同伴、学校、社会的变化对他的影响，浓缩到三个小时之内，更是一个奇迹。

这是一部平缓的影片，散漫的情节结构起全片。从六岁到十八岁，从幼儿园到高中毕业，主人公梅森完成了他的"少年时代"。他的家人也在同步成长：姐姐上了大学，妈妈离了三次婚后选择独身，爸爸又组成了新家。

没有剧本，或者说，有十二个剧本。因为每一年都会有新事发生。"每一年我都能有足够的时间，根据那一年的拍摄成果来设想下一年的部分。"于是，社会的变迁，比如对小布什的不满到选举奥巴马当总统，都可成为主人公生活的一部分，是背景，也是现实。

影片结尾，是成为大学生的梅森与同学一起登山看夕阳。"最后一天，最后一镜，这感觉也会像一杯马丁尼酒。……夕阳西下，我们站在群山中环看墨西哥与格兰德河，太阳渐渐要落下去了，我们还有一点点机会来拍这最后一镜，我们在抢天光，有些匆忙，这感觉也正是那杯'马丁尼'，然后我们开机，拍摄……而这一镜，我们拍到了，太完美了。我想，我们做到了！"

## 一部关于记忆的电影

少年，在人的一生中，是最恣意的一段时光。身体蓬勃生长，触角伸向四面八方，学校与同学是最亲密的场合与同伴。抽烟，喝酒，爱情，美好的与不太美好的东西同时进入生活。扑面而来的新世界迷人眼目。少年时代，很大程度上会主宰一个人其后的人生。

林克莱特说："我想让人有一种回到儿时的记忆（的感觉），那是一种很随意的流动。就像儿时有些事情记不住日期，但印象总是在。我特别想捕捉到一种……'时光在眼前飞逝'或是'一个人怎么长大'的感觉。"所以，在《少年时代》里，母亲的三次婚姻同其他一些重要情节被故意"跳过"，只是一个结局，成为孩子成长的一种背景。

相反，一个个片段却被细心描绘和渲染，诸如，萨曼莎、梅森与父亲打保龄球时的对话；梅森被继父强令理发后回到学校时同学的眼光；梅森与父亲在森林中露营；十五岁生日时，梅森得到的礼物；与女友希娜在晨光中伫立楼顶的沉默；十八岁高中毕业母亲家中的酒会……在这些场景里，梅森由大眼睛的萌孩子逐渐长成一个胡须丛生的大男孩。

没有中心事件，仅靠一些细节表现人物，很容易流于散漫，但《少年时代》却始终让梅森作为一个独立的个体，表现出从头到尾的独特性，即，他是一个沉默的、用眼睛观察多于言谈，有奇思妙想的人。从小时候对精灵的想象，到球场上捕捉的影像，暗室里冲洗照片的红色光影里，梅森在表现他成长轨迹的同时，也令人信服地表现了只属于他的个性的发展。

"记忆对每个人来说都是不同的，但大部分都是由那些细微的无法解释的瞬间组成：为什么有些事物记得特别深？我想穿过比较浅显的事件挖掘更深层的精华。"林克莱特如是说。他的影片，不在乎情节起伏跌宕，而以细节真实精微取胜。在《少年时代》里，可以看到细节对人巨大的影响力，比如梅森的父亲把承诺留给他的汽车卖了，对梅森的打击巨大而父亲不再记得这样一个细节。生活里轻松的一句话，成为电影的细节之后，它可以留给人绵长的思索并有可能影响人生方向。林克莱特的电影，有这样的魔力。

## 时间在把握我们

十二年，对少年来说，时间是有亮度的，对于成年人来说，时间则带有一种残酷冷峻的色调。影片中扮演梅森母亲的演员帕特丽夏·阿奎特说"伊桑和我，只是在变老"。林克莱特影片中的常客伊森·霍克在片中扮演父亲，大约在"三部曲"中伊桑已经习惯自己的"变老"，但作为观众，相比"成长"，"变老"确实更令人唏嘘感叹。

当少年不再需要"护栏"，当母亲把女儿和儿子推向社会，成长与衰老便交织起来，相伴共生。所以，林克莱特说："电影叫'少年时代'，但也完全可以称为'家长时代'。""家长"们在影片中，也或多或少地完成了某种"成长"。

影片结尾，梅森刚刚结识的女友有一段话："一直说，我们要把握时间，其实，是时间在把握我们。"这是影片最后的台词。少年，青年，中年，老年，是每个人不一定都能经历的"必经之路"。常言说，不要浪费时间，其实，时间何尝能够浪费，我们能做的，只是浪费自己。《少年时代》要表现的，也许终究只是对"时间"的感受与理解：时间之河只是流逝，单向，一去不返，我们能捕捉的，是河面上闪亮的光影，它，是时间的足迹。

2013 年 10 月

# 生命是个礼物

## ——基耶斯洛夫斯基的电影

1996 年 3 月 13 日，基耶斯洛夫斯基步行来到波兰华沙医院，自己办好入院手续，接受一个心脏搭桥手术，但是，他却再也没有醒来。基氏拒绝了朋友们让他去国外做手术的建议，也拒绝了巴黎、纽约和波兰另外两家专业心脏手术机构的邀请，他认为自己只是一个普通的波兰人，他相信自己的医生。

那天，当基耶斯洛夫斯基走向医院的时候，他并不知道，他在走向死神。

# 1

同样，在电影《机遇之歌》中，主人公威特克坐上了飞机。在那之前，首先，这个出国的机会原先并不是他的；其次，他可以选择去，也可以选择不去；再次，他为了心爱的妻子的生日，推迟了起飞的时间。于是，在银幕上，我们看到，飞机在空中炸开。在《机遇之歌》的三段故事中，这是最平和的一个故事。威特克与我们无数普通人一样，上学，工作，结婚，生子，但是，基耶斯洛夫斯基却给了他一个最猝不及防的结局。

"第三种结局对我触动最大——飞机爆炸的这个结局——那可能就是我们的命运，不管是发生在飞机上还是在床上，都一样，没什么区别。"这是基耶斯洛夫斯基的话。他是个绝望的人。他即使让他的主人公过上了平静的生活，也还是要他的一切在爆炸声中碎裂。然后，影片戛然而止，字幕一行行出来，他连陪着电影里的人伤心的时间都不给你。

但，那又何尝不是生活的真相。

基耶斯洛夫斯基在拍完《机遇之歌》后说："我们每一天都面临一些足以结束我们一生的选择，而我们却对此全然不知——没有被充分利用。我们从来没有真正明白自己的命运是什么，也不知道我们会有什么机会。"

## 2

阴暗的人行地道里，一个丈夫来寻找他离去的妻子。那女子开着一家礼品店，丈夫在玻璃窗上敲击，引得她回头，他是寻了一家又一家店之后，才找到她，他们，曾是心心相印的人。只有寥寥的对话，他想让她回去，她已经不想再回去了。即使亲热，她的眼睛也是空洞的。

我很多时候会想，有些情意，曾经浓到化不开的，它们到哪里去了？最终，两人平静地走着，妻子告诉丈夫电车站的位置，就头也不回地走了。人与人之间的疏离，是再努力也越不过去的鸿沟了。这是基氏的一个短片，黑白的色调，不到30分钟，就让你知道，有些情意，如水上的浮沫，已经顺流而去了。

有一天，我站在阳台上吃苏打饼干，突然就想到基耶斯洛夫斯基，虽然这两者之间本无关联。我只吃一种苏打饼干，原先叫"达能"，现在叫"卡夫"，只吃奶盐的那一种。我有时也会吃些其他的饼干，比如奥利奥，但我永远有那种苏打饼干。我知道，我在不停地看电影，但真正喜欢的导演，只有两三个，基氏当然是其中之一。

我喜欢他电影里密密的细节，那些细节可以如藤蔓般任你展开，牵枝挂叶，想到极远极深。在《机遇之歌》中，做了医生的威特克有次去看望一个病人，在她家的院子里，阳光下，有两个男人在玩杂技中才能见到的抛球。他们把白色的小球不断地抛向空中，不断地抛和接，那些球在他们之间形成一些美丽的弧线。威特克问身边的女人："为什么？"女人说："没什么原因。好像世上没有其他人可以做到。"我极爱这个画面，在温暖的阳光下，他们精熟的技艺，令人眩目，但是，那是没有什么原因的玩耍。为什么要问那么多的理由呢，人生在世，就是做吧，尽力做到最好，哪有那么多的意义。

在《基耶斯洛夫斯基谈基耶斯洛夫斯基》一书中，基氏提到这样一件事：我碰到一个手里拿着空啤酒罐的老人。"空的吗？"我问道。他点了点头。"多少钱？""500兹罗提。"我仔细想了一会。毫无疑问他以为我要买个罐子。他鼓励我："你要的话卖你400。"我问他："我要空啤酒罐干什么呢？""那是你的事，如果你把它买下来，你想拿它干什么都可以。"

我想，空啤酒罐自然用处有限，但是，你想拿它干什么都可以，这就是一种可能性。许多世人以为有意义的事，在另一些人眼里，可能分毫不值。基氏的影像，告诉人们这种疏离，不管是《十诫》，还是《三色》，还是《维罗尼卡的双重生活》，都反反复复地渲染着这种由于疏离带来的孤单。

## 3

我最喜欢的基氏的电影，是《红》。那个退休的老法官，在他乖张的行为背后，依旧是深深的孤独。他窃听邻居的电话，他对他的狗不闻不问。他与瓦伦丁的相遇，当然是机遇，也许，也是命运。我一直喜欢一个年轻女子与一个年长男子相遇的故事，因为它有无限的可能性。如父亲一般，或者如情人一般，或者模模糊糊。因为他们错过了在最合适的时间遇见。

一个女人最可爱的一点是什么呢？我想，单纯，良善，肯定是其中之一吧。那些纯良的品行如素绢，令人不敢也不舍得亵渎。

法官与瓦伦丁有过如下对话：——若我被审判，时下还有像你这样的法官吗？——你不须被审判，法律不收天真无邪之人。

天真无邪的瓦伦丁发现法官对邻居家的窃听，极为气愤，但当她来到邻居家想告诉他们真相时，却看到一个温柔和善的妻子，一个也在阳台上偷听电话的小女儿，她什么也没说，离开了。最终，所有的事情都会露出破绽，像法官所言，迟早，那个妻子会知道，女儿也会知道。那样一幅和美的家庭温情剧就要收场，但是，有时候，生活的戏剧自有它的序幕与高潮，也有它的收梢，局外人，不能入戏太深了。瓦伦丁是善良的，也是聪明的。

作为观众，我们有一个全景的角度，可以看到瓦伦丁与她的邻居奥古斯特，有很多次的阴差阳错擦肩而过，而那奥古斯特，仿佛是老法官的影子与替身，他把老法官的一生，重新活了一遍。这给人一种奇妙的感觉。最终，在幸存者人群里，他们两人终于站在一起。后来会怎样，不知道。

也许，当波兰的维罗尼卡死去后，巴黎的维罗尼卡就可以得到一些智慧，可以延续自己的生命，同时，也延续了波兰维罗尼卡的生命？也许，年老的法官晚生四十年，就可以与瓦伦丁相遇，另谱一段人生？也可能，幸存的瓦伦丁与奥古斯特，会替代老法官，过上另一种完全不同的生活？

但那仅仅都是想象。我很高兴基氏的最后一部电影是《红》，那是部温暖的电影。他是个绝望悲观的人，不过，他拍了电影，他相信"生命是个礼物"。


4


基氏在谈到艺术质量的时候曾说过："如果我读到、看到或者听到一些东西，我会突然间强烈而清晰地感觉到有人在表述一些我经历过、我想过的东西、完全一样的事情，只不过他们使用了比我能想象得到的更优美的句子、更好看的视觉效果以及更巧妙的声音组合，或者有那么一阵子给我美或快乐的感觉……伟大的电影制作也应该是这样的——如果有的话。"

当然，他的电影，就是这样的电影。他说："当你创作了一些东西，你又真不知道它会是什么样子——因为你永远不可能真正知道——而结果是你碰巧触及了某个人的命运时，你会觉得很快乐。"他为那些安静地注视着他影片里浮动着的影像的人拍片，他们并不以为那仅仅是影像。

阿兰·德波顿在《爱情笔记》中说："也许我们真的并不存在，直到有人目睹我们生存在这个世界；也许我们并不能述说，直到有人能理解我们的语言。"我们不停地寻寻觅觅，可能，只是为找到共鸣。

《机遇之歌》里的威特克去看望一个老妇人，那个被医生认为只能活三年却活了十二年的老妇人对他说："有人问德兰修女，我们能为临死的人付出什么，她说，令人相信自己并不孤独。一分钟前我是孤独的，现在你来了，你来得很合时。"

每次，独自一人，拉上窗帘看基耶斯洛夫斯基的电影，我都知道，他来了，来得很合时。

2011 年 3 月

# 一片深情冷处浓

## ——纪念小津安二郎诞辰110周年

"时间过得真是快啊!"小津安二郎电影中的老人,在酒馆里,总这么感叹。又是冬日,12月。12月的12日,是日本导演小津安二郎的生日,也是他辞世的日子。如此巧合,总会让人有种特别的感觉。也许,是上苍有意的安排。60岁,一个完整的圆。今年的12月12号,是小津110岁冥诞,亦是他辞世整整50年的纪念日。时间飞逝。以《东京物语》为代表的他的电影杰作,在安静、简洁的画面与叙述中,日益逸出历经岁月沉淀之后的丰美韵味。11月份刚刚去世的美国著名影评人斯坦利·考夫曼说小津是:"一个抒情诗人,他的抒情诗静静地膨胀,成为史诗。"

# 日　常

在小津安二郎一生所拍摄的电影中，能称为杰作的不止《东京物语》一部，他晚年的作品，简洁圆融，意味深长，得到盛赞。但是，在这些作品中，表现的题材却极为狭窄：《东京物语》与《小早川家之秋》等表现家庭关系；《宗方姐妹》《茶泡饭之味》《早春》涉及夫妻之情；《晚春》《麦秋》《彼岸花》《秋日和》《秋刀鱼之味》则都是女儿出嫁的题材。

小津曾说："我是开豆腐店的，我只做豆腐。"这是一个对自己深深了解的人作出的选择。不贪心，只做自己擅长的，专注，用心，做到最好。

二战结束之后，作为亲临战场的一个导演，却没有一部反映战争的影片，小津曾在当时颇受争议。他的影片中，也不乏对战争的反思，如《秋刀鱼之味》中重逢的舰长与水兵在酒店里的对话。但这些反思，往往只是三言两语，表现得极为克制。也许，这是小津刻意为之。在1962年12月14日的《东京新闻》登载的文章中，小津有如下言辞："最近似乎很多人认为动不动就杀人、刺激性强的才是戏剧，但那种东西不是戏剧，只是意外事故。我在想，可以不要意外事故，只以'是吗'、'是这样啦'、'就是那样啦'的腔调拍出好一点的故事吗？"小津是这段话最好的实行者，他甚至让他的主人公在电影中说出这样的台词。《小早川家之秋》中的父亲临终只留下"就是这样啦"的遗言。

在小津的电影中，日常生活，尤其是家庭生活，成为一面镜子，被他用作观照大千世界的切入点。《东京物语》中在热海温泉夜不能寐的父母，照出儿女的冷漠与疏离；《晚春》送嫁归来的父亲静静削苹果的动作，照出日后生活的无边寂寞；《浮草》结尾的两张车票，预示戏班团长又一次的飘泊生涯⋯⋯

## 程　式

小津曾说："我是好恶分明的人，作品会有种种习癖也是没办法。"如果连续看几部他的电影，会有似曾相识的感觉。他低位置的摄影机，由下往上拍的仰视构图，不用移动、重叠、淡出淡入等手法，已成标志。

仔细观看小津的电影，还会发现很多程式化的东西：名字叫做"纪子"的女主角，叫"幸一"的男主角，叫"勇"的孩子，不断在不同的电影中出现。另外，经常出现的还有叫"若松"的酒馆和其中胖胖的老板娘。《彼岸花》与《秋日和》中佐分利信的办公室几乎就是同一个。时时出现的原节子，从女儿演到母亲，笑容温婉如初。更有几乎每片必出现的笠智众，从主角到只有几个镜头的小角色，脸上有一贯的微笑，伴随稍显木讷的言谈。

工作的场所必定是长长的走廊，天花板上垂下来一盏灯或一只钟，尽头不断有人横穿而过。女秘书时不时来敲门，告知有人来访。镜头中还常有办公楼的一个侧面，全是窗户，窗内人影或坐或站。女主角的办公室永远是打字机的声音。小津仿佛还特别热爱火车，片中常有坐火车的情节，或者是火车的鸣笛声远远传来成为背景音，《父亲在世时》则干脆以坐火车作为情节的起始与终结，当然，还有他几乎每部电影开头结尾的字幕，打在颗粒分明的麻布上，几十年不变，从黑白到彩色（最后一部《秋刀鱼之味》除外）。

一般来说，这样的重复会让人厌倦，但小津却能在情节与细节的微调中让人不知不觉地沉入一个又一个故事，在熟悉的场景中与人物相处，感知他们的悲欣交集。


## 余　味

在一次关于《麦秋》的访谈中小津这样说："……我想减少戏剧性，想在内容表现中不落痕迹地累积余韵，成为一种物哀之情，让观众在看完电影后感到余味无穷。"因此，他对演员的要求也与众不同："导演要的不是演员释放感情，而是如何压抑感情。"不管剧中人物内心怎样波动，说出的语言经常只是几个字，诸如"嗯""哎""是吗"之类。《秋刀鱼之味》中女儿出嫁前，向父亲行礼，情绪激动，说不出话来，父亲说："我知道我知道，一定要好好生活"。正如省略与留白让画面背后的意味越加丰满，流动的情感也在克制中越加升华。小津研究专家唐纳德·里奇说："小津让我们领会到最伟大的一个美学悖论：少就是多。换言之，少许总是意味着许多；限制造成扩张；无尽的变化体现于单一的实体。"

小津的电影让人感觉亲近，即使国籍、时代、经历都不相同，在他的电影中，也能找到共鸣之处。因为，每天，电影中的人物与观影的人们一样出入写字楼，回家，与父母交谈，与丈夫或妻子吵架，有外遇，失去亲人，找不到工作，生病，甚至熨衣服、刷牙、喝醉。其中没有绝对的好人与坏人，各有难言之隐。《小早川家之秋》只想让父亲买披肩的私生女也不太令人厌恶，在葬礼上发泄对死去父亲不满的姐姐转头又哭了起来。手捧骨灰的一行人走在桥上，如此充满仪式感却又充满日常的气息。

"我认为，电影是以余味定输赢。"小津如此说过。以三言两语概括小津的电影是不可能的，但是，去看他的电影，可以感受到他冷玻璃后的热心肠。这种热，即使再控制再压抑，依然能传导出来。它告诉人们，一切流动不息，去接受变化无常中的一切，并在其中创造属于自己的愉悦。

2013 年 12 月

# 凉意中的暖，与暖意中的凉

## ——《如父如子》与是枝裕和的电影特色

1995 年，日本导演是枝裕和携电影《幻之光》参加威尼斯电影节，开启了他的电影之路。至今，他仍算不得大红大紫，却已形成自己鲜明的风格。他不紧不慢地拍摄出《下一站，天国》《距离》《无人知晓》《奇迹》《步履不停》等佳作，也不断收获奖项。2004 年，年仅十四岁的柳乐优弥因主演《无人知晓》一举摘得戛纳电影节最佳男主角的桂冠，成为最年少的影帝。2013 年，电影《如父如子》获得戛纳电影节评审团大奖。

## 对琐事的热爱

是枝裕和曾在回答为何拍摄《步履不停》这样一部没有什么情节的电影时说："因为发生了重大的事件而产生了一部电影，这种情形到处可见。但我就是想拍一个什么事都没发生，但却很有趣的故事。因为大家人生当中并不会常发生什么了不起的大事件，但是日常生活却很有趣不是吗？"相比于其他是枝裕和的电影，《如父如子》算是一部"有情节"的电影。

野野宫良多夫妇属典型的中产阶级，丈夫外形俊朗，事业有成，妻子温婉可人，六岁的儿子乖巧懂事。家庭里弥漫的温馨气息却在某一天被医院打来的一通电话搅散——原来朝夕相处六年的儿子并非亲生，一个护士为报复社会调换了两个孩子，两个家庭——野野宫与斋木家顿时陷入痛苦与混乱。

影片中，所有事件的发生、进展，依然通过"琐事"表现，即使是对簿公堂这样重大的事件，也只有当事人简单地陈述，甚至没有道德评判。影片的绝大多数时间，是展示两个家庭的会面、吃饭、游戏及与两个儿子的相处。

日常生活由琐事构成，琐事构成影片中的细节，细节体现气氛与人心。斋木雄大在浴缸中与野野宫庆多喷水玩耍，体现出与良多家规矩有礼截然不同的亲切热闹。良多翻看相机里的照片终至泣不成声，是他忽视一个孩子的依恋之心之后的悔恨。《如父如子》即通过无数细节表现两个家庭渐渐由疏离到熟悉，由抗拒到接受的过程。

芥川龙之介曾说："为了人生的幸福，必须爱日常的琐事才行。也就是必须爱云的光彩，竹子的摇曳，群雀的喧声，行人的面面相觑，从这些诸般日常琐事之中感到最高的甘露之味。"日本导演如小津安二郎等人都是捕捉日常细节的高手，是枝裕和也是同道中人。


## 成长是一生的事件

在是枝裕和的影片中，"成长"是必然要涉及的主题。成长的过程在一件件日常小事的堆积中慢慢过渡，最终如船到彼岸般自然完成。《幻之光》中的女主角由美子最终释然于家人的离开；《下一站，天国》中的望月，在五十年的等待之后终于明白生命的意义，安然离开天国车站；《奇迹》中父母分居的兄弟最终不再执着于家庭的完整而明白"世界"的含义。

《如父如子》中，福山雅治扮演的野野宫良多，也经历了一个"成长"的过程。作为无礼、爱占便宜、世俗味浓的斋木一家的对立面，他谈吐高雅，举止得体，辛勤工作，给妻儿提供了良好的生活，但是，却并不擅长扮演生活中他的角色，尤其是作为父亲：他总是食言，永远没有闲暇陪伴妻儿；他想用钱买来两个孩子的抚养权，不顾及他人的感受；作为儿子，他长期不承认用心照顾父亲的继母……他有责任，有担当，却显得自私冷漠，自大冲动。

意识到儿子并非亲生之后，与庆多和琉晴两个孩子相处，与斋木雄大一家的交往，使得温暖柔软的气息慢慢来到，良多变得不再那么生硬、严肃，而渐渐感性。当琉晴拿着水枪推开门时，他拿起吉他与之"对打"，而妻子拿着吸尘器加入"战斗"，快乐渗透到这个家庭中来。

关于两个孩子最终在两个家庭中的去留，影片并没有给出一个明确的结局，影片结尾，家庭成员在斋木家的电器店中聚齐，镜头拉远，画面深处传出笑声，这是个温暖的预示，但并不是两个孩子最终的归宿。在真实的人生里，孩子与父亲母亲都仍需要成长，因为生活毕竟不是电影，柴米油盐仍是最最磨人的钝器，虽钝，却可以伤人。

## 缺页的书

《如父如子》2013 年 5 月 18 日在戛纳上映，播放完毕得到现场观众长达十分钟的掌声，导演与影片主演也都感动落泪。当届评委会主席斯皮尔伯格认为影片拍出了东方人的隐忍与克制，感动之余，斯皮尔伯格也与是枝裕和达成翻拍意向，斯皮尔伯格有可能亲自执导美国的翻拍电影。

所谓隐忍与克制，在东方的生活与艺术中是常见现象。"发乎情，止乎礼"是一种克制，中国画中的空白也是一种克制。恰到好处的克制没有刻意成分，水到渠成。在是枝裕和的影片中，最淡远最克制的影片当属《步履不停》。《如父如子》在情感的浓度上更稠密一些，但在西方人看来，已是隐忍克制的典范了。

《如父如子》的克制，体现在情感与风格上，情感充盈却不煽情，全片清静淡远，细节点到为止。假如人生是书，或者电影是书的话，《如父如子》是缺页的书。整体看，它是完整的，翻开，却有一些故意的缺页，这些缺页提供给人们想象。观影者的想象与情感填充起这些缺失的部分，就像《奇迹》一片中老人制作的传统点心，"淡淡的，却有嚼头"。

报复社会的女护士的生活，良多父亲与继母的故事，医院在调换孩子事件中的责任，是情节上的"缺页"，它们并不影响观影的感受。与孩子相处中大量的细节表现的意义，如放风筝，两家人一起照相，在餐馆点餐结账，良多与捕蝉人的对话，也都有"缺页"，需观众放任想象。影片完成之后，其实，是属于观众的，观众的理解造就了无数部新的电影。而宽容、克制、简淡、温暖，成为《如父如子》的标签。

是枝裕和的影片，大多取材于家庭，描写日常琐事，情节简单，节奏舒缓，音乐清淡悦耳，常有温和暖意充溢。在《步履不停》的访谈中是枝裕和说："我想要描写的就是日常生活中的悲剧，欢笑，和残酷。"细看《如父如子》，想象两家人以后漫长的生活，是不乏"残酷"的因子的。

凉意中的暖，与暖意中的凉，是是枝裕和的电影之味，也是日常生活的味道。

**2014 年 8 月**

# 渐渐迷失的世界

——日本电影《记我的母亲》

　　有没有刻骨铭心这回事，对于老年痴呆症的患者来说，答案恐怕是否定的。面对熟悉的房屋、街道甚至亲人都不复记忆，更遑论生活中其他来来去去的人与事。看日本电影《记我的母亲》，通过影像，去感知一个老人渐渐迷失的世界，体悟她的家人的无奈与痛惜，同时，也令人自然地思考遗忘的本质。

　　影片改编自日本著名作家井上靖的自传体小说《我的母亲手记》，撷取作家伊上洪作的母亲最后十年的生活片断，以极为克制的画面与丰富的细节描写，表现了伊上家三代人之间难以割舍的情感。

## 既令人烦躁，又令人神伤

作家伊上洪作的父亲去世之后，家人发现母亲虽然身体很好，记忆力却逐渐衰退。就像有一只无形的橡皮擦，把母亲生活的痕迹慢慢擦去。"拿橡皮擦的是老衰，教人无可奈何的老衰。它将母亲数十年的人生之线，从最近的地方逐渐擦拭一空。"

母亲常常无数次地重复说一件事，如若有人提醒她已说过，她会显出茫然神色。比如"我"从东京去老家看她，一见面她就会问一个问题：路上有没有塞车。老演员树木希林饰演的母亲，脸上的迷茫神色有时让人绝望。她像一个老人又像一个孩子。她忘记了美国回来的舅舅，忘记了来访的客人。"没有被爸爸爱的记忆，也忘记了爱着爸爸的记忆。被爸爸苛待的记忆也忘记了。"对一个母亲来说，最割舍不了的孩子，也渐渐从记忆里消失。在井上靖的书里，主人公的弟弟说："为人子女的总会觉得，父母至少不会把自己给忘了吧，这样想未免太理所当然啦。"母亲把长年照顾自己的长女志贺子当成佣人。一直最善待奶奶的孙女琴子，也被母亲惹恼，说出负气的话："我要跟奶奶绝交。"母亲却一边吃着东西，一边脱口而出："我也要跟你 bye bye。"脸上满不在乎的神情，真是"既令人烦躁，又令人神伤"。

慈爱、温柔的母亲不知失落在什么地方了？亲情、爱情，都无法阻止她迷失的脚步。影片中，她有时捡拾着落叶，口中喃喃自语，专注的神情仿佛不再在意世间任何事情。"她专心倾听庭院草丛中秋虫叫声的侧脸，有种难以形容的沉静，让人深受感动。"


## 部分故障的机器

擦除母亲记忆的橡皮擦好像是有选择性的。在母亲不断重复的话语中，有少年时爱慕过的叫做俊马的早逝少年，却没有相伴一生的父亲；有不离身的"香奠账"，以便回送别人礼金；有生活一辈子的故乡伊豆，只要离开就不断狂躁地要求回去的地方；还有洪作少年时写作的诗歌；一定要前往的海边；最重要的是那个寻找小小海峡的男孩子洪作的身影。也许，年幼"被母亲抛弃"而在心中留下心灵创伤的畅销作家伊上洪作，与"抛弃儿子"的母亲，心中的伤痛是一样的。他们在十年的时间里寻找最初的原因与最后的谅解。但是，所有的一切，不过是猜测，因为，母亲已经无法表达。

井上靖说："观察母亲的状况，确实像一台坏掉的机器。不是生病，而是部分故障。因为不是全坏，坏掉的只是一部分，还有其他部分尚称完好……"没人知道为何坏掉的是"这一部分"，而不是"那一部分"。"看看古老寺院的柱子就知道了，时间一久，材质比较松软的部分会消磨凹陷，只剩下比较坚实的纹理留下来。人差不多也是这样吧，欢乐的记忆逐渐模糊，那些痛苦烦恼倒记得清清楚楚。"

客观地说，母亲十年的变化，基本上符合老年痴呆症的病程：早期的远期记忆丧失，中期的远近记忆都淡薄，晚期的全然活在自己的世界里，无人可把握她心中的世界。遗忘的进程是缓慢的，忘却的内容是有选择性的，但遗忘的按钮一旦按下，便是不可撤除的命令，无论被忘却的曾是多么重要的人与事。

## 无法知悉的世界

哪些记忆被锁定，最终留存下来，是一个谜。留存下来的记忆在唱机上循环播放，到哪一天会戛然而止，也是一个谜。就像母亲有一天终于不再提起俊马，那个留在母亲最初记忆里的男孩也消失在汪洋之海中。

在那片汪洋之中，留存什么，以何种方式运转，无人得知。所以，当母亲晚上打着手电筒从一个屋子转到另一个屋子，没有人知道她在寻找什么。洪作的妹妹桑子描述道："（母亲）怎么看都觉得是一缕幽魂在那里飘荡。说是飘荡，并不像被风吹着四处飘，更像是被一个什么东西推着走。""推着走"的那个"推力"究竟是什么？在母亲的世界里，会不会另有一种秩序或者法则？那已完全是不可得知的另一个世界的秘密。

有一天，母亲对洪作说："以前每天在那边写东西的人死了。"而那个写东西的人，正是洪作自己。因此，井上靖推测说："母亲会不会正处于状态感觉之中？"在那个状态里，她感觉到早晨的因素，便认为是早晨；感觉到黄昏的因素，便认为是黄昏。而这个早晨与黄昏，与现实世界里的时间无关。母亲活在自己的世界里："那无疑是一个对别人而言不存在而只有母亲自己一个人存在的世界。那是母亲依据自己的感觉，截取现实的片段，然后重组而成的世界。"

至此，母亲与亲人间隔出一道深深鸿沟，鸿沟上唯一的桥梁，是体谅、反思、理解与放弃，当然，还有情感。母亲早已走过桥梁，她不再返程，家人在追赶的途中，沿着迷失的母亲的去路，渐渐找到各自的路。

影片结束于母亲的葬礼，宁静的气氛里，家人再一次聚首。葬礼是终止，也是开始。洪作与女儿间紧绷的关系渐渐松弛，对母亲的"抛弃自己"的怨意早已散去。哀伤的家人们显然也有了更温暖的向往。

无论是否患有老年痴呆症，遗忘都是必然，但没有遗忘也就没有牢记。相比原作，影片更重视情节的集中与情感的张力，井上靖的文字则更指向生活的厚重与现实的苍凉。

2014 年 11 月

# 相信它，在喃喃的"念念"中

—— 《念念》

　　五一档期，夹在《何以笙箫默》和《左耳》之间的《念念》是寂寞的。每天只有一两场的排片，且都在上午或深夜的非黄金时间。导演张艾嘉曾经说过："这部电影是我到了这个年纪，可以尝试的一点挑战。"所谓挑战，可能是一种坚持。日本导演是枝裕和说："目前横亘在电影业面前的难题是，作为'前提'存在的'小规模电影院文化'，早已被迫变质为影城这种庞大娱乐设施'消费'的余兴节目。"很多导演在寻求夹缝中生存的途径，力求不被潮流裹挟而去。但这种寻求往往曲高和寡或者力不从心。

　　《念念》是一部安静的电影，让进入电影院的人"安静"两个小时如今是件不容易的事情，何况，《念念》的情节是几乎没有高潮的曲线，它平缓起伏，延伸，浸润，需要静下来去体悟。即使张艾嘉、李心洁等人都有固定、忠诚的粉丝，但市场的冷落并不出人意料。现在，是浮躁的时代，所有的"坚持"也自有代价。

好在，观影人数与影片的质量早已脱钩，这是尴尬，有时却也是一种"另类"的肯定。

## 底　色

绿岛的兄妹育男与育美，父母离异。妈妈带走了妹妹，哥哥与父亲留在岛上。多年后，父母都已过世。育美成了画家，育男是个导游。育美的男友阿翔一心想进入奥运名单，却因为眼疾无法如愿。心烦之时，不免冷落育美，这时，育美发现自己怀孕了。影片这样开始。

育美在台北，育男在台东，但自从童年时分开，他们再没有见面。阿翔的父亲是海员，童年时他就很少见到父亲，后来，父亲更死于海难，连遗体都没有找到。三个年轻人，都有某种"心结"，这"心结"导致他们的生活看似正常，却总有些不太对头的地方。

童年的经历，在一生中的位置，无疑是重要的。如果一生是张照片，童年就是底色。父母为孩子打下底色，或浅或深，或鲜艳或暗淡，自此影响孩子的一生。

李心洁饰演的母亲，枯守小岛，煮面端菜，却有一颗丰盈的心，心上长着翅膀，向往外面的世界。如同她每晚要讲的故事中的美人鱼一样，一心游向光亮的地方。光亮是深深的诱惑，这诱惑甚至大过对孩子的爱。

在风浪里，她带着育美离开小岛，种下丈夫对她深深的恨。同样是煮面端菜，因为找到了爱情，她是开心的。但育美不开心，育男也不开心。这两个孩子照片的底色，初时是暖暖的橘色，有母亲温暖的声音，然后这暖意退去，灰色弥漫。

追求梦想与真爱，并无过错。世上的遗憾大都不是有意为之。唯其如此，孩子美好世界的崩塌才更让人无奈与痛心。普鲁斯特说："少了一样东西并不仅仅意味着这样东西的不存在，并不只是一个部分的缺乏。这是整个其余部分的大动乱，这是一个无法从旧的状态中预见的一个新的状态。"

过去与未来，人们往往更看重未来，但过去却常常可以决定未来。童年的照片底色绘就，即使日后看似一切顺流而行，"遗失的东西在我心中发出回音，不停地报告着远近"。那种灰暗与冷寂不时造访，在育男与育美成年后的"大动乱"世界弥漫。因此，即使现在通讯如此方便、迅捷，他们却不寻找对方，因为不愿触碰过往，从此他们带着"伤口"前行。

## 安　静

从《心动》到《少女小渔》，从《20 30 40》到《念念》，一路看着张艾嘉在她的电影里成长、成熟。看着她一手带出来的刘若英、李心洁结婚成家、做妈妈。《念念》中的主角梁洛施经历风风雨雨，年纪轻轻，也已是三个孩子的母亲。她们在生活中全都付出过"爱的代价"。如今，沉静下来，用一部安静的电影，解读生活。张艾嘉这几年更开始学习打坐，希望更安静地坐下来。她以为，在安静中，人们可以更好地倾听、更容易和解。

所以，《念念》全片都是安静的。故事情节的起伏被有意控制。父母之间的争吵打闹，只点到为止。育美在台北默默写作业、画画，育男在绿岛海滩上默默凝望远方，父亲烧掉母亲的衣物，妈妈的情人沈重与育美的相见，不见激烈的言辞与行为，而代之以克制。

是枝裕和说过这样的话："电影也应尽量用不直接说出悲伤或寂寞的方式，表现悲伤或寂寞。我想创作的，就是有效利用类似文章里的'行间'（留白），让观众自己以想象力补足的电影。"张艾嘉应该也同意这样的说法。在《念念》中，安静的画面里，观众可以感知到人物的愤怒、伤痛、向往、失落、欣喜与释然。可以看到张艾嘉力图用最大的善意，期待人与人之间的体谅、容忍与宽恕。

# 和　解

片尾曲里，刘若英用轻柔的声音唱道："过去的故事，已难说清楚，想写一个结束，让它渐渐模糊。我在不在乎，在不在乎，曾经就在身旁，怎么留不住。不在乎，却不能忘。太在乎，念念不忘。"这些歌词，也是《念念》片名的来源。"念念"是种状态，是低声或尢声的碎念，有种缠绵不断纠结不断的深情在内。不管在乎与不在乎，只是不忘，不能忘，忘不了。

童年的底色已经绘好，幸运的是，生活继续，如同育美手中的画笔一样，可以在底色上添加新的颜色与图案，这些新的东西，不再依附过往，而是靠育美、阿翔与育男用自己的手去添加，因之，也就有了希望。

但是，心结已成，解铃仍需系铃人，系铃人已逝，如何达成"和解"便成为难题。

在《念念》中，有三个超现实甚至"魔幻"的情节：一是育美在深夜看到的"没有影子的人"，二是阿翔在防波堤上与早已过世的父亲一起钓鱼；三是育男在幻觉中与母亲在烛光中相见。这三个情节在影片中看似突兀，却非常重要，正是它们，解了人物的心结。

阿翔与父亲一边钓鱼，一边聊天，最终，父亲离去，只留下防波堤上不停挥拳的阿翔。他茫然地停下来，向空中言说：我只是想让你知道，我一直在练习拳击。他终于理解，身为海员的父亲，从小要求他练拳，只是希望儿子能照顾好自己，并不一定要他成为专业运动员。

育男在烛光中与母亲见面，吃着母亲煮的面，看到他与妹妹小时候画的画、剪的人像，看着母亲为他们做的手包。他终于问了妈妈，是不是偏心妹妹。原来，妈妈离开时没有带走他而带走了妹妹，一直是他的"心结"。

借助这些非现实的情节，主人公们达成了与过去、与长辈、与现实的和解。所以，结尾时，观众可以看到育美与阿翔的女儿，捧着妈妈的画册，画册里的小鱼终于回了家。而育男，也来到书店里，在一众索要签名的读者后面排队，直至排到育美面前，问她："阿妹，你好吗?"

这是个稍显刻意的安排，但如此温暖。日本当代诗人谷川俊太郎的诗里说：

再见不是真的
有一种东西，会比回忆和记忆更深地
连接起我们
你可以不去寻找，只要相信

2015 年 5 月

# 拼图的过程

## ——瑞典影片《寒枝雀静》

《寒枝雀静》是一个很文艺的中文译名，它更直白的译名，应该是"一只坐在树杈上思考存在的鸽子"。影片的导演，是瑞典人罗伊·安德森。《寒枝雀静》是罗伊"生活三部曲"的终结篇。他凭借此片获得2014年威尼斯电影节最佳影片金狮奖。

### "奇怪"的影片

从许多角度来看，《寒枝雀静》都是一部有些"奇怪"的电影。

首先，是导演罗伊·安德森。他曾师从名导英格玛·伯格曼，却成为一名出色的广告制作人，曾拍过几百部深受好评的广告片。七十多岁了，到目前为止，只拍了五部长片。《寒枝雀静》是其第五部长片。

"生活三部曲"是罗伊·安德森耗费十四年时间拍摄的影片。其中，2000 年《二楼传来的歌声》获得当年戛纳电影节主竞赛单元评审团大奖，2007 年《你还活着》代表瑞典参加奥斯卡最佳外语片角逐。愿意用漫长时间来打造一部电影，精工细作，像手工艺人一样耐心、细致、专注，在快节奏的当下，是一个异数。《寒枝雀静》用掉了足足四年的时间，片中每个场景平均都花了将近一个月，为了尽善尽美，有的场景更是不断重复拍摄了两个月之久。时间，在罗伊·安德森那里，是一个奢侈的存在。

《寒枝雀静》的"奇怪"之处，还在于它没有"情节"，也即很多影评人提到的没有"线性叙事"。全片由 39 个场景组成。可以算得上贯穿全片的人物，是一对推销员——萨姆和乔纳森。他俩推销"能给别人带来快乐"的吸血鬼长牙、笑笑袋和独牙面具。他们在人群中游走，串起人、事、景，但他们也未必每处场合都出现。影片的场景之间，有些互有联系，有些毫无关联。时间、空间也都被打破。同一个酒馆，可以从现实一下子跳到 1943 年。另一个酒吧，甚至跑进来一组卫兵，随后进来了一个国王——历史人物与现实人物荒诞地存在于同一个场景，对话，相持，发生故事。

罗伊曾在采访中说："就是要用不一样的方式讲故事。"风格在坚守中形成：罗伊·安德森的电影，构图简洁，情节淡化，人物木讷，充满诗意与哲学思辨。

## 观众的参与

2014年诺贝尔文学奖得主莫迪亚诺的作品，也是情节淡化的。翻译其小说《夜半撞车》的译者谭立德在前言里说："莫迪亚诺的作品并没有什么情节，其真正的魅力并不在于故事本身，而是在故事所传递和调动的氛围。"以此来看《寒枝雀静》，也是完全合适的。

每个成熟的作家、画家、音乐家或者导演，其作品具有鲜明的风格，能让人"一眼认出"，即在于独特的氛围。罗伊·安德森的《寒枝雀静》，充满了北欧的冷硬气息，同时，又幽默、荒诞、简洁、残酷、脆弱并存。

观看这部101分钟的电影，有些人昏昏欲睡，有些人全情浸入。因为上一个场景与下一个场景可能完全无关，情绪与思维都可能被割断，但它同时也让人冷静——生活，很少如同电影中一样，一个事件在两三个小时之内就有结局。生活是碎片化的，一个人会在一件事里纠缠很久，每天，都只是这件事的一部分，如同拼图中的一块，单独时，这一块拼图毫无意义，观众能做的，是把这些拼图一张张归回原位，最终，拼出一张完整的画。罗伊截取了 39 块拼图，它们只是一些事件的端倪，而非结局。因此，《寒枝雀静》是需要观众高度参与的影片，用思索来完成对影片意义的探寻与解读，从而有所收获。

影片开始部分有三个场景与死亡有关：第一个场景中的中年男人，因为开一瓶葡萄酒突发疾病倒地死亡，他的妻子背对着他在厨房中忙碌，一无所知；第二个场景是一个临终的老太太，躺在病床上死死拿着她的手包，里面是她一生的财富，儿子想从她手中抢下这个手包，却无法得手；第三个场景是在游轮上，一个男人在吧台付钱后猝然倒地而亡，来不及享用他的食物。

观众在这三个场景中，可以看到死亡的偶然，爱的冷漠，财富的诱惑，时间的无情，生命的脆弱……这些解读，作者"未必然"，但观众"未必不然"。艺术作品一旦完成，便离开作者走向受众，在受众那里再获生命。观众对这些场景，见仁见智，各取所需，也各得安慰与启迪。


## 拼图的过程

罗伊·安德森曾在采访中表示，他是一个不喜欢按照寻常方式讲故事的人。他说，现在大部分电影、电视剧的情节表述都令他厌恶，极少有作品能够得到他的认同。他尤其讨厌那些俗套的喜剧结尾、悲剧收场。他说："就是要用不一样的方式讲故事，但同样是关于人活着，如何生活，关于我们自己的故事"。这"不一样的方式"，仅仅是手法而已，是用怪诞、荒唐来诠释生活与"我们自己的故事"。

《寒枝雀静》中大部分角色是小人物：萨姆与乔纳森重复同样的动作与言辞推销产品，他们追讨货款，同时，别人又向他们追讨货款，每个人的生活背面，都千疮百孔；舞蹈教师与年轻男学员间，有莫名的情愫。男学员推开的手与女教师酒馆中的痛哭也许阐述的是爱与欲望的无处消释；酒吧中耳聋的老人连一件大衣也无法自己穿上，是人到老境的窘迫；被赶进奇怪的巨大乐器中的黑人与手握酒杯观看焚烧的人们处于冰火两重天，令人想起波兰诗人扎加耶夫斯基的诗句："你见过难民走投无路，你听过刽子手快乐地歌唱"，而诗人阿米亥说"人不得不在恨的同时也在爱，用同一双眼睛欢笑并且哭泣／用同一双手抛掷石块／并且堆聚石块，在战争中制造爱并且在爱中制造战争"。

影片中有两个富有亮色的场景，一是母亲在树下与婴儿嬉戏，一是两个女孩在阳台上吹肥皂泡。母婴的笑声与树上的鸟鸣一同构成欢乐的乐曲，而阳台的女孩子，开心地说"我抓住你了"，因为她成功地让一个肥皂泡停在手中。或许，这是罗伊·安德森理解的人生：什么是俗世的喜乐与梦想的捕捉。

片中有一句反复出现的台词："我很高兴听到你很好。"这句台词分别由清洁女工、握手枪的老人、两口子中的妻子等人分别说出。当时，人物都在打电话。电话那边是谁，作为观众，全然不知，但是，这些人在说这句话的时候，态度严肃、郑重。可以理解为宽慰、认同、放心或者客套，却又同时表明，人与人之间，需要释放情绪、沟通交流。

影片的最后一个场景是个公共汽车站，互不相识的五个人在等车。因为中间站着的男人认为当天是星期四而搭上了话，画面最左侧的中年男人说："今天是哪一天，这不可能靠感觉获知，这得靠持续的记录，比如昨天是星期二，今天是星期三，明天是星期四。如果你不能持续记录，那么混乱会随之而来。""感觉"是不可靠的，罗伊·安德森这样结束影片，但他的影片，却恰恰需要依靠"感觉"去理解，就如同需要凭一块拼图上的蛛丝马迹来组合画面一样。

**2015 年 8 月**

# 时间之镜

## ——法国影片《锡尔斯玛利亚》

有些导演或演员会成为一部影片的标签，比如有朱丽叶·比诺什出现的影片，就意味着文艺、知性、优雅以及某种深度，一般来说，影片本身也不太会令人失望。《锡尔斯玛利亚》是法国导演奥利维耶·阿萨亚斯的作品。在中国，张曼玉前夫的标签总是跟随着阿萨亚斯，对他来说，似乎并不公平，他确实是一个有自己独特风格的导演。不少影评人将《锡尔斯玛利亚》评为2014年年度十佳影片之一，虽然本片在戛纳电影节上只收获了一个最佳女配角奖（克里斯汀·斯图尔特）。

## 戏中戏

《锡尔斯玛利亚》讲述演员玛丽亚因二十年前饰演西格德一角走红。西格德年轻、野性，我行我素，吸引了上司海琳娜。海琳娜原本冷静、干练，事业有成，却因遇到了西格德陷入无法自拔的一段感情，最终自杀身亡。二十年后，玛丽亚受邀重新参演成名作，角色却从西格德变成了海琳娜，在矛盾中玛丽亚签下合约，与助理瓦伦丁住进突然自杀的原作导演家中，看剧本，对台词，了解与她对戏的年轻演员。最终，瓦伦丁离开，戏成功上演。

比诺什饰演玛丽亚，因《暮光之城》走红的克里斯汀·斯图尔特扮演她的助理瓦伦丁。西格德与海琳娜的情感成为影片的一条线索，这是一条"虚线"。观众通过玛丽亚与瓦伦丁所对台词与模拟的场景，来了解二十年前那部名为《玛洛亚之蛇》的舞台剧的剧情，以及西格德与海琳娜的情感纠缠。

另一条线索，则是玛丽亚与瓦伦丁之间的关系。成名之后二十年，玛丽亚年华老去，与丈夫正在办理离婚手续。她的工作、生活、情绪，都依赖年轻的助理。这种关系，与《玛洛亚之蛇》中西格德与海琳娜的关系越来越相像。

两条线索不断交织，互为补充与诠释，随着情节的展开，玛丽亚与瓦伦丁也陷入宿命般的情感纠缠中。这是影片中非常讨巧也略显刻意的安排。比诺什与斯图尔特都贡献了富有张力的表演。比诺什的神经质、夸张、爆发力与斯图尔特的内敛、冷静形成对比，也暗示了年轻一方对年长一方情感的控制。最终，瓦伦丁离开，也许，是她意识到了纠缠的危险，更加决绝地做出选择。玛丽亚也未像片中的海琳娜般失控，而是冷静下来，找到了新的助理，并成功地演出了作品。

## 爱得更多的一个

玛丽亚与曾经追求过她的一个男演员有过一次交谈，分析海琳娜这个角色的特点，他说："一位成熟女人，爱上将她玩弄于掌心的女孩，这个女孩从她那儿得到很多好处，她给那个女孩一切她可以给的，然后就没有然后了。海琳娜的爱让她变得愚蠢，变得盲目，即便任何置身于外的人都能看出其中的蹊跷，但这也是她想要的，她迷恋，最终造成自身的毁灭。"在任何一段感情中，深度与浓度从来不会均分。著名诗人奥登写道："我们如何指望群星为我们燃烧/带着那我们不能回报的激情？/如果爱不能对等，/让我成为爱得更多的一个。"

爱得更多，意味着更多的付出，更多的承担，也就面临更多的无奈与痛苦。当这种压力无法释放，便会断裂。海琳娜给了西格德"一切她可以给的",这种行为是将自己逼到绝路的方式。青春如刀,闪亮但是残酷。这一点,在西格德身上有,在好莱坞新人艾利斯身上也有,相比而言,瓦伦丁的离开,虽然决绝,却依然是可以接受的。

年长的人,较难陷入一段感情,因为年龄与阅历教会他们更多的理智与冷静,但一旦进入,却带着更强的烈度。这样,往往会让自己对一份情感寄托过多、期待过多,但年轻人爱得无所顾忌,如飘风急雨,强烈但不持久。在这样的对决中,年长的常常成为落败的一方。如果能及时抽身,如玛丽亚,也许就开启了一段新路,如果无法全身而退,那就是海琳娜或者片中作家的妻子,只有死路。

那个男演员说:"她只是无法接受她自身的弱势。"这很准确。如果曾经强势过,如玛丽亚与海琳娜,事业有成,高贵优雅,接受的都是仰望。如果有一天,别人的目光只是平视,还不是俯视,她们就受不了。习惯了"施",不懂"受"的尴尬。好在玛丽亚仍有智慧,终将自己的生活扳回正轨。所以,正如《锡尔斯玛利亚》官方剧情介绍中写的那样,影片表现了:为了与时间、年龄、衰老和解,最终明白在人生每一个阶段你必须学会自由、独立,并且有勇气接受你自己,而这一过程充满了痛苦。

## 时间切削着我，如切削一枚硬币

作为文艺片女神，1964 年出生的朱丽叶·比诺什已年过五旬，在片中，在她依旧优雅迷人的气质之外，还是可以看到时间在她脸上留下的痕迹。曼德尔施塔姆的诗句说："时间切削着我，如切削一枚硬币。"无情、冷硬、客观是时间的特点。但好像时间对一个美女总是比对一个普通人更加残忍，它会让一个人的眼神变得凄惶。比诺什是少数眼神依然清明坚定的人，尤其在影片的结尾部分，随着对海琳娜心理越来越准确地把握，短发的比诺什精明干练，少了前半部分的迷茫。接受弱势，也是智慧的一种象征。

时间如镜，二十年前的玛丽亚就是现时的艾利斯。作为好莱坞的新晋偶像，艾利斯行为乖张，任性而为，为爱而爱，毫不顾及他人感受，导致别人自杀也并不自责，但同时又才华出众，聪明自信。玛丽亚在她身上看到二十年前的自己，似曾相识的快意岁月，如刀般锋利的青春，光芒闪烁，同时伤人伤己。

"锡尔斯玛利亚"是指瑞士的一个"世外桃源"，影片中自杀导演的家就在这里。导演的遗孀介绍说，由于这个山谷特殊的地貌能够让云在山谷中聚集，并随风流动，形成蛇的形状，十分罕见。自杀的导演、瓦伦丁和玛丽亚先后见到了这种绝美景致，这种景致，都给予了他们某种启迪。也许这也是阿萨亚斯的安排，它被赋予了时间的象征意义：美、奇妙、自然，可遇不可求。

片尾，二十五岁的年轻导演请求玛丽亚出演他执导影片中的变种人形象，玛丽亚向他推荐了艾利斯，因为艾利斯更摩登，更适合角色，但年轻的导演说："我的角色不摩登，不是那种感觉，她超越时间之外……"玛丽亚听后若有所思。时间之河永逝，却也总有逆流与回归。每个人都有对时代的解读。这个年轻导演说："我不喜欢这个时代……如果我的时代是艾利斯和网络绯闻的话，我有权觉得生气，对吗？"他与艾利斯，同样的年龄，却与艾利斯截然不同。或许，时间之镜映照过去，也昭示未来。人与事，林林总总，在镜中出现又消隐。出现与消隐均不代表希望与绝望，时间只是流着，一切繁复而平静地循环。

2015 年 8 月

纷纷开且落

# 三页书里的人生

《苏东坡全集》第三册，1518 页，是一首西江月。

　　尤焙今年绝品，谷帘自古珍泉，雪芽双井散神仙，苗裔来从北苑。

　　汤发云腴酽白，盏浮花乳轻圆，人间谁敢更争妍，斗取红窗粉面。

词牌下有一行小注：

"送建溪双井茶、谷帘泉与胜之——徐君猷家后房，甚慧丽，自陈叙本贵种也。"

　　查了些资料，好多书上把这首词的题目叫做"茶诗"。

也确实是一首写茶的词，从茶名，到泉水，从汤色，到乳花——只除了两句："人间谁敢更争妍？斗取红窗粉面。"

绝品佳茗配谷帘珍泉，冲得茶来，汤色丰腴浓酽，倒入盏中，浮现轻圆的乳花。有什么可以与它争妍呢？是东坡自己说的话"从来佳茗似佳人"，那红窗下粉面的佳人，就是小序里的胜之了。

胜之是谁？是黄州太守徐君猷的宠姬，东坡送茶给她。

她的容貌什么样子呢？有两个字形容的——"慧丽"。

自然是美的，但，美到什么程度呢？除了美，还应该是聪明的，否则担不起这个"慧"字。我喜欢明慧的女子。

与茶斗妍的女子，与茶兼美，或可"胜之"。

在心里略略推测她的美貌，想不出来。真的美貌，要与"态"在一起，但胜之只在文字里。也就没有再多想。


读下一页。1519 页，仍是一首西江月，题为《重九》。

"点点楼头细雨，重重江外平湖……"只这两句写景的，有些喜欢，但这是挺普通的一首词，没什么触动，就翻过去了。


1520 页，还是一首西江月。

　　别梦已随流水，泪巾犹裹香泉。相如依旧是癯仙。
人在瑶台阆苑。

花雾萦风缥缈，歌珠滴水清圆。蛾眉新作十分妍。

走马归来便面。

题下也有简短小序：

"姑熟再见胜之，次前韵。"

元丰七年的七月，在茶诗写后的两年，七月，应该有炎阳，在当涂，那时叫姑熟，苏轼又遇到胜之。

发生了多少事呢？

徐君猷已于元丰六年十一月辞世，他的宠姬，此时已属于张恕。

据说东坡曾经大哭，词里也说自己"相如依旧是癯仙"，瘦。想必有无限感慨。毕竟他落难黄州时，徐君猷曾关照他，但那不过是"据说"。

至少，小序里的语气是平淡的。只是换了个地方，只是"再见"，只是再写一首词，只是"次前韵"而已。

胜之依然是美，依然有人宠，依然人在瑶台阆苑。蛾眉新描，歌声清圆。

只不知她的内心。

三页书里，是一个宋朝女子流转的命运，没有人知道，也无从知道她的所思所想，比如徐君猷死后，她的凄楚与彷徨；比如她又如何到了张恕的身边；比如她再见东坡，是怎样的情绪波动……

其实，她还是有幸的，有东坡替她写诗，使我这样的后人，在字里行间猜测她的命运，替她轻叹一口气。

我们呢？

翻回 1519 页，《重九》的结句是：俯仰人间今古。

不过是一眨眼的事。

2006 年 6 月

# 有幸活着

春秋战国时期，晋献公攻打骊戎国，美丽的女子骊姬，被晋献公俘获，纳为宠姬。骊姬日日珠泪满襟。但时间不停地走，及至她随献公回到王宫，寝有安适之床，食有牲畜之肉，她渐渐开始后悔当初的哭泣。

这样的一个女子，你如何看她？

是一个贪恋安适温暖的女子？是一个不知耻辱的女子？是一个让人不齿的女子？还是，她只是一个平凡女子，拥有美貌，在安宁的世间，她也许只想过一种平淡的日子，但不幸她生于乱世，经历惊心动魄的流转之后，她最后获得安宁，她只是满足于她早已向往着的生活。这样来看她，行吗？

会有人说我没有原则吗？

但，世间，真的有原则吗？真的有是非吗？

庄子说是没有的。

他问，人在阴湿处寝卧，腰就会得疾，人会半身不遂，那么，泥鳅也是这样的吗？

人爬到树木的顶端，心中会惴栗惊恐，那么，猿猴也是这样的吗？

人与猿猴，谁知道最安适的居所呢？

人吃牲畜，麋鹿吃草，蜈蚣以食蛇为乐，猫头鹰酷爱老鼠，人与麋鹿、与蜈蚣、与猫头鹰，到底谁最懂得世间的美味？

……

想多了，真的会疑惑。

大约，不违背自己内心的所想，但又不完全随心所欲，能安静闲适地度过一生，就应该是挺让人向往的一种活法吧。

但是，这样的人，又往往被世人视为胸无大志。而且，要做到以上所说的境界，看似简单，其实也是不容易的。

比如，利在前，名在前，美女在前，美酒在前，有多少人会选择拒绝？

饥肠辘辘，行将毙命时，会有多少人为了所谓的"信仰"而拒绝一碗救命的热粥？

人有身，身即是累赘，让人无法超脱。

所以，我宁愿相信，千年之前的美女骊姬，只不过是个平凡女子，只期望过一种平淡的生活，我不想用深刻的思想或固有的逻辑来圈囿她。

不管世事安宁或动荡，我相信，任何女子，都会随着阅历的增加，对她年轻时的飘渺想法投以理解的一笑，她们会踏实地活下去，不为任何风花雪月，只是活着。

活着即是有幸。

2006 年 8 月

# 零零碎碎的如意

"零零碎碎的如意"是木心先生在《如意》一文中说的。他写灰沙被吹进恺撒和乞丐的眼里，如果乞丐眼里的灰沙先于恺撒被溶化或被泪水冲出，那么，此刻，乞丐要比恺撒如意。

接着他写道："世上多的是比恺撒不足比乞丐有余的人，在眼皮里没有灰沙的时日中，零零碎碎的如意总是有的，……"

我喜欢这几个字：零零碎碎的如意。

设若人生如戏，高潮也只有一幕，大多数的时日，不过是些开端、发展，而一旦到了结局，也就是幕帘该拉上的时刻了。

但是，总有些瞬间，有小小的惊喜，有小小的意外，或者，有些小小的念想，令人忆起远山、远人、远去的时光。

比如，中午一点钟，行走在北京暖暖的秋阳里，去看某处的一棵白腊树。知道这是它变黄的时候了，而这时，也正是它一年中最美的时候。如果白腊有知，知道每年的这个时节，会有个女子依时来看它，一年虽只一次，但在漫长的冬日，它枯枝秃干时，会成为它梦里的一点暖意吗？

某天，路过鲁迅中学的门口，见到一个时尚的年轻人陪着一个老年妇女在跟保安交涉。很有书卷气的妇女跟保安说，我是五四年从这里毕业的……怀旧……让我进去看一看吧。

保安说，正在上课呢，不让人进去的。

年轻人说，我妈就是想看一看，拍几张照片，绝对不会打扰学生的……

我已经走过去了，忍不住回头，看到保安正陪着两人进门，心里觉得高兴。

五四年，五十多年了呢。那个年轻人穿得很是时尚前卫，却能在一个午后陪着年老的母亲来看看她的中学。他们进去了，他们一定是高兴的。

昨天，在一个琴人雅集上见到一个美国人弹奏古琴曲《凤求凰》。他穿着黑色的毛衣，高高的鼻梁。我不知他懂不懂得卓文君和司马相如的感情。

因为现场有许多琴家大师，他明显地显得拘谨，在琴上滑动的手指亦有些生滞。但他如此的全神贯注，令我大气也不敢出，生怕唐突了他。忽然，他用不太标准的普通话唱了起来：

凤兮凤兮归故乡，遨游四海求其皇。

时未遇兮无所将，何悟今兮升斯堂！

……

我突然明白了他的快乐。汉朝什么样，司马相如什么样，卓文君是怎样的一种美貌，与他有什么关系呢？他只不过是沉醉于这五分钟的执着，在琴声里尽量贴近中国古代的意韵。

比如我吧，虽然不懂音乐，但是那么喜欢古琴。这段时间，连着三天，几乎就过着与琴声为伍的日子，白天听，晚上听。

夜里十点，听完音乐会，一个人在长安街边疾走，去搭公共汽车。心中有对先生、孩子的微微歉意，但是，是开心的。

我们都是比恺撒不足比乞丐有余的人，我们看戏，也演戏。但多数时候是看客，看别人的戏演得轰轰烈烈，我们的平淡无奇。不过，我们有那些零零碎碎的如意，来装点平缓的人生。

这样，也是好的了。

2006 年 10 月

# 水煮豆腐里的鳕鱼和茼蒿

　　每次在网上买完自己想要的书后，下订单前，总会再放任自己一顿乱看，买一两本闲书，比如小说或者谈吃谈喝的，完全没有目的。但有时却歪打正着，会碰到非常可心的，常常有意外的欢喜。

　　比如最近买的川上弘美的小说《老师的提包》。

　　买它的理由非常简单，是因为编辑在推荐中写道："小说笔调清淡细致、冷静内敛，日文古风之委婉细腻尽显其中，而故事朴实动人、韵味缭绕。"

　　"清淡细致、冷静内敛"这几个字，对我有着致命的吸引力。要做到这八个字，于人，于作家，都不是容易的事情。

　　这部小说倒真是做到了。

读它的过程就是淡淡的，没有什么大的情感起伏，平平的，但是很想知道主人公的结局，像心中含有的微微的牵挂。

主人公是 37 岁的月子，在常去的小酒馆里与中学时的国文老师相遇。她已经想不起他的姓名，中学时国文也学得一般。但老师还记得她的名字。他们年岁相差很多，就这样淡淡地在小酒馆里相遇，喝清酒。慢慢地，开始逛市场，赏花，去海岛旅游，在深夜里作俳句。有时候，几个月也不见面。最后，年老的老师终于先去了，留下他的提包给月子。

小说的结尾，这样写着：

> 在这样的夜晚，我便打开老师的提包。里面空无一物，唯有一个缥缈浩大的空间，延展开去……

一个老人对于一个相对年轻的女子的爱情，是有两难的成分的。假如是一个沉稳内敛的老人，必将会选择隐忍的方式。而那个老人对于女子的意义，是岛屿对于海水的意义吧。

在山里采蘑菇时，月子发现刚才还在身旁的老师突然找不到了。她"大吃一惊，赶紧寻找，却发现他就站在近旁"：

> "老师，您在这里啊。"
> 我对他打一声招呼，老师以奇妙的口吻回答：

"我哪儿也不会去的啊，呵呵呵呵呵。"

　　我深深懂得那样一种"奇妙的口吻"，还有那种口吻后面人的内心波动。

　　在你的一生中，有没有一个人，肯定地对着你说过"我哪儿也不会去的啊"？有没有一个人，在你回头的瞬间，他总是在那里的？

　　月子经常会有意无意地叫一声："老师"，老师总是简短地应道："哎。"

　　这样简单的问答里有天长地久的情意，淡淡的语气中有荡气回肠的感觉。

　　我是一个很容易就被细节击中的人，常常会淡化掉事情的结局或者别人对事情的评价，我喜欢细节里氤氲着的情意，或温暖，或残酷。而沿着这些温暖或残酷的线索，可以隐约看到一个人的真心。

　　月子第一次去老师家里，老师找出许多老旧的东西给月子看，有几十年前坐火车新婚旅行从站台上买茶时留下来的陶壶，还有年代久远的老电池，老师喜欢留着这些东西。

　　他们用同样老旧的测电仪来测那些老电池。

　　几乎所有的电池，就算将测电头接上去，刻度表上的指针也纹丝不动，不过偶尔也会有让指针摆起来的电池。每当指针摆动时，老师便"啊"地发出轻轻的欢叫声。

"勉勉强强还活着呢。"

老师说着，微微地点头。

"用不了多久，就要全部死掉了。"

他的声音闲适而悠长。

"就在柜子里面终其一生吗？"

"是啊，大概会是那样的吧。"

这就是那种细节。

几十年的老电池了，呆在幽暗的柜子里，长长的日子过去了，还有一些电池留存着微弱的电量，来使指针摆动，指示，曾经有过的好时光。

老师和月子的爱，淡然而细致，仿佛水面上的细小涟漪，只轻轻波动过小小的区域。时间在继续，月子还是会过着她寂寞而散漫的岁月，也许，老师的影子会越来越淡，然而，就像那些历经了时光的涂抹还顽强地留存着生命的老电池一样，会有一些温暖的枝柯，在月夜，横亘过我们的梦境，提醒我们，所有存在过的东西，它们都在。

正如老师去后，月子再吃水煮豆腐时，会像老师一样，在水煮豆腐里，放入鳕鱼和茼蒿，而不再是独自一个时，只吃白煮的豆腐。

爱过的人，就是放入豆腐里的鳕鱼和茼蒿，天长日久，渐渐与你水乳交融，它们的气味，一直氤氲着，朦胧你，描画你，最终，让你，成为你。

2006 年 11 月

# 无处不可系一梦

有两次坐火车的小小经历，一直没忘。因为事情太小，实在不值得一记，却一直没忘，因而觉得蹊跷，想说一说。

一次是 2000 年的夏天，去九寨沟。火车一路行来，半夜时分，我被停车的轻微动静惊醒。起来揭开窗帘，借着外面的微微光亮，看到站台上的牌子，是两个字"略阳"。当时心想，有洛阳，从没听说过略阳，是不是看错了？

我低头看着站台上微微发白的水泥地，静了一会儿，脑子里却突然出现了一个多年不见的朋友的影子，心里想，不知此刻他在做什么。

只一两分钟吧，车就开了。后来知道确实有个叫略阳的地方。但是，一路上那么多车站，我为何只在那个车站醒来，然后想起差不多已退出记忆的往日朋友，其中，有什么道理吗？

另一次，是 2004 年的秋天，去九江。也是在车上，突然醒来。这次是早晨，天已亮，车站静寂犹如世外。看到站牌，是黄州。马上想到苏东坡的黄州，只不知是耶非耶？有些恍惚。当时也想，我为何正好在此时此地醒来？

后来想到，车旅实际上跟人生之旅颇多相似。在哪里止息，碰到何人，遭遇何事，是命定还是随机的呢？

这样的想法，注定是不会有答案的。

说到苏东坡，就想到他的《东坡志林》，里面有篇《记游松风亭》，玲珑可爱。是那种可以把玩于掌中的小物件，仿佛没什么特别的，却越玩越有味道。这小文章，与人的止息多少有点关系：

> 余尝寓居惠州嘉祐寺，纵步松风亭下。足力疲乏，思欲就亭止息。望亭宇尚在木末，意谓是如何得到？良久，忽曰："此间有什么歇不得处？"由是如挂勾之鱼，忽得解脱。若人悟此，虽兵阵相接，鼓声如雷霆，进则死敌，退则死法，当恁么时也不妨熟歇。

初涉人生路，总是有些想法的，好听的叫做理想，实在点叫做目标。可走了一段之后，发现这目标"尚在木末"（或者有可能永在木末），而此时却已"足力疲乏"，多少人都选择疲惫地前行，但东坡却悟到"此间有什么歇不得处"，因而如已上了钩的鱼，却突然脱钩，是如此的自由。

苏东坡的可爱，是在于他即使到了绝处，依然会找到开心之钥，而且真的活得开心，不带自欺。

我看这段文字，是领悟到，人行路，力有不逮时，可以中途而止，既没有可惋惜的，亦没有可耻辱的，只是"随所寓而安"，这个是庄子的意思。苏东坡是喜欢庄子的。

走路，是可以不达目的地而止的，那么，若是走错了路或者无法走自己的路，又怎么办呢？

还是用古人的话。是袁中道的一段日记：

> 夜，雪大作。时欲登舟至沙市，竟为雨雪所阻。然万竹中雪子敲戛，铮铮有声。暗窗红火，任意看数卷书，亦复有少趣。自叹每有欲往，辄复不遂。然流行坎止，任之而已。鲁直所谓，"无处不可系一梦也"。

袁中道本欲往沙市，却受阻于雨雪，本是郁烦之事，但却意外聆听了雪霰敲竹发出的铮铮之声，还有暗窗红火任意读书的乐趣。所以他以为"流行坎止，任之而已"。这与《记游松风亭》有异曲同工之妙。

去不成苏杭，欣赏大漠雄风，亦是大享受；没去成巴黎，坐坐威尼斯的"贡多拉"，亦是别样风情；无缘目睹纽约街头的车水马龙，看看金字塔的沧桑容貌，亦有大收获……

选一条路，走下去，累了，就歇歇，或者干脆不走了；走错了路，也不再去设想别的路上可能的风景，只是顺着已走的路走下去，一样有别样的情怀。

人到中年，已经懂了，在哪里，做什么事情，都已经不再重要，一路行来，修炼的是自己的内心。而天地广阔，无一处不可系一梦。

2006 年 12 月

# 惆　怅

晴的天，阳光却不亮。像是太阳的镜片上蒙了层翳，淡淡的黄。若是响晴，阳光便会在空气里劈啪作响，亮起人的心境，但此时不是。狗也在叫着，有一两声人的轻语。但天不是金光闪闪地亮，令人感到微微的——惆怅。

一直对汉语里的一些词心存偏爱，比如惆怅。

因为那是一种不激烈的情绪。若有若无，似是而非。过于激烈的情绪会让人周身发亮，放出夺目的光来，而惆怅不是，它只会在人的周围氤氲成气，让人的棱角圆滑起来，眼光柔和下来。

惆怅是想得到，但得不到也不会痛断肝肠的那种。错过了，要不就见着了，就是晚了一步，怔怔地，在原地愣神，心里升起来微微的疼，但不厉害。

以前读苏轼的《江城子·湖上与张先同赋，时闻弹筝》，结尾处，就读到那种惆怅。

雨后的湖面，水风清，晚霞明。船这样荡着。水上有一朵开过了的红芙蕖，似迟暮的美人，矜守着最后的一点姿态。这时，飞来一对白鹭，在花前盘旋，似是有情，爱那红莲，但又似不是。忽然，江上传来弹筝的声音，筝声里仿佛有万千的情意，只不知谁能读懂。船上的人，便也就痴痴地听，魂灵也许暂离了尘世。想着等一曲终了，前去探问，是何等样的女子，弹出这样哀哀含情的声音。只是，过于沉溺了呢，等曲终，等回过神来，想去寻找那人，却只剩得"人不见，数峰青"。

当然不会费力去寻找，只不过是湖上的偶遇，听得她弹了一首进入心灵的筝曲。只为了撩动心弦的那些声音，就兴师动众地找，似乎也不必。但是，分明曾这样地近，这样地被打动。却只能由着船儿，在水上轻轻地荡，看着周遭的山，青青依旧。

那样的惆怅啊，没有实体可以附着，也许只能让它飞散在茶和咖啡的香气里，渐渐地淡，淡到仿佛忘记。

明日就是清明了。想到的却不是杜牧的清明，而是苏东坡的清明：

梨花淡白柳深青，柳絮飞时花满城。惆怅东栏一株雪，人生看得几清明。

我记得某一个街心花园里有一株大大的树，不知是不是梨花，我并不认得。只是那树开白花，高大的一树雪白，在闹市里做她的乡土梦，很是喜欢。去年，在她的盛花期，还曾去拍过一张照片。如今又正是开花的时候。前天去看她。赫然发现街心花园正在改造，挖了无数的坑，园林工人正在种植新的树。那株开白花的树，已经不在了。

默默地站了一会儿。为了一棵树，当然没有必要去打听。只是心里好像空了一下。若是花亦有知，年年去看她的人，她会否想念？

从忙乱的工地样的花园走开，我知道几天后这里会很美，很干净，草地，花蒿，像是从来就是这样的。

但我的那株树没有了。我明白不值得跟人说，而且也许我也不会记她很久。只是那一刻，如此的惆怅啊。

惆怅是看着你心爱的东西被一件件抽离，你非但无话可说，还得默认，还得说，拿走也好……

惆怅是人生里太多的拖泥带水，欲言又止。

是人生的底版上蒙了一层翳，淡淡地发黄。

2007 年 4 月

# 再

　　那时候总是上午去找论文指导老师。一般都是九点多，站在老师家的门外，轻轻地叩门。老师总是晚起，要等很久才会来开门。

　　进了门坐在书房里，他会走开一会儿，也许是去洗漱。我就翻看他给我找的参考书。有一本陶渊明的集子，已经发黄，字全是繁体，书不厚，翻到最后的一页，是空白的。老师在左下角写着：某年某月阅；某年某月再阅；某年某月三阅；某年某月四阅。

　　那时候还年轻，尚记得窗外小院子里的青绿树影，逼人的绿意似乎要流进窗子里来。我怔怔地看着书，一面感叹老师的勤奋和细致，一面想着，好的东西，实在值得一看再看，我以后也会这样。

好多年过去了。现在觉得，越是容易实现的愿望，有很多时候，反而是最难落实的。

翻笔记本，看《庄子》的时候，曾经写过：好喜欢《秋水》，有许多共鸣，舍不得翻过去。以后有时间再读。

看过小津安二郎的《东京物语》后，曾写过这样一段话：

> 不愧是杰作。
>
> 细节、隐忍、平和、平衡、调适、知足、无奈……想到许多词，甚至感觉到剪接的简洁，而这本来是我不懂的。
>
> 有时间会再看，看无数遍，一直到老。那样的一部电影！

这些天在看美国 2002 年全国图书奖的获奖小说《三个六月》。男主人公保罗和爱妻莫琳曾带着幼小的孩子在一个山坡游玩，在鲜花丛中野餐，他们如此喜欢这个地方，但幼小的孩子需要照顾，使得年轻的夫妇无法完成他们的绮梦。保罗安慰莫琳说："……我们只要等孩子们长大就可以再找到这儿来。"

再读一遍喜欢的那本书，再看一遍打动过自己的那场电影，再去一次想念的那个地方，是多么简单的愿望。

但是，实际上，我没有再读《秋水》，也没有再看《东京物语》。保罗和莫琳，大概也没有再去那个山坡。

有无数的书和碟，堆放在房间的角角落落。现在，我想，有些书和碟，我大概永远也不会去看了。

有些书和碟，买的时候是非常喜欢的，但时过境迁，心境不同了，无法再看下去。

曾经那么喜欢三毛，但最近翻过她的书，看不下去了。我无法再回到她书里那个年龄，那么单纯、执拗、浪漫。

就此别过了。

也有不少书确实是值得一读再读的，但是，我没有时间。时间，是滑手的锦缎，轻易地就从指缝间荡开了。

在金丝一般飘落的阳光里，慢慢品着这个字：再。古代，是"两次"的意思，现在，是"又一次"的意思。岂敢奢望那些美丽的瞬间一次又一次地重来，只是想着"再"来一次。

这，算不算贪心？

2007 年 4 月

# 满

去景山看牡丹的那天，已是初夏的那种微热，空气里蒸着一些雾霭般的东西，涸得周遭更是白亮亮的热意。

到处都是人。由故宫穿梭而来的举着小旗子的旅行团队，退休的大爷大妈们热热闹闹地谈话，三两步就是一群人围在一起唱歌奏乐。唱歌的人最是一景，脸上认真的神情令人发笑，我想是因为无所事事所以煞有介事，也许有些不敬。

杂在这样的人群里，想道，亏得是个牡丹的园子，花里面，或许也只有牡丹才承得起这样的喧闹嘈杂。

从小就不喜欢牡丹。一直喜欢清淡的花，如同清淡的情意。牡丹总令我想到宝钗，我一直不喜欢宝钗。宝钗就是一朵完满的牡丹，在她的那个时代里，才、貌、人品，几乎没有缺陷。但是，也是因为太满了吧，总觉得像假的。

有许多的牡丹看上去就像是假的，尤其是绿叶红花的那种。绿意深浓，红色如同朱砂，我总想起农村的牡丹图案被面，仿佛被面上的花被挪到了园子里，有一种世俗的热闹喜庆。

牡丹的颜色算多的吧？不过众多的颜色里面，好像还是以粉色或接近于粉色的居多。最奇的是有些花一朵上面还有不同的颜色变化。有的粉色花上有一道道红色细痕，如同姑娘的粉脸被不小心挠出血痕。有一朵花从花心的淡黄，到花瓣根部的浅红，渐渐变化，到花瓣的尖部，已是一色的白了。看着她的颜色，也只剩下感叹了。

比较起来，我还是喜欢白色的牡丹。有一种叫做"昆山夜光"的品种，令人想到昆仑山上的积雪，名字如此清贵。娇黄的花蕊，白的花瓣有玉的质感。李白的"云想衣裳花想容，春风拂槛露华浓"，咏的就是白牡丹。彼时阳光强烈，白花如同白雪，反射着刺眼的光。可惜是在这样喧哗的园子里，这花也仿佛少了种静气。

景山的牡丹已很有规模，在成片种植的地方，站下来，看着枝头硕大的花朵，空气里弥漫着花的甜香，熏得人有些头晕。

不知从哪年开始，渐渐每年都会来景山看牡丹，也还是说不上喜欢，但每次看到她，还是有震撼的感觉。花朵如此的硕大，一树有时能开出上百朵来。牡丹给人的震撼来自于她的气势，她的一览无余，她的不顾一切，最重要的，是她的"满"。

她总是给我"满"的感觉。在春末的阳光里，一园子的云蒸霞蔚，让我觉得心里挤得慌。

而每年来看牡丹的人，也越来越多，多到摩肩接踵，一园子的俗世喜乐。牡丹盛开时的景山，也是一个"满"的园子。

也许，以后我又会慢慢地不再来了。我还是喜欢清淡，喜欢看着那些清淡的花草，有一种浅浅的会心。

倘若人生一世，手中有一只碗，一世的收藏，到离世时，能否装满这只碗？而牡丹开到如此极致，是不是就是告诉人们，会有"满"的一天？

可惜，我不信。

我倒是听说，画一朵工笔的牡丹，非常费事费心，要极大的细心和耐心，因此，我希望，有个人，有一天，肯为了我，"奢侈"地画一朵，工笔的牡丹。

**2007 年 5 月**

# 荒　凉

苏轼的诗歌里，有一首藉藉无名的《谢张太原送蒲桃》：

> 冷官门户日萧条，亲旧音书半寂寥。
> 惟有太原张县令，年年专遣送蒲桃。

因文辞浅显，书下注释也就只有一句：张太原，姓名失考。浦桃，即葡萄。

这个姓名都已无从知晓的张县令，却让千年之后读诗的我心中一热。

日渐冷落的门户，日渐稀疏的音书，必令苏轼的心中有万千的感慨。但这个张县令，却固执地年年送来葡萄，在送葡萄的坚持里，也许，让苏轼感知了一份微小但温暖的人情。

总是喜欢细节，喜欢在细节里推测心意的隐约道路，推测无法启齿的牵挂。

对一个已无势力的落难官吏的关切，已经走出名利，而纯是一种发自内心的情牵。

差不多的事情，还在张中行探望周作人的描述中看到。张中行在他的《再谈苦雨斋》一文中说：

> 经常有交往是解放以后，他经过入出南京老虎桥监狱，地位变了，名声变得更多。仍住北京公用库八道湾的苦雨斋，可是由座上客常满变为门外可设雀罗。我去看他，浅的原因是，已经门可罗雀，排闼直入，就不再有当年的捧角甚至趋炎的嫌疑。深的原因恐怕还是，其一，对于学识和文章的景仰，终于不能因人的跌了一跤而放弃；其二，推想心情必是悔恨加寂寞，对于这样一位师辈，敬而远之，实在过意不去。

扪心问自己，若是亲朋间有人碰到与周作人那样的境遇，我能否在他落难后一如既往，或哪怕仅仅是前去探望？我知道，答案恐怕是否定的，所以，对张中行先生的行为，和他文字里的淡淡苍凉，就不能不深心感慨。

记得 2003 年 4 月，我在一个雨夜去首都剧场看话剧《雷雨》。那是一个所谓明星版的作品，时下的大牌轮流上场。每一幕都会换一个主演。所以，我居然看到了魏积安的周朴园，看着他那张"小品"脸，拿着腔调念台词，也不是他演得不好，但总是想笑。濮存昕，肖雄，一众明星登场之后，给我印象最深的，还是郑榕的周朴园和朱琳的侍萍。

那天有幸坐在第一排，听得清所有的台词不说，看得清演员脸上的表情，那才是震撼人心的。

剧终，经历了所有变故后的侍萍，在台侧，目光呆滞，眼中有薄薄的泪意，嘴角甚至在轻轻牵动，当时想的是，怎么能演得这样好？她已经演过无数次了。

幕启，所有的演员出来谢幕。朱琳和郑榕被簇拥在舞台正中。有许多早就等候在幕侧的人开始上台献花。我看见，濮存昕接过了花，肖雄接过了花，收到最多鲜花的，是四个美丽的四凤，手中应接不暇。郑榕，给他送花的是他的孙子，只一束，而朱琳，穿着侍萍的暗淡服装，居然两手空空，就那样，站在花团锦簇的舞台中央。

幕缓缓落下。站在台下的我，心中生生涌起的是，人世的荒凉。

2007 年 6 月

# 屋外的金光

在李渔的《祭福建靖难巡海道陈大来先生文》中读到这件惨烈的事情：

> 先生讳启泰，奉天之盖州人，福建巡海道也。甲寅之变，靖藩胁之使叛，先生毅然拒之。妻妾子女，共二十四人，呼聚一堂，谕之曰："吾世受国恩，今以死报。我忠于国，而辈当忠于我。有不自死者，我即死之。"言讫，各授以绠，复挺利刃以待。其夫人复谕妾及二女曰："此时不决，主人靖难后，求死不能矣。我请先之。"言未毕而自投梁上。诸妾及二女皆迫于忠义，不敢辞。有一二因循者，先膏利刃以示劝。是以二十四人

之中，止留二子为宗桃计，馀皆缳首于一时。先生命属
吏各治棺衾，浮其一以自待，目击众尸含殓毕，遂北面
叩头，流血被面，始饮鸩而卒。此三藩叛后，靖难诸臣
之第一人也。

如今读来，依然有一股血腥气味充溢在书页之间。一个人，
究竟有没有权利决定他人的生死，即使这他人是自己的亲人？若
是放到现代，陈启泰的行为大可商榷。但这姑且不论。我只感慨
于这些人的"信"！

叛国是奇耻大辱，故而要"死国"，自己死了，妻妾亦不
能活，所以，"我忠于国，而辈当忠于我"，妻子率先，死前还
教导妾、女，因此，全家二十多口人，就一时而死。这陈启泰
看着家人的尸体殓毕，最后才饮鸩而死。但家族不能因此而断
了香火，故而留下两个儿子"为宗桃计"。死和活，都是天经
地义。

凡人，都恋生。李渔此文中，还写到陈启泰平日里"访颐生
之药"，"学延年之术"，亦是个贪恋长生的人，因此，他死后，
人们"向尽疑其求生之过笃，今反讶其视死之太轻"。

在中国历史中，如陈家这样惨烈的事情，不是孤星独月。还
是在中学时，看徐玉兰、王文娟的越剧《北地王》，也是同样一
件泣血之事：蜀后主刘禅不听儿子北地王刘谌的劝谏，决意降

魏。刘谌怒而回宫，其妻崔氏听说后，伏剑殉国。刘谌又杀子，然后赴祖庙，对先帝灵位哭诉一腔爱国之情后自刎。

简而言之，他们的行为，就是孟子所谓"二者不可得兼"时，"舍生而取义"了。

所以，有"信"而笃于心中所"信"的人，是有福的人。


来说一件稍稍轻松点的事情，是很多年前，在台湾作家林清玄的书里看来的，据他说是佛教里流传甚广的一件事：

荒僻的山里住着一位丈夫和儿子都已去世的老婆婆，她觉得自己罪业深重，到处向人求教忏悔罪业的方法。一天有位路过的人教给她念观世音菩萨的六字大明咒"嗡嘛呢叭咪吽"，但她却把咒语记错了，念成了"嗡嘛呢叭咪牛"。

老婆婆回家准备了两个大碗，一碗放满黄豆，一碗空着，每念一句咒语就把一粒黄豆子放到空碗里，这样循环往复，从不停止地念了三十多年，到后来，她不必再用手去拿黄豆，只要一念"嗡嘛呢叭咪牛"，一粒黄豆就会自动地跳到空碗里。

老婆婆看到黄豆跳跃，知道自己修行得法，忏罪可期，因而念咒更加精进了。

有一天，一位已有相当修行成就的喇嘛路过此地，他在山野间行路时，远远看见一间破陋的小茅屋，四周放射着金色的光明，喇嘛心中大为震动，心想："我这次走过那么多地方，拜会过多少修行人，没有看过如此盛大的光明，这茅屋里一定住着一位得了道的高僧。"他于是进了茅屋，却只看到一个老太婆，贫穷可怜，孤苦伶仃，一点也不像得道的样子。老婆婆看到喇嘛到来，赶紧见礼，并念诵"嗡嘛呢叭咪牛"。

当喇嘛知晓老婆婆所谓的修行只是念这六个字的咒语后，叹息地告诉老婆婆："老太太，您念错了一个字，不是'嗡嘛呢叭咪牛'，而是'嗡嘛呢叭咪吽'啊！"

老婆婆一听，三十多年的功夫都白费了，忍不住落了泪，但她还是向喇嘛道了谢，说："还好您现在告诉我，否则可能要一路错到底了。"

喇嘛告别老婆婆继续行程，而老婆婆则按照喇嘛告诉她的正确的咒语开始念咒，但碗中黄豆不再跳跃，老太太流下了眼泪，悔恨自己浪费了三十年的光阴。

而这时的喇嘛已经走远，回头看时，发现小茅屋一片黑暗，竟看不到先前的金色光芒。喇嘛心中震惊，转念一想："糟了，是我害了她。"

于是他返回，告诉老婆婆说刚才只是为了试验她的诚心，见她对自己的话毫不怀疑，实在是可贵。她原来念的咒语完全正确，只需按原来的念就行了。

老婆婆念起咒语，碗中的黄豆又开始跳跃。而喇嘛走到山顶，回头看时，见小茅屋上光明炽亮，比原来的更盛。

心中有"信"，即使这"信"是有瑕疵，或是错误的，却也料想不到会有这样惊人的结果。

如今，我们信的是什么？或者，信了之后，又做了什么？

居于华厦，衣着轻暖，我们，却再看不到破陋茅屋上的金色光芒。

2007 年 6 月

# 台　阶

是最后一次给这些相处了三年的学生上课了，决定让自己有一个轻松的结束。于是笑着对他们说，今天，你们可以问一些平时想问却没有机会问的事——隐私除外。

这些十七八岁的孩子立时兴奋起来，纷纷递上纸条。

其中有一个问了一个烂熟的问题：如果女朋友问我，她和我妈同时落水，我先救谁？

念出问题后，全体大笑，我知道问问题的孩子的淘气心思。

我想了想，就这样说："她若是爱你，不会用这样的问题来为难你。"

我笑着看那些孩子，班里很静，一会儿有整齐的掌声响起。

我知道，若我也是坐在下面的十七八岁的女孩子，我肯定也是要让男朋友为难的——我必要提这样的问题，让他作斩钉截铁的回答。

但时间过去了，我懂得，真爱一个人，不要令他为难。


读苏轼的史评，读到一则故事：

《南史》中记载了一件事情。一天，有人说刘凝之穿的鞋子是他的，刘凝之听了，立即把鞋脱下来给了那人。后来，这个人找到了自己丢失的鞋，找到刘凝之，要把鞋还给他，但刘凝之执意不要。同样的事情也发生在沈麟士身上。沈的邻居有天说沈麟士穿的鞋是他的，沈笑着说："这鞋是您的吗？"便把鞋脱下给了邻居。后来邻居找到了自己的鞋，就把鞋送还给沈，沈还是笑着说："这鞋不是您的吗？"说完笑着把鞋收下了。

东坡有一句评语："此虽小节，不当如凝之也。"

看完时候，想了想，东坡为何认为不应当像刘凝之那样？

我想，人都是会犯错的，错了之后，应当给人一条认错的路，不让别人的内疚永远都在心里存着。刘凝之的做法，是告诉别人，你曾冤枉了我，我不给你认错的机会，让你想起来就难受。

何必这样让人为难！

所以，真正的施与，并不是要让受惠的人永存感激，而是仿佛无意中顺手的帮忙，一切的得来，不过是那人应得的恩惠。

给别人台阶，是深深知道，有一天，你也会需要从台阶上下来。

2007 年 7 月

补

从小，就喜欢看人家弹棉花。

对弹棉花的迷恋，是由于那种声音，虽然是劳作，却与音乐演奏如此地接近，接近到可以忘却辛苦。那种"绷、绷、绷"的声音，那屋子里迷离的棉花絮，如同梦境一样不真实。

现在在江南，偶尔还能见到弹棉花的人。夏天，他们大多是在小区的树下，铺开一张塑料布，把弹好的棉花一层层铺上去，再网上一根根红色绿色的线，有横有纵，塑料布四周有无数细细的木棍，那是用来固定那些线的。看着他们熟练的动作，经常无法挪动步子，看到入神。

那样黑黑的硬硬的棉花，居然会在他们的手中回复洁白的颜色和松软的质地，令人难以置信。

小时候，在南方，小桥边或百货公司的门口，经常有一些中年妇女坐在那里，一个小凳，一个篮子，埋头做手里的活儿。那是专门替人补衣服或袜子的。总是喜欢看她们的劳作，手里拿的是绣花的绷子里最小的一个，用极细的线，跟所补的衣服或袜子同色。看着她们的巧手在绷子上飞花般地走，最后，破洞仿佛从来没有存在过。衣服的主人心满意足地取走了，我仿佛也松了一口气。

总是为她们的聪明巧妙着迷。

还有一件喜欢的事情，是在铁匠铺看铁匠师傅补锅。

一个小小的炉子，火总是烧得红红的，一边有风箱，要用时就使劲地拉几下，火便旺旺地烧到炉子外边来。铁匠师傅先把铁锅有洞的地方用砂纸打磨干净，扣在铁砧上，然后从他的小炉子上一个烧红的小碗里倒出一点铁水来，红红的，圆圆的，倒在那个破洞上，然后飞快地用锤子敲打，一会儿，那个洞就没有了。

记得铁匠铺旁边总是围着许多孩子，热，但也舍不得走开，心里充满了神奇的感觉。

记得那些事情，是因为有深深的感激，知道上苍的仁慈，他总是给你机会，让人为做错的事补过，而总是有那么些人，用他们的巧手，弥补他人的失误与失落。

不过，也记得越剧《红楼梦》里贾宝玉的唱词：天缺一角有女娲，心缺一块难再补。

有天看电视，是个时尚的节目，正在介绍化妆品，主持人说，二十岁的女孩正是各方面都最好的时候，所以，也不用多用化妆品，只需要最基本的就可以了，比如天气太干，保湿就行了。三四十岁的女士，已经开始出现皱纹，所以要注意保养，要用些抗皱之类的化妆品。四十岁以上的女士呢，主持人顿了顿，说，是用最昂贵的化妆品还是放弃与时间的抗争，视各自的经济实力而定。

我不由得笑了起来，还真有说实话的时尚节目，很少看到，幽默得可爱又可恨。但是，是实话呢，只不过不少的女士会伤心。

到一定的程度，无药可救，无力回天。

亦舒小说《红尘》里的女孩子如心，是专门替人修补破碎的瓷器的。她有双巧手，还有祖传的手艺。

一天，有个客人来问她："小姐，你是专家，请问如何保护易碎之物。"

她说"你真想知道?"

"愿闻其详。"

如心坦率地说："我家从不置任何瓷器，没有易碎之物，就不用担心它们会打碎。"

与其等到千疮百孔时去修补，宁可不要它，再好再心爱的东西，概莫能外。

2007 年 12 月

# You Raise Me Up

　　我的英语很差，但是，却一直想用这句话作题目来写篇文章。

　　这是西城男孩的一首歌的名字（其实有很多人唱过这首歌）。西城是我曾经喜欢过的一个西方歌唱组合，由几个已经不再年轻的英国"男孩"组成。虽然不懂歌词，但是，喜欢他们歌里的情调，优雅的，散漫的，还有淡淡的无奈。

　　第一次听到这支歌，是在舒马赫宣布退休的那一天，2009 年。央视播完他在意大利蒙扎赛道宣布退役的新闻后，很煽情地播放了这首歌，配上他多年来驰骋赛场的画面。其实，我早就有这支歌的碟，可能也听过。但是，只是在那天，听出了一种情绪。因太过喜欢舒马赫，舍不得他离开，但心里也明白没有不散的筵席，这一天迟早会到来。所以，听着歌，想着喜欢的人一个个或早或晚地退出自己的背景，那歌里的忧伤和执着便在心里生了根。

之后去查歌词，又查了许多版本的译文。You Raise Me Up，有译成"你激励了我"的，也有译成"你鼓舞了我"的，我最喜欢的一个译文，是"你提升了我"。我不知道在"信、达、雅"的标准下，这里的哪一个翻译是最好的，但我喜欢"提升"这两个字，"激励""鼓舞"都显得激情、过于刚性和太具煽动性，"提升"则是个缓慢用力的过程，因自己原本就处于低位，很笨，所以，有人来提升，是深心里感激的事。

很自然的，就想到，这"你"，对我来说，究竟是谁？

翻捡过往的日子，想到黑泽明的话："从我身上减去电影，我的人生大概就成了零。"他是全球都顶礼的著名导演，这样说，是他的谦逊。作为凡人，我无法用这样的句式。要用，只能这样说，我的身上一无所减，来时是零，去时，还是零。

于是，就想起阿Q。想到他临死前画的圆，那圆，也就是个零。阿Q的愿望，是把那个"零"画得越圆越好。我想，这大概是每个渺如尘埃的人的最终愿望。

所以，即使身无长物，对给予自己帮助，使得自己把自己的那个"零"画得更圆一些的人或事，还是心存感激的。

这个提升我的YOU，若是首选，我会选书，若是在书里再选，我会选《庄子》。

非常喜欢《庄子》中的那些故事，不想一一重复。但是那些故事和书里芬芳四溢的文字，让我在日复一日的时光流逝里，变得日渐安静和知足。

我从不追车，经常看着公共汽车在眼前开走，但不生气——不羡慕早一步到达所得的好处，承受得了晚一步的失落，因为知道一切是我应得的，不付出，自无收获。但不追车，我亦不会迟到，因为我总是比别人更早出门——我只希望自己走得从容。

我永远缺乏向上的力，心里总是淡的，想不出更多的钱有什么用处，更高的名有什么意义。知道做得再好，亦会有人不满；做得再不好，亦会有人满意。甚至，对于最喜欢的文字，也不知道变成铅字有什么意义，所以，什么也不热心。

曾经，听到有两个中年人争论坐不坐过山车的问题。一个说，我已经坐过了，因为再不坐，年龄再大，就坐不了了。另一个说，我没坐，既然世上有那么多的事是没有机会做的，那，也就不缺这一件。

我也没有坐过过山车，还有更多的事我不会做，比如，我不会游泳，不会骑自行车，不会开车……但不会也就不会了，我知道会失却诸多乐趣，失去也就失去了。面对选择，我总是放弃的那一个。

但是，我觉得，《庄子》不是一本厌世的书。正因为太爱这个世界，才这样宁寂地看待一切，以求尽量延长安享世间万物的时间。

除了书，自然还有许多人。这是另外的 YOU。这些人，无法一一罗列他们的名字。有些，是我的亲人，有些，是我的朋友；有些，给我长久的帮助，有些，只是一面之交；有些，在生活中结识，有些，在书里相逢……

这些人，大多形迹匆匆，也不常常会面。因了我的淡然，他们大多在我的心里活着，说话，做事，我是个看客，看着心里的那些人。是他们让我知道我活在世上的原因。我的来和去，与他们密切相关，影响他们的喜乐愁苦。是他们，让我知道我的好，让我知道我得珍惜自己。所以，我在一天天的平淡时光里，没有沉落下去，而是，静静地来和去，为了让他们放心。

这些人，提升了我的感知，知道人的存在，不是孤立的一个，得为他人，那样会比较充实满足，虽然，我依然以为，人活一世，没有什么终极的意义，只是一个过程。但，在那样的过程中，已经有了值得深深感激的理由。

You Raise Me Up，那个 YOU，应当还有自然，有许多的喜乐，来自于与自然的灵犀一点，而许多的感悟，亦是拜自然所赐，霜晨月夕，有无数的幽微情意细细品味，虽无处寄送，但在那一刻刻地咀嚼中，心灵渐渐丰盈。

所以，更加懂得感恩。

2008 年 1 月

# 静　物

　　书桌上曾有过一盆银线蕨，种在一个巴掌大的浅牙红色花盆里。是去年春天从花卉市场里买来的。卖花的人说它喜阴，嘱咐我不要让它晒太阳。

　　我狂热地喜欢蕨类植物。据说在恐龙时代，它们曾是地球上最繁茂的植物，在史前的自由世界里，恣意生长，自生自灭，死后被一层层埋入泥土，在暗无天日里修炼成乌黑坚硬的姿态，就是煤。它们既不开花，也不结果，所以只能见青青绿叶。

　　喜欢它们，也许是因为远到渺茫的时间感，也许是不开花不结果的固执，也许是秀叶丽枝，清雅可人。曾在峨眉山见过一株高大的桫椤，凝神注视，拍了照片，但还是舍不得离开。觉得与它，仿佛有某种关联，在史前的岁月里，仿佛是相遇过的。那样一种奇异的感觉！

有很长的一段时间，银线蕨是我书桌上的静物。它有秀丽的叶片，叶片中间的茎是银白色的，这是它名字的由来。

我常常对着它发呆，体会它繁茂枝叶间的玲珑意韵。

这盆银线蕨，现在已经不在了。我一直按照卖花人的吩咐照拂它，频繁地搬来搬去，躲避阳光，浇水，它一直绿意葱茏。可是，夏天的时候，必须离开很长的时间，我知道它万难存活，走之前心里已向它告别。果然，回来的时候，它只剩下两三茎的叶片，细弱，在灯光下惹人怜爱，这已经出人意料。我连忙浇水，希望它能活下来。后来，它确实是坚持了很久的时间，有几个月吧，几茎细叶，伶仃地生长，也仿佛不愿离世，但最终没有熬到年底。

现在，浅牙红色的小花盆是阳台上的静物，我一抬头就能看见它。书桌上没有再添植物。我的眼前还有那盆银线蕨的样子。它在我的脑子里，是一幅静物画，淡，雅，闭上眼睛，可以看见它的秀丽枝叶。

每一个与我相遇过的生命，都是我的生命长廊里的一幅画。我是它们唯一的看客。

周末，冒着大风去到郊外。已经厌倦了城市里的所有公园，还有在花前喧哗的熙来攘往的人群。漫无目的，在门头沟，看到连绵的山峰，不高，山坡上有大片的粉色，于是停车，开始爬山。

山完全没有路。一冬没有下雪，枯枝上满是尘土。脚下是遍布的荆棘，数次被尖利的荆棘扎透衣服，痛彻心肺。小心地从衣服里拔出刺来，狼狈地爬上山坡，终于到了花前。我不知道它们是什么花，一树又一树，开放的是粉白的花朵，未开放的是深红的蓓蕾。风极大，真正的花枝乱颤。仰望，天蓝蓝，是花朵的背景；远看，山坡的暗色，也是花的背景，那漫山的花，把松树都照得明艳了。

虽然没有人管理，但是舍不得摘花。再一身尘土地爬下山来，远望那一片亮烈的粉白。想起来的，是一支歌的名字：野百合也有春天。

越来越怜惜野外无人眷顾的花朵。如同人的生命，一样落生，有的万千瞩目，有的孤零寂寞，但是，一样要开花。无人欣赏，也要开到最好，才不枉是来一场。

几天了，那些在风里摇摆的花枝，渐渐在我心灵的画廊上变成一幅静物画，它们不再摇动，在画框里一片静白，有很浓的光感。

我收藏这些偶遇的生命，在心里，我是它们唯一的看客，它们，则变成我生活的背景。

还有一个人，我觉得，他，也是静物。

我不认识他，去年秋天的时候，他每天坐在旁边楼门口的台阶上，一个轮椅，一个人，天气好的时候，他每天都在那里坐着。有时晒着太阳，面无表情，有时就在阳光里睡着了。

他并不很老，五十多六十来岁的样子。我从他面前走过，无数次，每次走过，都有种窘迫，但说不清为什么。不知他是否在看我，抑或，他谁都不在看。

天冷了，渐渐地，就不再看见他。觉得那个楼门口空荡荡，缺了东西。

有时，我会想象那个人年轻时候的样子，充满活力的青年男子的形象，却想象不出来。

前几天，在春天的阳光里，又看见他坐在轮椅上，在晒太阳，面无表情，仿佛从来就没有离开过那里，我的心里暗暗地松了一口气。

他就是一个静物，我看得见时光在抽丝，生命的亮线在阳光里被一根根抽离，一双看不见的手，轻盈娴熟，在那种轻盈里，我看见生命的卑微。

古老的蕨类植物，野山坡上无人欣赏的大片花朵，渐渐老去的人，他们，是与我偶遇的有缘的生命。在我的画廊里，他们安静地挂在墙上，每日，满面轻快或凝重，微微启口，但欲言又止。我知道他们要说的话，其实，我也在说，只是，不知道，我，在谁的画廊里挂着。

2008 年 3 月

# 美　　器

"我多么向往能捧一只宋代天目曜变黑瓷大碗吃白米饭，或用一只五彩鱼藻纹盘盛奶酪蘑菇通心粉。"这是一个不识人间烟火的美丽女厨子说的话，在一本叫做《厨子的故事》的小说里。小说印得异常精美，如同现时流行的那些书一样，都有金玉在外，不知内里如何。

看到这句话的时候，竟然有点想笑。有时候，年龄和经验是可怕的，阅历会告诉人什么可做什么不可做。比如用宋代的那只碗吃饭，就是不可为的事情。

所以，在这方面，袁枚是老辣的。最近，又买了一本他的《随园食单》，说"又"，当然是因为我早就有这本书。原先的那本，是薄薄的小书，非常便宜，那天在书店看到"金玉其外"的一本，又是图又是画的，中间点缀着袁枚的文字，爱美之心，人皆有之，虽然价钱是原来那本书的几倍，但还是买了。

袁枚在《器具须知》里说："古语云：美食不如美器。斯语是也。然宣、成、嘉、万窑器太贵，颇愁损伤，不如竟用御窑，已觉雅丽。"美食加以美器，自然是诱人的，所以，图片上的食物照片总是造型优美，色彩缤纷，因为，人毕竟不是只为了吃。但是，果真用了宣、成、嘉、万的器具，吃饭时总是担心会损坏，倒不如用官窑的，已经很雅丽。虽然，到了今日，清代官窑的器皿一样不是平常吃饭用的，但是，袁枚的话肯定是对的。所谓"买椟还珠"，"椟"一旦比"珠"还引人注目，就好比丫环比小姐还出众，那就有问题了。

庄子自然是更加聪明的，他在《达生》一文中说："以瓦注者巧，以钩注者惮，黄金注者殙。其巧一也，而有所矜，则重外也。凡外重者内拙。"一直非常喜欢这段话。赌博的时候，用瓦片来做赌注，心思是灵巧的，用带钩来做赌注，心中便有恐惧，而用黄金作赌注的人，心志是昏乱的，那么，最轻松快乐的那个人，就是用瓦片来作赌注的那人。输得起，就没有顾虑，也许，反而会有意外的欢喜呢。所以，也一直想做以瓦片作注的人。宋代的瓷碗自然是没有，若是有，我也不会用它来吃饭，先患得患失，已经输了一阵。

于是，又想到启功的《论书札记》："人以佳纸嘱余书，无一惬意者。有所珍惜，且有心求好耳。拙笔如斯，想高手或不例外。眼前无精粗纸，笔下无乖合字，胸中无得失念，难矣哉。"佳纸在前，自然有"求好"之心，只因内心有所珍惜，却反而写不出合意的字来。胸中没有得失的念头，是难而又难的事情。

曾经，非常喜欢穿白色连衣裙的女孩子，长发飘飘，与心爱的人约会，月下，花前，太美的画面。后来知道，白色连衣裙非常难以打理，长发飘飘也只适合与心爱的人约会。从云端下来，回到日常的柴米油盐里，这些东西，都是奢侈品。

若有美器，且珍之重之，束之高阁，让自己知道，最美的东西，仍在心头，这样，便永远有退路。

再美的东西，一旦需要额外呵护，便是负担，而负担，卸下是最聪明的对待方式。

2008 年 4 月

# 死在别人眼里

年少时，容易被美丽名字打动，想当然地推测其人，一定人如其名。比如，深深记得永井荷风。想象的是江南，曲院风荷那样的处所。虽然并未看过他多少文字，但年少时的印象，如空阔宁静的雪野，洁白如毯，掠过的所有痕迹都惊心地清晰。

看他的《断肠亭日记》。是翻译成古典的句子，景色、情绪都有些迟缓的雅丽。但是，亦读出他的颓靡和微微的放纵，有些意外。

一九二七年七月四日的日记里，这样写着：

> 归途于电车中不时见有乘客捧读《东京每日新闻》的晚报，中有小说家芥川龙之介自杀的新闻。说是因患

神经衰弱症而服毒自尽的，终年方三十六岁。我跟芥川
先生没有交往，只有一次震灾前，在新富座的酒肆里偶
然跟他同席。他的为人尚且不知，其自杀原因更是无从
知晓。我内心悄悄地追想我二十六七岁时的往事，对自
己无事活到今天，感到不可思议，惟此而已。

记得读到此处时，心里有一些些的不快，似乎是因为永井的
冷漠，但细想想，也就释然了。一个人的离去，在别人心中激起
浪花，或大或小，实在是取决于同那人的情感。即使是自认为重
要的人物，假如没有情意，也就不过是水面上的小小涟漪。

可以引来作佐证的，是永井一九二一年十一月五日的日记：

百合子来访。于风月堂用晚餐，在有乐座站着看
戏，相携至家时，看到街上卖号外的奔走传呼。向路人
打听，原来是首相在东京车站为刺客所害。我对政治不
感兴趣，一位大臣的生死亦等同于牛马之死。

读这则日记时，并没有激动。只因我亦对政治不感兴趣，更
不知文中的"首相"是何人，也就实在不会有波澜，就如永井所
言"一位大臣的生死亦等同于牛马之死"。

但是，是喜欢芥川龙之介的，所以，对永井的口气便有些

不满。

于是，又想到张中行与杨沫的纠葛。杨沫死后，在说明为何不参加追悼会的理由时，张中行说：

> 参加有两种来由，或情牵，或敬重，也可兼而有之。对于她，两者都没有。而又想仍是以诚相见，所以这"一死一生"的最后一面，我还是放弃了。

张中行是坦率的，坦率的结果是有些残酷，而真相往往是残酷的。曾经的好，曾经的日子，都淡然远去，恩怨也都了却，心里是渺远的"空"，死了，也不再心痛。

远在陶渊明的诗里，他就说过"亲戚或余悲，他人亦已歌"。"鸟来鸟去山色里，人歌人哭水声中。"从来都是有人出生，有人离世，这世上的喜乐，只与少数人相关。

近来读北岛的《青灯》，文中写到冯亦代的死。北岛去医院探视：

> 所有病房首先让我想到的是冰窖，连护士的动作都变得迟缓，好像也准备一起进入冬眠。一见冯伯伯平躺着的姿势，心就往下一沉，那是任人摆布的姿势。听说他已中风七次，这是第八次。是什么力量使他出生入死

而无所畏惧？……就在这时他看见了我，先是一愣。我俯向床头，叫了声"冯伯伯"。他突然像孩子一样大哭起来，这下把我吓坏了，生怕再引起中风，慌忙退出他的视野。周围的人纷纷劝慰他，而他嚎哭个止，撕心裂肺。他从床单下露出来的赤脚，那么孤立无援。

这是他们的最后一面，在北岛的眼中，冯亦代临终的形象，已退去所有的光环，恢复到人的本来面目——渺小、孤单、无助。在有情人的眼里，即使是一双赤脚，也流露出情感，有所倾诉。

死，在医院，在太平间，在花丛中，在骨灰盒上镶嵌的照片里，是一种形态，更重要的，是在别人眼中，一个人的离去，是袅袅无尽的怀恋，还是不动声色的掠过……但其实，别人如何看，重要吗？想开了，也没什么。

我在生命之火前面烘我的双手；
等到火熄时，我就准备离去。

这是罗素说的。我很喜欢。

2008 年 5 月

# 日　常

那天，他骑着摩托车去上班，如汲汲于生计的常人一般。在离总部很近的地方，被一辆福特嘉年华撞倒，司机是位 78 岁的老人。他随即离世，51 岁，现在，只能算作中年。

他是安德烈·平尼法瑞那，意大利杰出的汽车设计师，多款法拉利及玛莎拉蒂出自他手。意大利总理贝卢斯科尼说："我们国家的汽车工业失去了一位杰出的领袖人物，也丢失了在国际上一度塑造了'意大利设计'形象的这个家族王朝的领头羊。"

但是，世上有几个人买法拉利和玛莎拉蒂？平尼法瑞那是谁？他的死，湮没在报纸海量的或真或假的新闻里。

据说，每天，全世界死于车祸的人超过 3000。车祸，于平尼法瑞那而言，是意外，对世界来说，是日常。

日常是琐屑冗长的。是每日一帧照片——日日看去，照片中的人是不变的，但跳过某段时光去看，量变就成质变。

见过久卧病榻的人，数年或十数年，不好，也不坏。家人朋友存万一的念想，觉得他在好起来；他自己也存着万一的期待，也觉得在好起来，但有一天，却忽然不治，非常快。不知在日常的消磨里，人其实耐不住，但时光无所谓。

普通人每日的生活，鲜有亮点，中奖与车祸同属稀有。大的灾害又平等相待——无论钱财地位。所以，只剩每日的消磨。敏感的人，如朱自清，看得见时光的"匆匆"。昨日读到周作人《过去的生命》，也是同样的珍惜且挽留不住：

> 这过去的我的三个月的生命，哪里去了？
> 没有了，永远地走过去了！
> 我亲自听见他沉沉的缓缓的一步一步的，
> 在我床头走过去了。
> 我坐起来，拿了一枝笔，在纸上乱点，
> 想将他按在纸上，留下一些痕迹，

但是一行也不能写，

一行也不能写。

我仍是睡在床上，

亲自听见他沉沉的他缓缓的，一步一步的，

在我床头走过去了。


人最易忽视的，就是日常。人的一生，若是积木搭建起的建筑，日常就是默默地垒积。因了忽视，我们大多数人最后的建筑，都丑陋且不堪。但日常又是一副平常面孔，没有特点，"教人活泼不得"，让人无法生出警惕之心。日子如水般过去，一不留神，日常就可能变成"无常"。


那天，在农历年前最后几日的浮华噪动里，他一个人，如常，在仓库里整理他的书。在租金奇贵的香港，他开的是人文书店。守着书呆子的一份清高与固执，他的青文书屋，居然数十年书香蔓延，但最终也不得不关门。他不死心，另租了仓库，期待有一日东山再起。这天他在收拾他的书，如同平日里常做的那样。他心爱的书却在一瞬间内坍塌，压倒他。

他，叫罗志华。他的尸体，在十多天后才被发现。

他并未做出过举世闻名的大事，只是个小书店老板。

想一想十多天里，人们都过着日常的生活。年节里的忘情是

普通人难得的放纵，他却消失了。在书本的重压下，他的意识不
会那么快地离开，想一想那个过程，就觉得压抑和荒凉。

他的死，是意外；他在人世间的消失，是日常。

2008 年 9 月

# 一声鸟鸣

    很少读诗，是因为觉得读不懂。年轻时，由于无知，倒是不光读，还吟过那么几句。但后来，是漫长的一段与诗告别的日子。近来，觉得心静了，可以读出浮躁后面的一些意思来，便又捧起了诗集。

    近日，读的是里尔克的精选集子。

    最早对他有印象，是因为那首几乎成了里尔克代表作的《沉重的时刻》，冯至的译文，短促的节奏感附和着短暂人生的苦恼与轻轻的怨意。虽是译诗，依然被击中。

    有一首叫《恐惧》的短诗：

> 凋萎的林中响起一声鸟鸣，
>
> 它显得空虚，在这凋萎的树林。

可这鸣声又这般地圆润，

当它静止在那创造它的一瞬，

宽广地，就像天空笼罩着枯林。

万物都驯顺地融进鸣声里，

大地整个躺在里面，无声无息，

飓风好似也对它脉脉含情；

那接下去的一分钟却是

苍白而沉默，它仿佛知道，

有那么一些东西

谁失去了都会丧失生命。


　　在凋萎的树林里响起的一声鸟鸣，是细弱空虚的一声，它应是孤绝的、弱小的、不引人注意的，但是，它又是圆润的、强大的、广阔无边的。它响起过，在生命中每个重要的时刻。

　　读这首诗的时候，我一下子想起的，是尤瑟纳尔的《王福脱险记》。这个短短的故事，在她的《东方故事集》里，因与中国的关系而被我注重。那故事，我连着读了三遍，每读一遍都会觉得文字后面有无数的形象和会意纷至沓来。

　　在十年的岁月里，皇帝与世隔绝，夜夜看着王福的画，长大，以为世界便是王福画里的世界。从王子，到皇帝，他因为发现世界全然不同于画而恼怒，终于将王福搜捕而来。

王福，一生只爱画画，能因点睛而让人或动物具有生命，能发现别人无从发现的美与差异。四处流浪，增加见识与阅历。被抓住站在皇帝面前，皇帝说要弄瞎他的眼睛砍断他的双手，因为他的画"使朕厌弃了拥有的一切，又使朕联想到拥有不了的东西"。王福仿佛并未有恐惧。

王福的故事里，我最喜欢的，其实并不是王福，而是王福的仆从林。他本与皇帝一样，与世隔绝，有足够的钱财，有美貌的妻子，出入茶馆，附和时尚，散几个钱给艺人和舞女。与皇帝不同，有一天，他邂逅王福。有些邂逅就是如此，是福气也是致命的毒药。王福的人与画让他有了"全新的灵魂和感觉"。从此他奉王福为上宾，自己谦卑地为他磨墨。因此他害死妻子，散尽家财，跟着王福四处流浪。终于，在大殿上，为王福而死！

这三个人，贵为皇帝的，依然有"拥有不了的东西"；技艺出神入化的画家，依然四处漂泊，研究周围人的各种表情；已是富贵闲人的林，依然在找寻全新的灵魂。他们追寻的，是尘世间稀有的东西，为此，他们不惜所有。

尤瑟纳尔的故事结局，有神奇不可预料的笔触。王福被迫在眼睛弄瞎前画他年轻时未完成的一幅画。当画被捧到面前时，因林的死而落泪的王福，脸上带上微笑。因为那画里的天空和大海，是他年轻时的笔墨，是他再也无法表现的"心灵的纯真"，可是，那画里缺少一种东西，因为当初他作这画时，"还没有足够地观赏崇山峻岭和浸没在海水中的悬崖峭壁，也没有足够领会黄昏给人的惆怅感"。他微笑，是因胸有成竹。

故事的神奇如同小时候看过的《神笔马良》，但比《马良》更彻底更深邃，因马良只是为了惩罚财主的贪心。王福的笔触到哪里，哪里便栩栩如生。他画海水，海水漫进宫殿；他画船，船驶到众人面前。他看到林戴着奇怪的红围巾，划着桨来接他，他们一同渐行渐远，到"海外的异国"去了。

皇帝，林，王福，他们的心里，都有个"海外的异国"，我的心里，也有。这个"异国"，靠里尔克笔下的"一声鸟鸣"唤醒，它只活在心里，若隐若现。很多人失落了这个异国，但浑然不觉，因此，很多人活在世上，如行尸，因里尔克告诫我们"有那么一些东西/谁失去了都会丧失生命。"

恐惧，因"一些东西"的丧失。所以，在凋萎的林中漫步，应静心倾听，那一声鸟鸣。

**2009 年 1 月**

# 观复记游

因为走错了路，到达观复门口时，已经问了无数个人。最后问的一个人，用浓重的外地口音说，你问问别人吧，我不是本地人。其实，那时候，我们已离观复很近，只是走过了五十米。从它门前经过时，在一片林立小店的包围下，并未注意它的白墙红顶。它淹没在尘世气很浓的氛围里。也许如大隐的人吧，它亦隐于世井之中。

门是关闭的，我们在门前有若干秒钟的犹豫，鸣了下笛。出来一个保安，问：是参观吗？我们说是，他才打开门。

观复是一种拒绝的姿态。不迎合，来者自来。有相当的自信。

我并不懂古董，家中也无任何收藏。想来看一看，只是想着马未都先生的狡黠眼神。他的小眼睛。他的游刃有余。他在电视节目里极少数的紧张隐藏在多数松弛的状态下，所以，我想，他其实是个在乎的人。所以，来看一看他亲手做起的博物馆。

一己之力，收藏起那么多的东西，需要恒心，更要机缘。在岁月的河床上沙里淘金，能收起来，藏起来，是多种因种下的果。

看着瓷器馆中灯光下静静卧着的器物，每一件都安然恬静，不说它们曾经的凶险。如一个晚年安乐的老人，对年轻时的一切都淡然视之。

每件器物，越是年代久远的，越显得朴拙稚气，越晚的，到康乾时期，便精致细巧得多。人当然喜爱精致。朴拙的，多少有些瑕疵。但可以想见早先的人，尽了全力，也不能让器物更加完美，便有一份格外的怜惜。就像人到中年，对年轻时的莽撞任性，有一种不能为的感叹。

很难想象以前的人们，在怎样的心态与技术之下，把门窗雕琢得如此繁复精美。不过是木头，不过是门窗，做到玲珑，是为了居住屋中，让一颗心在雕花的空隙里来回，不甘囿于日常。这是古人常有的梦。今人也做，但不如古人做得上心，比较功利。

不是周末，参观的人很少。在门和窗间流连，仿佛世外，仿佛古时。

来观复，可能就是为了这一瞬。

在二楼的休息区坐下，是因为没有人。阳光透过落地的大玻璃窗射进屋内，桌子上放着水仙。是那些水仙让我走进去。我想起江南。江南园林的冬日，应该是古董级的八仙桌上放着梅花与水仙。香气在清冷的空气里游走，是《红楼梦》里说的"冷香"。

观复的屋子里却是暖香。这香是刻意的，但已是不容易了。

看到对面的二楼，玻璃里面是一个熟悉的人影，穿红色的衣服。先生问工作人员，是马先生吗？答是。他坐在桌边，手比比划划。对面坐一对年轻人，倾听的样子。我照了张相，马先生只有很模糊的影子。

买了一块真丝的长围巾。是宣传册上瓷瓶的图案。白底子，黑色花。工作人员说那图案日本人叫做"唐草"。我极少戴围巾，买它，也不过是作个纪念，因以后亦不会常来。

在买卖的过程中，忽然想到《大家》节目，马未都的那集，李成儒说的话，他说，马先生就是个"奸商"。心中不禁莞尔。

到楼下准备走时，马先生也在办公区楼下的屋子里。他的对面，换了一个中年人。他依旧在比比划划。这时看得清楚了。我又照了张相。先生说是否找马先生一起合影。我说不用。我的生活，与马先生没有任何交集。隔着玻璃，仿佛是看得真切的，其实中间有透明的阻隔。在电视里书里看到的他，也只是他的一面。我无意与他走近。

我只是在观复的留言簿上写了句话：来过了，谢谢！

任何景致，天然或人为的，我只能来过，看过。若是天然，我谢上天；若是人为，我谢那营造景致的人。

2009 年 1 月

# 有人跳舞

一天，阿难对佛祖说："今日入城，见一奇特事。"佛祖问道："见何奇特事？"阿难说："我入城时见一群人在跳舞。出城时看见一些生灭无常异事。"佛祖道："我昨日入城，亦见一奇特事。"阿难问："不知是何种奇特事？"佛祖道："我入城时见一群人在跳舞，出城时亦见一群人在跳舞。"

这是我喜欢的一段对话，从《五灯会元》里看来。我这样理解，当初记下这段文字的人，一定认为，阿难虽是佛祖身边的弟子，却显然与佛祖的境界相差甚远。佛祖早已不动心，出城入城，喜事悲事，在佛祖心中，不过是"事"而已。而阿难却还做不到，他眼中依旧有人世间的喜怒悲欢，那些东西扰动他的心。

阿难因此有了人间味道，而佛祖，在我的眼里，有一点"冷"。

高速公路，临近沈阳，前一日刚下过大雪，零下二十度的气温。出口附近，有两个男人手中举着牌子，上书"指路"两字。无数的车从他们身边经过，没有一辆停下。我看见风吹得他们无法直立，侧着身子，依旧艰难地举着那牌子。看着他们，我只觉得冷。我不知道佛祖看见他们，是否依旧说"看见一群人跳舞"？

正月初一的上午，车停在长春的街头，十字路口等红灯。一个老妇在车流间穿行，趁着短暂的停车时间，敲车窗，要钱。有人摇下车窗，给钱，有人不理睬，因为据说司空见惯。我给了她一块钱。心里怅然。因为大年初一，因为我在温暖的车里。因为一切仿佛本该如此。我不知因果，为何有人暖有人寒？佛祖应该是知道的，但是，他不说，他已无心。他只看见有人跳舞。

看到喜欢的球员输球，在众人面前落泪，我还是难过，虽然懂得胜与负都是常事；看到寒夜里被城管追得到处逃避的小摊贩，替他们为难，虽然也烦他们把周围道路弄得肮脏不堪。常常感到这个世界之上有大力在控制，人是网中的鱼，以为有活路，其实没有，但人们看不到。常常杞人忧天，虽然知道忧了也无果。

但我依旧喜爱《五灯》里的这段话，因为做不到佛祖那样平静。

我还喜爱王维的诗句"晚年唯好静，万事不关心"，也是因为做不到王维那样淡远。

我日日看见一些"生灭无常异事"，跳舞的人，少之又少。

2009 年 2 月

# 慢　　箭

"园林之美也像一支美的慢箭……"，这句子从曹林娣的《静读园林》的字间跳出来，在面前生成影像：是一支箭，在林间花间悠悠地掠过，带着一种迟滞的速度感。觉得它会落地，它却没有，看着它向你渐渐逼近，你想过躲闪，但没有动，最后，被它击中，倒下时，不是痛的，是一种快感。

园林之美，确实是支慢箭。想年少时，在拙政园狮子林里钻来钻去，记得假山洞里难闻的异味，还有夏日酷热氛围里悠长的蝉鸣——那不过是两个玩的地方，不觉得它美，当然，也不觉得它不美。终于，当远离江南，不再能随意徜徉的时候，被园林打动，开始懂得它们的美，也开始觉得它们的遥不可及。

其实，又岂只是园林，很多温和的高贵的喜爱的东西，都是慢箭。它没有在第一个瞬间打中你，所以，它们极容易错过。也许，在以往的时光里，我已经这样错失过许多。但也有一些慢箭，最终依旧会缓缓飞临。

记得读《史记》的感受。早年，只读过《项羽本纪》等少数篇章，日后都是断章残篇地读到某些句段。终于决定阅读全书时，还担心中华书局的竖排本与繁体字会成为障碍，但是，没想到那种阅读的畅快。一个个古时的人，一件件古时的事，熟悉的与陌生的人事在眼前交替出现，悲欢离合与朝代更迭，到最后变成沧桑感觉与释怀淡然，始知司马迁的伟大。历史原来可以变成有温度与颜色的文字。但，假如我不曾想过去读，我就只能与那些感觉擦肩而过。

慢箭，应该与一个字很近，那个字，是"渐"，这是我非常喜欢的一个字。姜夔的词里有很多个"渐"字。《扬州慢》里的"渐黄昏"，《一萼红》里的"渐笑语惊起卧沙禽"，《暗香》里的"何逊而今渐老，都忘却春风词笔"，《摸鱼儿》里说"向秋来、渐疏班扇"……"渐"，就是缓缓飞行。"春渐老"，就是昨天觉得花正好，明天花还正好，后天，花也还好……突然有一天没法看了，花仿佛一下子显出颓败气息，那是因为，那缓缓飞着的箭，到了。

慢箭的美，在于矜持，它永不作飞蛾扑火的姿势，只是冷静而匀速地飞，飞着它的自信与品质，或者，也飞着它的冷漠与无情。

在时间和空间的靶场上，我是一个箭靶，等着我无法躲也不想躲的慢箭。

2009 年 3 月

# 不　　变

　　卡尔维诺写过一座城市叫做"左拉"。"左拉"是一座让人过目不忘的城市。它并不见得特别漂亮的街道、门窗与房屋，"能一点一滴留在人的记忆里"。卡尔维诺历数这座城市叫人难忘的种种物事，最后，他写道："但是，我要登程走访左拉却是徒劳的：为了让人更容易记住，左拉被迫永远静止不动，于是就萧条了，崩溃了，消失了，大地已经把她忘却"。

　　《看不见的城市》是我深爱的一本书。这书里有着奇怪名字的座座城市，是一种标志性的存在——比如左拉，就是一座美丽得叫人无法忘记，却又不能留存于世的城市。

　　左拉，因为它的永远静止不动，于是消失，但是，它的美，又来自于它的静止不动。世上永远存在这样的悖论，那么，是变，还是不变？

大学同学重游姑苏，见过青春时流连的城市，见过青春时伴学的旧友，给我发来的短信是：人依旧，物已非。我回复的短信是：总比物是人非好。那么，我们愿意"物是"，还是愿意"人依旧"？

变动，应该是永恒的，"山崩变为无有，磐石挪开原处。水流消磨石头，所流溢的，洗去地上的尘土"。沧海桑田里，显现人的渺小与无奈。

因此，不变，就只能是相对的。在"不变"里，显现的是一种固执与自不量力的坚持。

我期待，真的有一座城市，以它不变的容颜，告诉我过往的一切是如此的美丽与不可复制，哪怕，曾走错路，曾徘徊到无措。

也期待，有一朵花，永远开在最美丽的那时那刻，只因我曾用心注视过，哪怕，她已失却生命，成了标本。

更期待，有一个人，回首时，他永远在，微笑着等我，在我走错的岔路口，等我悔恨，等我，有一个地方收放自己的心神。

但是，我知道，不变，不一定全然美丽，有时，不变是一种懒惰，比如我数十年用同一品牌的洗发水与护肤品，不是因为偏爱，是图省事。有些人在一棵树上吊死，是懒得找另一棵树。

又到五月，开始看法网，看费德勒。替他提心吊胆，最提心吊胆的是他的反手，人人都知道把球打向他的反手，因为仿佛只剩下他一个人用"单反"了。"单反"让他的回球力量不足。不知道他为什么不改，也用双手击出有力的球。有人说他是为了完美，因那独一无二的姿势。但可以肯定的是，他是不会改的了。所以，等着看他永远少一个法网的冠军吗？或者，等着他的"不变"令人惊喜？

此时，一遍遍听着 Trace Adkins 的《Every Light in the House》。记得在 MV 里，有一个离家远去的女人，深爱她的男人在她离开后，每日开亮家里所有的灯，等着她迷途知返。终于，她真的回来了，镜头里，最后的画面，是亮着所有灯光的那座房子，渐渐拉远。Trace Adkins 的声音如此悠远，有一点点的粗砺，却那样深情。

有些"不变"，是如此的美好。但是，也许，它们最终都会成为卡尔维诺笔下的"左拉"。

**2009 年 5 月**

# 六 月 雪

　　楼下早市门口有一个简陋的花店，说它简陋，是因为它的面积很小，很多花草都放到了人行道上。因此，我也就能看到繁多的花花草草占领着人行道，对此，我并不烦，也许，别人会烦吧。

　　夏天了，我看到那花店的中年夫妻进了一大堆夏日的花草。其中，有我深爱的茉莉和栀子，都是白色香花，颜色清淡，花香却浓。"淡极始知花更艳"，花的艳，也许也可以从香味上来理解。香味无形，却可以从灵魂或灵气上来体悟，所以，所有的白色香花，都是我的至爱。

　　但也有例外，这例外便是——六月雪。

　　如果说，一个人都可以与一种植物对应，我觉得，我就是六月雪，一直以来，深信不疑。

这天，我看到那家花店的门口，摆上了一大片新来的花草，其中，有四盆六月雪。

很多人不认识六月雪，尤其在北方。所以，我看到那四盆花，从它们来到这里后，就一直在，我估计，随着它们的样子越来越难看，最后，肯定是卖不出去而扔掉的那类，我见过那花店扔掉的花草，在垃圾箱边。但我也不能买它回家，每个夏日，我都会回江南，无人照顾花草，所以，我只种与仙人掌有缘的植物。

但我每天路过花店，总会看一看那四盆花。那是一种普通的植物，价钱非常便宜。油绿的小叶片，叶片边缘有蜡质似的微白的细线。叶子小，却亮亮地闪光，有生命力在上面逸出的感觉。六月，是它开花的季节。它的花，五个花瓣，小巧玲珑，如雪花，也许，是它的花名的由来。

那四盆花里，只有一盆开出了两朵小花，其他几盆，都只有叶子，安静地绿着。

白色小花，如雪，无香，所以，它输却茉莉、栀子，当然，更无法与梅花比，甚至，也不能与同样花小而无香的满天星比，因为，它从未开出过如满天星斗般的繁密花朵。但是，从小，我就深爱它。爱它的仿佛无知无觉，爱它绿意多过花白，爱它的容易被人忽略。

上大学时，快毕业的那个六月，还在苏州。一天，发神经似的买了一大盆六月雪。灰色的陶花盆，费了好大的劲才从街上搬回宿舍。是一盆硕大的花，浓绿的叶间点缀无数白色细雪。回到宿舍才发现它根本没有地方安身，于是，我只好将它放在走廊尽头的窗台上。年轻时，就是这样不知后果地做事，让许多的事情有快乐开头和尴尬结尾。

但是，那几天里，总在深夜去看望那盆硕大的六月雪，走向它时的美好感觉，一直存在心底。江南夏日，总是炎热，但此刻想起来，每当我走过长长的走廊，走向那盆六月雪，仿佛总有凉意袭来。年轻时的青涩气息，穿过岁月，那样蒸腾着的青春，也是值得回望的。

后来，是毕业，是北上。我将我的六月雪留给了大学时深深敬爱的一个老师。一年后去看她，她说，去看看你的花吧。她的家在一楼，我的六月雪，已经从盆中移出，栽到她家的花园里了。我觉得，种在地里的我的六月雪，比它在花盆里时，仿佛有了地气，更加繁密与浓绿了。

后来，种种原因，与老师的联系越来越少，时间越久，越不知从何说起，于是，老师和我的六月雪，都失落在江南的燠热里了。

在北方，我从未见过花开如雪落般繁盛的六月雪，甚至，很少见到六月雪。

今天早晨，走过花店，那四盆花，依然还在。叶子绿意深深，有一盆开着不起眼的两朵白色小花，那两朵花，也许除了我，谁也没有发现过。

2009 年 6 月

# 美丽的颓废

只有极少的人和书让人觉得静。真正"静"的人，我尚无缘见到。书或文，倒有一些。

喜爱的《苏州杂志》，印象里的浅色封面，有一年仿佛是园林的某个阁或亭，今年是编辑部院子里的花草，用墨色几笔勾勒。杂志拿在手里，有种文气与古意。常常歪在沙发或床上读，用苏州方言。读一会儿就会觉得静。吃食呀，园子呀，掌故呀，在字间游出，逸散开闲意。

"住在园林里想着把一元钱变成十元钱，也不是苏州的时尚，苏州的时尚是将柴米油盐变成风花雪月。"这是在今年的《苏州杂志》上看到的话。说得真是好。人间烟火是容易有俗意的，将柴米油盐变成风花雪月，那日子，就每天都是诗里画里了。苏州人就有这本事。我仿佛记得张爱玲的《阿小悲秋》，阿小做佣人，也是有眼界的，比不得寻常姨娘。阿小是苏州人，主人也有三分相敬的。即使粗茶淡饭，也自有尊严，让人不敢轻视。

董桥的书，也是有静气的。以前读他"中年如下午茶"之类的比喻，尚有嬉笑之意，现在的作品，说古董，说故人，说英伦，总是他独特的口气。是谦谦君子，总与别人隔着一段距离，但是，心又是热的，又有些天真直率，还有些自嘲式的倚老卖老。比如他说李媛媛："这样妩媚的柳梢月色，也许只有我这辈带点遗老襟怀的人才倾倒。"他的文字，总有些"旧时月色"的味道。

我读他的书，只要一篇两篇，就会觉得静。觉得跟现世隔了薄纱。

真正的静，来自于没有一点功利心。在如今，是难之又难的。像《苏州杂志》，几乎没有广告，只有文与画。有时感到它坚守着一种矜持，这矜持有点顾影自怜的味道。但这杂志一直在卖，看来欣赏影子的人虽不多，但还是有的。

董桥说："年纪大了以后，不必做研究不必求学问真好。买书玩赏装帧，读书为了消遣，写作不计毁誉，这样美丽的颓废人老了才有缘消受。"他把这些任意而为叫做美丽的颓废。可惜，老了才可以消受。我想的是，年轻一点，能不能有福消受呢？

为什么要"为了什么"呢？人生下来，本就是不为什么的。

买书，读书，只是为了填补一段时间，得到什么，是意外。不光写作，其他所作所为，也都不计毁誉，其实也是可以做到的，只需要一颗心，足够的淡。

有时，会想到王维。他三十来岁丧妻之后的枯淡岁月，用那些禅意深浓的诗句点缀。志摩说，得之，我幸；不得，我命。但志摩不是如此淡泊闲远之人。王维的辋川，倒是静意盎然的，只是，有时失之枯寂。

无所求的生活，即使可能，亦是失去动力的轻舟。从流飘荡，任意东西，是忙乱之后的短暂放任，不可能是常态。野渡无人，舟尚且自横呢。因此，美丽的颓废，大概真的只能是老了之后才有福消受的。有智慧的人，欣赏略带颓势的美，因为无力。

2009 年 9 月

# 遗　珠

在北京这样有历史的城市里游荡，往往不经意间就会遇到一些旧人的踪迹。记得在后海见到过一棵据说是纳兰手植的大树。树前有个小牌子，写明缘由，不知是真是假。随着城市的发展，很多旧时踪影混迹于市井巷陌。每次见到，惊喜之余，往往替那些古树、旧屋伤感，觉得它们虽然无知无觉，却总有些与现世格格不入的孤单。

但这些已是万幸在诸多浩劫中留存下来的珍贵东西了，有个词，很喜欢，叫做"遗珠"，喜欢用这个词来形容那些我们尚能见到的宝贝，其实，心里明白，被湮没的珍宝，更多。

这是物，人呢，也是一样。历史书里活着的，是少而又少的人，被数代人不断挂在嘴边。更多的人，沉没于历史的长河里。

每个人的一生，都是从头到尾的一次游历，都是一本有开端有结局的书，但是，无人书写，便化作云烟样散尽。

这些感想，来自于近日所读的一本书《青琐高议》，是宋朝刘斧所作的小品文。刘斧的生平不详，只知道是北宋人，写过一些书留了下来。这本《青琐高议》，读起来很轻松，有些《聊斋》的感觉。

许多书，读时有些感受，但放下，就忘了，因为书实在太多，人的记忆力终究有限，所以，有些若有若无的情绪，就赶紧记下，否则，也许就永沉记忆的黑暗处了。

要记的，是这样一个女子。姓孙，病得很重，家穷，连医生也请不起，只好请丈夫去找略通医理的邻居周默来诊脉。周默来到她家，见病床上的她"容虽不修饰，然而幽艳雅淡，眉宇妍秀，回顾精彩射人。"周默医好了孙氏的病，自己却再也放不下她。周默当时丧妻不久，而孙氏方二十一岁，她丈夫却已五十三了。这周默觉得自己医好了她的病，总有恩情在内，就写信作诗去挑逗她。诗云：

> 五十衰翁二十妻，目昏发白已头低。绛帏深处休论议，天外青鸾伴木鸡。

这诗多少有些刻薄。孙氏不卑不亢，回了信，说了自己身世后，也附诗一首：

　　　　雨集枯池时渐满，藤筐老木一翻新。如今且悦目前
景，妆点亭台随分春。

言语里的随遇而安读起来很舒服。

周默仍不死心，尤其见她的诗后，知道她不光美丽，而且有才，"愈思念之"，又不断写信。孙氏回信"夫鹪鹩栖木，不过一枝；鼹鼠饮河，不过满腹。上苑之花，色夺西锦，遇大风怒号，飘荡四起，或落银瓶绣幕之间，或委空闲坑溷之所，此各系乎分也。"大有庄子语风。

周仍不放弃，又以"柬诗侵逼之。"孙氏回信说，本想把他以前来信之事告诉丈夫，但是"发人之私，不仁也；忘人之恩，不义也。"是深明大义且又懂分寸的。最后说："古之烈女，吾之俦也，子无多言。"

周默知道无计可施，不敢再言。不久，他离家赴任，行前发誓："我愿终身不娶，以待之耳。"

孙氏复信，依旧不卑不亢，感谢他的深情，但一切顺其自然，愿他珍重。

以后是好事。周默果然不娶，三年后返家，知道孙的丈夫已经去世。两人终于修成正果。后面还有孙氏以死规劝周默不贪财

物的余波。最终，她育有二子，都举进士成名。

这结局，是那样的年代里最好的结局。

我感念的是千百年的历史河流里，这样的一个女子的命运：本是富家女，却身世飘零，难得她心性贞静，一无抱怨，安时顺世，性子里面最柔韧最安娴的部分，令人起敬。

若不是读到这样一本比较生僻的书，也不会知道这样的女子这样的故事。但东逝的流水，曾遗落下多少这样明艳的珍珠，却都无迹可寻了。

2009 年 11 月

# 淡白的天光

　　合上书，是下午的两点多，正是我最爱的午后。这是个阴天，倚在沙发上，只能看到淡白的天光。微弱的阳光让这淡白里有一丝的暖意。我读的是樋口一叶的《青梅竹马》。

　　这是个初恋的故事。初恋故事里，非常美的，有岩井俊二的《四月物语》，只四十五分钟的片子，却把初恋的美好印刻在漫天飞落的樱花雨里。粉色的樱花雨，也透出那种人世间的暖意。

　　想到《四月物语》，是因为那种短暂的美好，可以穿过很多人的心，可以穿过很多的时光，很多遗憾在回味里变得韵味悠长。《青梅竹马》也是如此。

　　男孩信如与女孩美登利，在同一个学校读书。信如是龙华寺方丈的儿子，成绩优异，美登利有个做妓女的姐姐，他们不是一个层次的人。但是，他们年少，年少时，层次不是那么明显的障碍。不过，他们依然是两条路上的人。

《青梅竹马》里，最美的，是少年心事，是那种连自己也不太懂的情怀。感觉到与那个人的不一样，跟别人可以疯闹，到了那个人面前，却手足无措。于是，假装冷漠，时时躲避，却在擦肩而过时，斜着眼瞥过去。那个人的举动，是那样牵动心怀。

不过，在众人面前，可以是对他（她）最冷的一个。美登利有次让信如替她摘一枝樱花：

> 信如不好意思不理她，但又怕同学说闲话，实在为难，只好随手从靠近的树枝上，不管好坏，敷衍地摘下了一枝，顺手丢给她，然后就匆忙地走开。美利登不禁一愣，觉得信如这人脾气太古怪了。后来接连又遇到了同样的情形，她才慢慢明白原来信如是故意跟她闹别扭。他对人和气，对她反而冷淡；向他打听事情从来没有好好回答过，走到他旁边他就躲开，和他说话他就生气，阴阳怪气地不痛快。美登利真不知道怎样对待他才好。于是，她肯定信如性情乖僻，总想尽方法折磨她。想到这些，她心里就生了气，下决心再不理他了。

上了一点年纪看过去，十四五岁的时候，真是好，心里边那些弯弯绕绕的念头，既苦涩又甜蜜，一晚又一晚自己沉浸在当中，以为天大的事情，不过是那人对自己的一瞥。煞有介事地下决心，又轻易地反悔。

年长之后，再与那些小情小绪相遇，是一种奢侈。

所以，看到这里，心里总是有点酸涩又有点暖，如淡白的天光里筛下来的微弱阳光。有过美好初恋的人，是有福气的，总是拥有那一缕的暖意，在日后长长久久的光阴里，轻嚼回味。

樋口一叶，是日本明治时期的女作家。年纪轻轻，二十四岁就辞世了，终身未婚。在世的年月里，过得艰难。《青梅竹马》里的少年，也都有点生活的艰辛。也许，是那种苦难让樋口一叶对信如与美登利的结局心知肚明，一个是日后要做方丈的少年，一个是很有可能做妓女的少女，结局，也是不言而喻的。

在一个下霜的寒冷的早晨，不知什么人把一朵纸水仙花丢进大黑屋剧院的格子门里。虽然猜不出是谁丢的，但美登利却怀着不胜依恋的心情把它插在错花格子上的小花瓶里，独自欣赏它那寂寞而清秀的姿态。日后她无意中听说：在她拾花的第二天，信如为了求学穿上了法衣，离开寺院落出门去了。

这是小说的结局。有点让人不甘。什么话也没有说，也没有挑明，也没有许诺，连离开也不说一声，就这样了？

这朵水仙，是信如丢进她的格子门里的吗？美登利日后，会想起这朵水仙吗？

初恋给人的，便是这样的怅惘。但也可能，正因为没有承诺，没有挑明，那种情意，转来转去的，只在各自的心里，它不涉尘埃，回望时，才会如水仙般清逸，暗香浮动。

不只初恋，其他美好而能够长久的情义，也大多如此。

2010 年 4 月

# 也许，这是个例外

对于中年或者老年人的爱情，我总是持怀疑态度。不相信他们依旧有那种消耗生命能量的热情，更相信他们的理智或者惰性，一切在顺其自然地走着，何必另辟蹊径？那样多么累。

志摩子与正臣遇到的时候，志摩子 49 岁，正臣也 43 岁了，一个是名演员，一个是大作家，各有家室。并且，在他们相遇之前，他们与自己的配偶，也无大的问题，即使志摩子的丈夫患有癌症，但他们的感情还是在的。

因为志摩子出演正臣原作的《飞越彩虹》，两人得以相见。正臣当时即有一见钟情的感觉。我没有过一见钟情，所以也不明白那是一种什么感觉。有人跟我描述过"天上掉下个林妹妹"那样一种惊心感觉，但是，终究是别人的经验。而且，对于一个四十多岁的男人所谓"一见钟情",我总有怀疑。

人到中年,连看书也挑剔了起来,总是想这个情节在现实里发生的可能性。比如,中年人如同年轻人一样的疯狂爱恋,在现实里,总是少的吧?不过,志摩子与正臣,却在樱花盛开的树边,感叹自己在青春的尾声里,"赶上了"生命中真正的情爱,为此唏嘘不已。

所以,我很想看这个故事如何结局。

小池真理子的书以前从未看过,选这本《飞越彩虹》买来,原因很简单。志摩子与正臣的情事在日本闹到满城风雨,于是他们逃到了中国,在上海和杭州还有乌镇呆了三个星期。杭州是我最爱的城市,乌镇嘛,是好友晓玲的最爱。所以,很好奇一个日本女作家会如何描写我们心中的最爱,而且,还把那样的爱情放在了我们最爱的城市。

在中国的三周,是一种世外桃源般的逃离。陶渊明的笔下,这世外桃源最终是无迹可寻的,是一种隐喻。但在上海热闹的人声汽笛声里,志摩子与正臣感觉到一种活力。而在七月的炎阳下,在西湖边,正臣如周围那些游客一样,脱成光膀子,与志摩子坐在白堤的椅子上。在日本,这种的放浪形骸是不可能的。我知道杭州的那种热,白亮亮的热弥漫在空气里,身上粘乎乎的。志摩子与正臣,却在汗水滴落里享受着爱情。

远在日本,纷纷的声讨还是穿越海洋送到上海,现在的世界，再也不是"遂与外人间隔"的世界了，想"不知有汉，无论魏晋"是一种天方夜谭。

晚报上刊出一个老作家的文字对他俩的行为进行评论，我倒觉得那老作家说得中肯：

> ……恋情，不管其多么炽热，总会有冷却的时候。在这个世上，是没有不会冷却的恋情的。所以难能可贵的应是将恋情看作是天上的仙果，对其只能浅尝辄止。如其两人，毫无节制，放浪形骸，梦想寻赴世外桃源，其结局只能是烦恼缠身，自食其果。要知道，在漫长的人生道路上，我们每个人的周围都有着如一张蜘蛛网似的障碍，有着一个十分呆板的现实，我们是无法逾越的，任凭你对其不屑也好，诅咒也好，它们是不会消失的。……

许多人，在青春过后，在成家之后，会遇到喜欢的人，大多数的人，是隐忍的，放弃的，所以，便有了深夜梦回的不舍与遗憾，或者，还有隐隐的憧憬。许多人，是害怕周围的"蜘蛛网"的，倒不是怕它会缠得多紧，只是想想就觉得麻烦，多一事不如少一事了。

书的扉页上，作者选印了几段文字，其中一段是"吾之所欲，全部取之，或者全部弃之"。我觉得，对"所欲"，也只有这两种态度。大多数的世人，选的是"全部弃之"，但志摩子与正臣，想"全部取之"。这样，就意味着他们要承担，承担所有的骂名，承担心里依旧存有的不舍，承担内心的谴责，承担不再能见女儿的痛楚……而这些，他们都打算承担。

所以，他们的言语行为里，便有了承担的力量，还有，便是由此而来的宁静感觉，宁静，意味着长远。

小池真理子给了他们一个结局：提出离婚的丈夫的车离开了，正臣的车迎面驶来，"静静地，无声无息地，但是却是确确实实地朝志摩子驰来"。

这是一个童话般的结局，我有些感动地想。也许，这个世界，总该有些例外的事情，让人感慨。自己做不到，便有人替自己做到了。一个好的世界，应该是给人以希望的，小说和电影，就是起这样的作用的吧！

**2010 年 5 月**

# 曾经沧海

那天有个女孩子问我"元稹"的"稹"如何读。我告诉她后，看到她书上的句子是"曾经沧海难为水"，就问她可知道下句，她脱口而出"除却巫山不是云"。我问她知道这句子是为了谁写的，她说，知道，为了他妻子。十四五岁的女孩子，知道的还真不少。我点头离开时，听到她在身后嘟哝了一句："写出那么好的句子，还不是另娶了！"口气里有看透了的凉意。我回过头，对她微笑。

也只好笑了，日子长了，她自然会懂。

像对牢一只完美瓷瓶，天天看着，上面的花纹，瓷的色泽，都是心目中最好的，觉得不可替代。某一日突然发现上面原来有条细细裂纹，便觉得从前的爱不释手是种浪费，就此抛开。女孩子的爱，就是如此决绝。

这样说来，写了"十年生死两茫茫"的苏轼，绝不该又有个《赤壁赋》里善解人意的藏酒的女子，他应该一生作伤心欲绝的样子。

王维倒是没有再娶，只是，也没见过他笔下有文字深切怀念他的妻。他已经彻底放开了，只是安然地任云来云去，淡到古井无波的样子。这个样子，也不是女孩子心头的情圣模样。

五月，是蔷薇的天下。前两天去植物园，在西五环的路侧，是连绵不断的蔷薇长城。蔷薇是富有野意的，不同于园子里的月季。蔷薇令人想到乡村，想到乡村里升起的炊烟，想到原野，想到一望无垠的花的气势，呼啸而来。红色或白色的结实的小朵花，一大丛一大丛地伏于篱笆或栅栏上。那样无瑕的花势，也只得十来天的时间，之后，有些花朵便开始残了，整个花丛就会有种憔悴感觉。如瓷瓶上的裂纹，颓败从此开始。

有人哀叹。要相信当时的哀叹出于真心，因为那美真的触动过他的心，曾洇满过他整个的心灵花园。

只是，花明年还会再开，开得一如往昔，甚至，美于往昔。那个人又会为了新的美而赞叹，那赞叹，与先前的哀叹一样，出自真心。

年轻的女孩子，是不会相信的，或者，她不愿相信。

人是不断在往前走的，哪一个，是他的"沧海"？

所以，不敢说过分的话。能保证的，只是当时面对那一丛花时，那动心，千真万确，源自真正的震荡。

如果有人将你比作他的"沧海"，要相信他的诚意，相信那一刻的天时地利让他觉得说出那句话是如此天经地义，但是，不要纠结，更不要沉迷，以为他从此就会"过尽千帆皆不是"了。

懂得盛放与颓败是花朵的两面，懂得你已经不是十四五岁的小女孩，懂得你不是任何人的"沧海"，也没有人，是你的"沧海"。

2010 年 5 月

# 桥

　　我喜欢桥，最爱看的，是古桥。是那些静静地悬在水上，千年来不言不语的桥。最爱拱桥，石头的，但如果是石头的桥，不是拱桥，也爱，只要是古老的。

　　我不太爱新的桥，在江阴长江大桥上经过时，感受到力的浩大，是机械的感觉，现代的感觉。粗大的钢索拉起来一种锐利的力量，不可一世，不是古老的桥那种钝钝的冲击。

　　长在水边，印象深刻的古桥很多，爷爷家门口几米远就有一座。十来岁时，在桥下仰望，觉得桥非常高。那座桥，在父亲的口中，叫"跨塘桥"，在桥中间的石板上，有五个字，是"云间第一桥"。小时候，觉得"云间"是合适的，就是说"高"。后来，知道松江有个别名叫做"云间"，那"云间第一桥"也许就指的是松江第一桥了。有时候，人有了知识，真不是好事。许多原先的想像，落实之后，味同嚼蜡。

那座桥下的河，同海一样，会涨潮和落潮，父亲说因为连着黄浦江。小时候，坐在门口，看河。落潮时的河水是浑浊的，有点发黄，涨潮时，水面会很快升起，令人惊奇。水变绿了，满了。桥浮在满了的河上，虽然是石头的，却显得秀逸。

桥是同治年间的，也许年代不算久远，所以没有什么保护，也没有人来看。离开松江三十多年了，去年夏天，再去看那座桥。爷爷的房子还在，但面目全非，如今里面住了好几家人，挤得如同北京的大杂院。原先，走过桥，有一条街，有几家商店，现在，稍远处是一片楼，桥旁，却是荒凉的草地。有个亭子，想来是供人休息的，但肮脏到无法形容。

其实，我的心里，是不希望这个地方热闹起来的，这样静静的，也是好的。

我见过热闹氛围里的桥，曾在接近四十度的高温里去访问过赵州桥。要买很贵的票，门口的停车场里，有来自全国各地的车。

赵州桥一直是我梦里的桥。如今，它下面是酽绿的河水，绿到亮，不是正常的水色。两岸有不少的合欢树，非常高大。合欢树形优美，即使高大，也不缺乏秀丽。看到赵州桥，依然是震撼的感觉。从隋朝开始就矗立在此的桥，你并不觉得它老，一千多年的时光，好像并未给它留下沧桑。我觉得它精致，是一个完美的东西，无法形容。

看过赵州桥，我相信有不老的美人，在时光的风尘下，有人能穿越而过。

那座桥，是个奇迹。

更多的古桥，都留着斑驳的光影，是时间之手的杰作。它们垂垂老矣，多多少少有些破败的气息。但我迷恋这种气息，正是这种气息，让我爱废墟，爱久远年代之后的那些建筑，强睁着老眼，看变幻的世界。

琉璃河古桥，就是这样的桥。与它相见，纯属意外。已经驶上新桥，却看到右侧的古桥，冒着危险倒车下桥，转到古桥边。桥边，只有一块牌子说明是重点文物，并无任何介绍。回来查到建筑学家罗哲文的介绍，才知道这桥建于明朝，差不多500年了。

我特别喜欢这种偶遇，像人与人之间的某种缘分。这桥的桥面坑坑洼洼，前一晚下过雨，坑坑洼洼里留有积水，倒映天光。只有少见的几个行人。据说桥上曾铺有沥青，后来建起新桥，把沥青去掉，才露出多少时日里车辆辗压出的车辙。那些车辙令人惊讶。因为它深，你无法想像当初这里是如何的热闹，车水马龙，却换得如今的一片沉寂。

在江南，曾见过繁华居民楼或商业区中的古桥，因为被保护，所以它们孤零零地与周遭的现代建筑相伴，身份矜贵，却如同一个现代人被误放到古代，满眼的惶惑。与某些人一样，不属于这个时代，却依旧要活着，格格不入，却依然要强打精神。

任何古桥，无论显赫热闹，还是无人问津，在我眼中，都是孤苦伶仃的，而这孤苦，正是它们的美。

2010 年 7 月

# 不动声色

读《青琐高议》，有一段关于韩琦（韩魏公）的逸事：

> 韩魏公在大名日，有人送玉盏二只，云："耕者入坏冢而得，表里无纤瑕，世宝也。"公以百金答之，尤为宝玩。每开宴召客，特设一桌，以锦衣置玉盏其上。
> 一日召漕使，且将用之酌劝。俄为一吏误触倒，盏俱碎，坐客皆愕然，吏且伏地待罪。公神色不动，谓坐客曰："凡物之成毁，有时数存焉。"顾吏曰："汝误也，非故也，何罪之有？"客皆叹服公之宽厚。

这逸事历来被视作韩琦的宽厚。我只想他的"神色不动"。

如此珍爱的玉盏，以百金答之，以锦衣承之，到了破碎之时，果然能神色不动吗？想象他眉目间的淡然，向往，知道此生再修炼，也到不了这种境界。

看破一切身外之物的价值。珍爱它，就善待它。失去它，只是时数到了，便可以如放下手中一件杂物一样轻盈。

早些年看梁实秋的《下棋》，开头一段话印象极深："有一种人我最不喜欢和他下棋，那便是太有涵养的人。杀死他一大块，或是抽了他一个车，他神色自若，不动火，不生气，好像是无关痛痒，使得你觉得索然寡味。"这种文字，也是很有场面感的。可以想象，一个将胜，激动得不行，一个如死水一般，即使赢了，也索然，没有成就感。

下棋，自然是要争的，既不为争，也不在意输赢，不知下棋作甚？抑或，只是消遣，消遣掉漫长时日，等夕阳西落。这样的棋手，是人生百态的看客。只是不知，散局后，他独自回返时，心中，可是静如秋水？

马未都的博客里，说到他最爱的白居易的绝句："半朽临风树，多情立马人。开元一枝柳，长庆二年春。"他写道："这是我最喜爱的绝句，声色不动，横跨百年；信手拈来，形同水，味似酒，饮之心头突突直跳……"淡淡的二十个字，可以让人心头突突直跳。因为，里面有时间的流水在潺潺而过，不动声色，不急不躁，无情无义。

我马上想到元稹的诗《行宫》："寥落古行宫，宫花寂寞红。白头宫女在，闲坐说玄宗。"静寂的宫殿，应该是午后金色的阳光下，红的花，白的发，悠远的往事，丽质在岁月间消散，闲谈中，一辈子就过去了。

不动声色，是言语间，神色间，都不露涟漪了。有的，是天生的散淡，有的，是后天的开悟，也有的，是故作的镇静。我喜欢不动声色的人，不过，声色间，不动的，最好要有永久淡然的微笑。

2010 年 10 月

·

# 结　　束

　　唐师曾《张中行，〈青春之歌〉阴影下的智者》一文中，写到张中行先生临终情况："早上6：30，'老粉丝'总参兵种部政委田永清将军派来自己司机，接张中行和二女儿张文到安贞医院，按规矩排队挂了专家号。老人家坐在轮椅里熬到中午，专家突然宣布另有公干，今天不看病了。把等了一上午的90多岁的老国宝，扔在安贞医院冰冷的大厅里。11月中，没有暖气。"

　　看张先生的书久了，对他的情况，自然也是关心的。记得最后几年，没见他新的作品出来，也没有什么消息。有一天，跟朋友在办公室里坐着，突然问他：也不知道张中行怎么样了。他说，那么大岁数了，估计不会太好啦。之后，两人都没说话。如今，我依旧记得他语气里复杂的情绪。

唐师曾是张中行的朋友，在那篇文章里，已经克制了，但还是有冷嘲热讽，能读出来。但是，不平也罢，气愤也罢，又有什么实际的用处？百无一用是书生，其实，不是书生，在生命的最后关头，多半也是凄凉的。

1988年5月13日，查特·贝克从他住的旅馆窗台坠落，死于阿姆斯特丹的街头。之后，有纷纷的议论。有人说，他是自杀，也有人说，查特是个瘾君子，吸过毒后神情恍惚，站在窗边时，不慎坠落。

不知是何种原因，我一直不愿意接受第二种说法。我宁愿相信查特是自杀的。他只是不想活了，想在某个时刻结束自己的生命，因为，在他的那些断断续续的号音和歌唱中，充满了犹豫感伤与不确定。自杀，也许是他正确的选择吧。我亦不敢想象，假如活了下来，他的后半生，会不会更加不堪。

现在，我终于朦胧地知道，我宁愿相信查特是自杀的，是因为，我希望一个人能够把握最后的生命进程。像张中行先生那样淡泊高远的人，最后时刻，也无可奈何这个世道。读唐师曾的文字，还是有些凄凉的。张先生一辈子远离权势，终究，还是要感受世态炎凉。

张先生好歹还是有几个有权势的"粉丝"的，所以，最终得以在一路鸣笛中进入305医院，如果是普通人呢？

我一直不愿去想。

去年这时，好友晓华正在病床上熬着她最后的时光。为了小城市每天仅两支的蛋白针，家里人上蹿下跳想尽各种办法，为她去找，找有办法的人，去周边的城市找。那针，也不过是为了延长她的生命，但是，如果有天没找到，她就会问，找到了没有，找到了没有……

张爱玲写虞姬，用剑刺入胸腔，眼中的光渐渐暗淡，她对项羽说，我比较喜欢这样的收梢。虞姬是个女子，又是个强人。能做自己的主，能以惨烈的方式结束一生，千百年后，人们欣赏她的果决，是因为自己做不到。自然，千百年后，她的痛，人们也无从感知了。

走好一条路，善始善终，是福气；画一幅画，涂抹好最后一笔，也是福气。一件事情的结束，一个人的收梢，已经非关才气能力，而是来自天意。

2010 年 12 月

# 状　态

　　偶与好友聊天，说起各自的状态，他说，像一片云吧，自由。我想一想，说，我很静，可能是一个湖吧。

　　云，当然是自由的。风起时，云便飘起，无牵无挂。但云有影，这影子，按徐志摩的说法，会偶尔投影到波心。所以，我想，我还是宁肯做湖。湖，没有海的汹涌，有边有际。安静，容忍。便有云投来影子，也能任其来去。

　　兴来每独往，胜事空自知。
　　行到水穷处，坐看云起时。

　　在湖来看，水是不动的，是恒久的静，所以，才可以凝视远处飞起的云。如王维"坐看云起时"那样，让自己安静成如镜的水，才可以映照来来往往的人和事。

这几句诗里，究竟是自得的悠然，还是孤单的感叹呢？

经常一个人在路上走。没有目的地走。有目的的行走是有限制的，而无目的的行走是自由的。那种时候，一切的感知，比如树叶的颜色，地下通道里歌者的声音，人行道上砖块的质地，只有一个人知道。还有，那些在路上，升起在心底里的情感与领悟，也只有自知。

在路上走着的自己，可能，更像一朵走路的云。

云是轻盈的，能轻盈起来，需要先卸掉负重。

世间的一切，要卸掉哪样，都不是容易的。一双喜欢的鞋子，穿得久了，破了，也不一定舍得马上扔掉。更何况别的东西。

许多喜爱收藏的人，到了年老时候，都知道"散"的意义。张中行的宣德炉，就可以轻松拿来送人。散掉曾经珍视的东西，得以更轻松地上路，到一定年纪，才会懂得，有什么，是可以永远带着的呢！

可是，人终究是念旧的，有些人，可以看开物质的东西，却看不开情意。恋人已经远去，却仍然记得两人一起时的某个春日，曾安静地一同凝望过空气里飘浮的灰尘，那细小的尘土，记取过他们最好的日子。只要活着，那些灰尘就不停地飘，在记忆的阳光里微弱地发亮。

苏东坡说陶渊明："欲仕则仕，不以求之为嫌，欲隐则隐，不以去之为高，饥则扣门乞食，饱则鸡黍以迎客。古今贤之，贵其真也。"

真，便是所有行止，都发自内心，没有矫饰。不像有些人，嘴上说的是无意功名钱财，满脸铜臭气质，尚不自知。

连东坡自己，也只是一心向往，却终究没有真的回归田园。千年以来，人们称颂陶渊明，只是因为他做到了，世人都没有真正做到。

所以，真正的自由，是难以寻到的。即使是云，看似在无边的空中，无牵无碍地飞着，那天，其实还是有边际的，只是无形而已。

"云无心以出岫，鸟倦飞而知还。"（陶渊明《归去来兮辞》）这两句话的好处，一在"无心"，一在"倦"。所做的一切，希望，都是无心之作，最好的境界是，无心又恰是真心。而如果飞累了，我希望有个湖，是可以投影的，有一根树枝，又恰能让我栖止。

2010 年 12 月

# 永　在

我一直要活到我能够
坦然赴死，你能够
坦然送我离开，此前
死与你我毫不相干
……
我一直要活到我能够
入死而观，你能够
听我在死之言，此后
死与你我毫不相干
……

我一直要活到我能够

历数前生，你能够

与我一同笑看，所以

死与你我从不相干


这是史铁生的诗《永在》。我选了其中的三节，它代表一个
过程。据说，在史铁生与陈希米的家中，死亡不是一个禁忌的话
题。但在大多数的人家里或口中，死亡都是一种禁忌。

我想每一个人来到世上，必定有他的使命。史铁生的使命，
也许是用他的苦来告知别人生的意义。他就像约伯，尝尽最深浓
的苦，依旧"信"，看不见，也信。

我不知道有没有人真正地坦然离开或坦然送行，我只知道人
无时无刻不生活在矛盾里。前一分钟的冷漠会被后一分钟的温暖
打破。史铁生的书里，已经无数次地谈过死亡，死亡是如影随形
的伴侣，他早已熟悉死亡的气味，从恐惧到与之安静相对，死亡
在他的笔下，真的有了点必然降临的节日的味道。

但多数人做不到，我知道。自从好友去年离世之后，我再
也迈不进她曾工作过的新华书店，仿佛那些书架间隐藏着她的
笑脸。我最擅长的事，就是逃避，而史铁生最擅长的，是
面对。

有个老人，八十多岁了，脑子有点不太清楚。有一天，她儿

子回家看她，她高兴地对儿子说，你来了。儿子出去给她买了一些菜，再回家敲门，她打开门，高兴地说，你怎么来啦？同事跟我说起这事后，问我，你说，活到这样，还有什么意义？我对她说，不要想得那么远。

其实，我早想过，想不出来有什么意义。我只觉得这是个过程。这个过程，像水流入海一样自然。上苍愿意善待你，让你一路淙淙，没有激流漩涡，平安到达终点，但那样很乏味，所以，也不一定是善待，反过来呢，活得激流澎湃，但苦难重重。你要哪一样呢？

史铁生的意义，可能在于，他告诉人们，苦难之后，一样可以优雅，一样可以调侃，一样可以爱。

实际上，我买了他的许多书，包括最新的《扶轮问路》，但都没有读完。早年他的文章，感性的东西很多，容易动人，后来，越来越多的思辨，让他的文章读起来有点累，当然，他的幽默时常会冲淡这种累。《扶轮问路》是他最后的书，出版日子也在一年以前了。他依然取了一个"问路"的书名，他一直在找一条路，让自己信服并且安然走下去的路，他诗歌里的安静恬淡，也许表明他找到了这条路。

《扶轮问路》中有篇文章，题为《看不见而信》。这题目有种不容置疑的坚决，这种坚决很强大。我觉得，史铁生就给我这种强大的感觉。如今他走了，肉身已经不在，但是，他藉着某种东西永在。我不愿意把那种东西上升到很高，我觉得他也是自然地活着，找到了最适合自己的方式。就像是冷了，生了一堆火来暖和自己，这火，最终也暖了别人。

2011 年 1 月

# 凝　　静

　　我在拍这个牌匾的时候，一只狗从门里冲出来，对我狂吠。吓了一跳之后，见它只是狂吠，并无其他动作，于是仍旧仔细拍好照片。这狗，令我想起小时候去同学家里玩，每次去，心中总有些惊惧，盖因她家的狗会在你到达时突然扑出，有时，甚至爬上肩头。故而，我也拍了这条狗，它令我不期然地忆起童年。

　　这是平遥古城。是一家人门前的匾额，上书两字：凝静。游览的途中时常会有心中一动，比如这两个字带给我的感觉。

　　春节过后，又是早晨，游人稀少。放下父母，让他们去各个景点游览。我与先生，只在这古城里乱走。家家门上还贴着红红对联，在枯暗的城里，像一簇簇温暖的小火焰。

　　不去那些修饰好的收门票的地方，这个城，便也只是一些人的居处。起伏不平的路，灰的瓦片。有人出来买菜，有人倒垃圾。狗吠深巷，炊烟升起。周立波在"壹周立波秀"里说过一句话，旅游就是从自己活腻的地方到别人活腻的地方去。这个破旧的城，不知那些居民们有没有厌烦，在他们出出进进时，总有人探头探脑，如我一样，拍他们的门，他们的巷子，他们破烂得快要倒塌的墙。

高大的城墙围起来的，也就是一些平常人家，一段无奇的时光。他们生火，做饭，有些人因为游客的来临略略改变了自己的生活。一个小伙子在巷口专心地摇元宵，没有顾客，他只是不断摇动手中的元宵。有人卖地图，有人做导游。跟他们打听去北门如何走，围上来好几个人，跟你解释，恐怕你听不明白，透着古老的亲切。

早几年的时候，曾来过这个城。那次跟着导游，记住的，是那些著名的票号，满街的漆器，还有牛肉。漆器都很便宜，十块钱买过一只手镯，做得也粗糙。后来，便越来越讨厌这种游历。喜欢随意地走，或者停。于是，看到了更多的别人的日子。

这个古城，除游览的地方之外，尚有另一副面孔。红色的对联见得多了，还有蓝色的对联，看着很新奇。在西门进城的地方，还有一家门口写着"寿材"，不知是否还留有土葬的习俗。有一家的屋子已经全部倒塌，就那么散乱着砖瓦，这，在繁华的城市里，是不可能的存在。而这里，就那么一边喧哗着整洁着，一边荒凉着脏乱着。这样，才是真的生活，不是修整好了，做给人看的景点。

有能力到处走走，是一件幸福的事。这个能力，包括金钱、体力、时间等等。从自己的生活里拔脚而去，不为了记住什么，不为照相，不为增长知识，只是走着，走着，然后，可能自己就觉得充盈起来，有力气回到自己的生活里。

我停在这个匾额前，它已经有一百年了，因为它旧，当然，上面写着光绪年号。这样破旧的街上，有这样安静的文字，门里的人不知是否依旧静得下来。这灰色的街，红的对联与灯笼，瓦上枯干的草，墙上遗留着的老标语，还有散漫走着的我。离开了之后想起来，是画一样的，画里透出的气氛，应该就是"凝静"。

2011 年 3 月

# 远　观

在二环路拥挤的车流里慢行。车窗外，是夕阳里的护城河。一些人在河边悠闲地走着，正与路上的车流形成对比。仿佛预示着，这个世界上，一些人生活在一种境遇里，另一些人，生活在完全不同的另一种境遇里。

蓦地，看到一对相依着的身影。是中学生。女孩子穿着天蓝色的校服，男孩子，则是白衣，是所谓夏天的短袖校服。远望去，看不清他们是否在交谈，河水，倒映出他们蓝白的身影，极其干净，衬着天空里夕阳金黄的色调。那一瞬，仿如尘世都不存在，只有他们独处。看着他们，竟有些天荒地老的感觉。

日后久了，那女孩与男孩恐怕也会分开，这河边的一瞬存于我这个陌路人的眼中，得以永恒。他们自己，反倒无知无觉。但人生里，有一刻如此宁静，与一个人相伴，虽并未说什么，也是一种福分。

远观，是这样的好，不与自己相关，不走近，选美好的角度停下来，只是看。用以触动尚未完全退化的感官。

谁都知道，有些人有些事，走近了，往往不堪。年轻时，也许是不甘心不走近，现在，是甘心远观。

比如，在孤山顶上看西湖，是远观的一种角度。也许，是最安静的一种远观角度，这里，鲜少游人。山间，有林和靖的墓。可以远远看到。疏影横斜，暗香浮动，也可以成就人的一生。越过古老的香樟树尖，越过一些建筑的屋脊，西湖只有一角，如发亮的绸缎，在远处闪烁，如闪烁着一些些陈年往事。

姜白石有首词曰《鬲溪梅令》，尚能背诵：

好花不与殢香人，浪粼粼。
又恐春风归去绿成荫，玉钿何处寻。
木兰双桨梦中云，小横陈。
漫向孤山山下觅盈盈，翠禽啼一春。

这词中，有深细的患得患失心思。白石极其爱梅，死后，也葬于杭州，只不知埋骨何处。想来，他当年，也必是在这孤山的顶上，远望过西湖。不知，南宋时，西湖边是否如今日一样游人如鲫。漫向，就是无目的地到处走，寻芳，亦寻若有若无的期待与失落，只是"翠禽啼一春"，倒也有无穷无尽之感，仿佛，也有点地老天荒。

远观，常能有更宽的角度，和更放松的心态。即使在闹市，或身处烦杂事务间，亦能抽离。无处不是天堂，无处不是水阔天长。

在云冈看石窟，若是远观，便当选日落时分，坐在景点较远处的椅子上，看来往不断的人群后面，那些不规则的洞窟。有些，露出佛像安宁的神态，有些，则是深深的黑。夕阳会把光影斜打在洞窟的侧边，每一处都有深深浅浅的光影。

人，往往是匆忙而来，留影后，便觉得是看过了。但若能静下心来，安闲地坐下来，便能觉出夕阳里晚风的凉意。佛像的安静慈和会从他的嘴角和眼眸深处流出来，他的手是丰满的，指向不可知的地方。远观，会让人觉得渺小，觉得天地长远。那些佛像已经坐或立着一千五百年了，尚是如此安好，人呢，就放下许多无谓的执着吧。

远观，是空间上的，也是时间上的。

一件事，隔了些时日看去，当时汹涌的波涛，也必平稳成涟漪了。

近日读《春秋左氏传》，杨伯峻先生的注本，中华书局出版，厚厚的四大本。一直不敢翻开，是怕半途而废。没料到，一打开，一年年看下来，竟是吸引人的，即使，那些人与事，都活在公元前七百年前后，离现在，渺远到没有尽头。

卫国，卫庄公娇纵宠姬之子州吁，致使州吁"好兵"，大臣石碏劝谏庄公，不听。之后，石碏之子石厚亦与州吁走得很近，他又劝儿子，也不听。庄公死，桓公继位，石碏告老还乡。果然，州吁不久即杀死桓公自立，石厚来问父亲如何能安定君位。石碏让他们去陈国，通过陈向周天子通报，得到周天子的认定，王位即是名正言顺的了。两人听从石碏之言去了陈国。而石碏暗中向陈国求助，要求他们扣住弑君之人，最终，州吁与石厚都被卫国所派之人除掉。

这一段波澜起伏的史事，在《左传》的文字里，不过百十来字。作为臣子，作为父亲，石碏的心理，一无展现（若放在今日，可敷衍成几十集的电视剧）。历史只记录结果，不记录细节。

读史书，是一种远观的角度，知道日光底下无新事，所有的事情，不过是分分合合。沉与浮相伴相生，人，最终会成为一个个坐标，而不是血肉之躯活在文字间。

远观，让人有一种雍容远淡的气度。

2011 年 5 月

# 道别等于死去一点点

昨夜一场秋雨，把天洗蓝了。阳光干净地洒下来，没有一丝的灰尘。即使是经年飘浮在心里的灰尘，仿佛也随雨流走了，流到我不知道的地方，在那个地方沉积着。

北京最美的季节终于开始。疯狂的夏意渐渐消退，朗日丽空下，秋的爽气如滑凉的丝绸，撒下来，敷上来。无比的妥帖。

这样的天气，如果没有什么事，一定是读书的好日子。前些日子，才跟一个女孩子说过，读书是一种生活方式。她说，我记住了。在众多的选择里，最终，选择与书为伴，可能，是一种无奈，但也是一种顺其自然。

董桥的《青玉案》是一本装帧精美的书。这样的秋日，读那些安静内敛的文字，也许，有助于消散火气。经了大风大浪，看过七十载尘烟，才可以写出这样的文字。愤恨变成惆怅，剧痛变成隐隐的伤怀，大喜变成会心的笑意。最看重的可能是一颦一笑间的领悟，惜缘，并且，承受一切，如雨落进泥土，承受是一种坦然。

他引用朋友彭歌的文字来写友情，说朋友恰似旅人风雨晦暝中遇到的幽幽灯火，永远带着一份鼓励一份安慰："可是，走着走着，蓦然发现，灯光在无声无息之中熄灭了，一盏一盏，没有预警，没有告别，只是悄悄地消失。'回首灯火阑珊处'，也还不对，熄灭就是熄灭，再也看不到犹有阑珊余晖，西风残照。去了的，永远不能再回来。"

读到这种文字，即使外面阳光朗照，心头不禁也是冷的。董桥说："这样萧条的伤逝之思六十以后的人感悟深些……年轻一辈隔了一重山。"也许是我格外敏感些，这样的伤逝之思，我觉得，我也懂的，只是，可能不及年长的人深刻。

前些日子，找到失去联系多年的大学老师的电话号码。给她打电话，仿佛自己又回到十七八岁，坐在台下听她讲《红楼梦》。老师已是七十五高龄，身体不好，长夏更是不能出门，只呆在空调房间里，恒温二十六度。她说，最近这几年，总是听到噩耗，说谁谁谁走了，最近更是，差不多一个月就走一个。她叹气，我无言以劝。这样的时刻，我总是拙于言辞。

我想象不出，当我到了噩耗连绵而至的年龄，会是哪种状态，不过，心里总是怕的。更何况，人到中年，这样的事情，也已开始露出苗头。有些人，正在离去，没有预警，没有告别。之后的那种痛，如烟，萦绕不去，即使在开心时，也会突然想到，某个人，已经不在，世上的所有，已与他无关，终有一天，我也如此。想到这里，便想随心所欲，但其实做不到。

漫长的夏日，读了美国侦探小说大师雷蒙德·钱德勒的八本著作。因为止庵与阿城等人的推荐，我并未拿这些小说当消遣，一字一句认真读过，有些段落，还重读过。在他最好的作品《漫长的告别》里，有一些文字深深打动我。侦探马洛与琳达告别，他们是两个世界里的人，永无重合的道路，但是，不妨碍他们交错而过时的诚意：

> 我们道声再见。我目送出租车消失。我回到台阶上，走进浴室，把床铺整个弄乱重新铺。其中一个枕头上有一根浅黑色长发。我的胃里好像沉着一块重重的铅。
>
> 法国人有一句话形容那种感觉。那些杂种们对任何事都有个说法，而且永远是对的。
>
> 道别等于死去一点点。

最后的那句话打动了我。原来，我们不是因病，或因别的原因，一下子死去的，活的过程，也是向死的过程。每一次真切的道别，不管是死别，还是生离，都抽离了我们一部分的生命力，我们，是渐渐死去的，渐渐枯萎，枯萎于每一次动情的告别。

**2011 年 9 月**

# 坠　落

　　秋从坠落开始。从树叶重重地落地开始。如今，树木已停止坠落，冬天来临。

　　伴随着浓雾来临的，还有一些不祥的消息。一些人离去，永久地离去。在季节变换的过程里，嗅到的，是越来越浓的决绝意味。

　　正如时序的更替一样，人的一生也是必然的一条抛物线。一些抛物线宏大，另一些窄小。有些人，可以画完抛物线完美的图案，有些人，只能仓促地结束。有些人的抛物线虽然完整，却画得线条曲折，模糊难辨。有些人的抛物线画到最高点，却戛然而止，剩下那突然断了的线，突兀地停在空中。

　　而那些有幸画完抛物线的人，却也要承受从最高点的坠落。

在坠落的过程中，一切不再高远，也不再可控。视线越来越低，眼界越来越窄。

正在读着《抒情诗的呼吸》，那是奥地利诗人里尔克与俄国诗人茨维塔耶娃、帕斯捷尔纳克的书信集。当时，里尔克正处于他生命的最后一年，而俄国诗人正当盛年。里尔克在给茨维塔耶娃的信中说："我自己现在也和他不相协调，和他的躯体不相协调，而以前我与那躯体总能达到深刻的融合，从而使我往往会弄不清楚，谁更能写诗：他，我，还是我们两者？……可是现在，却不相协调了，二重的衣服，心灵穿上了一件衣服，躯体被裹上了另一种衣服，全不一样了！"

诗人是敏感的，他可以用最细致的体验，告诉人们心灵与身体不再同步的痛苦。而年轻的诗人却无法理解，茨维塔耶娃把理尔克的话语理解为对她的冷淡。人与人之间，除了心灵上的差异，还有不同年岁与阅历的差异，而年龄是一岁岁叠加的，无法跳越而过，所以，有些感悟，只能到某些年龄，才会懂得。

坠落，是万物的必经之路。由盛放转为枯萎，由强力转为弱势。阳光一样照着，温暖着光秃秃的枝杈，在春日，它们曾经浓绿，在灰白的路面上筛下点点跃动的光影。如今，它们暗淡的皮肤，粗糙的纹理无言说着过往。一切不再优美或盛大。它们沉默了。

坠落之后的世界呈现颓败的美感。如同风霜浸染之后的古长城。千年的时光，悄悄毁坏构成它的分子，一切无声无息。华丽的坠落如同雪飘，感叹它的美，也体验它落到掌心的寒意。

喜欢里尔克，他的诗，有的，总带些纤弱的感觉，我知道这是错觉。这个死于玫瑰刺的诗人（有种说法，他死于因玫瑰刺破手指感染的白血病），赋予了诗人最美的一种死亡，虽然知道，他在北欧的庄园里，曾饱受煎熬。

但是，总是要有想象的，不是吗？在坠落的过程里，想象可以温暖一去不返之后的失落。里尔克写道：

在一个个夜里，沉重的地球
也离开了星群，落进了寂寞。

我们大家都在坠落。这只手
也在坠落。瞧，所有人全在坠落。

可是有一位，他用自己的双手
无限温柔地将这一切的坠落把握。

谁，是哪一位呢？在你的生命里，有谁，将你的坠落无限温柔地托住把握？

2011 年 12 月

# 唯此悲伤

"2011年12月21日凌晨三时，诗人、文学家、画家木心先生在故乡乌镇逝世，享年84岁。"这是陈丹青《木心先生讣告》中的第一句话。

正好没有要紧的事情做，从书架上抽出一本《即兴判断》看。下午的天光，安静的时光。又一个人走了。

有一个不太有名的英国作家西蒙·范·布伊说："原来我一直害怕的不是上帝、魔鬼或是死亡，而是，即便我们不再存在，万事万物却依然如常继续。"

是的，心底的冷意，是因为曾经一个暖暖的生命，离开后，我们不得不如常生活，强迫别人或自己忘记他。并且知道，忘记他，是最好的方式。

木心有文字留下。他逝于故乡，安眠于被许多人视为精神故乡的乌镇。虽然无眷属子女，但有各地喜爱他文字的人守护。一生的漂泊，最后，可以安心。

　　死，永远是人最难堪的一面，也是上帝给人最公平的礼物。深爱的人，也不得不走。被人深爱，也不得不走。

　　最早，因陈丹青的介绍，开始读木心的文字。第一本，当然是《哥伦比亚的倒影》。是一种全新的阅读体验。至今，仍以为《上海赋》是写上海的最佳文字。

　　之后，买了一本又一本。

　　他是极简的，如冬日落光了叶子的树，呈现着瘦硬的枝条，瘦硬是有棱的。他的暖意藏在空白处，任人去想象曾经的叶子，曾经的春光，曾经的夏夜，还有金秋。张力在文字间。

　　有时候，会想到人活着的意义，虽然最终会归结到"无意义"，但是，总想给这从生到死的过程找个说法。木心说："人害怕寂寞，害怕到无耻的程度。"我想，也许，活着时，互相暖着，死去后，想起那人，是暖的，这就是意义。如果，能从他的遗产中得到一些经验，让寂寞的后人发现，不是他一个人这样孤单地活着，曾有人，也这样度过一生，这样，即使隔着生死，也不是冷意满溢的。这，就是额外的赠与了。

　　所有留下有温度文字的人，都是一些痴人。都是没有看破的人。都是看清了结局之后依旧想改变过程的固执之人。

我记得最清楚的一句木心的话："人生就是时时刻刻不知道如何是好。"

因为，你不知道通向看不到尽头的那条路，是不是你想走的。它又不是平坦笔直的，永远不知道下个拐弯处藏着什么。惊喜或者惊慌，它们总是猝然降临，只有承受一个态度。而人多么贪心，期待甜美多于苦涩，明知道不可能，却又常常天真地幻想。

冬季，是噩耗最多的季节。很多人熬不过去，看不到春光。而冬季，也是最温暖的佳节所在的日子。这样的悲喜交加，是上苍给予人生盛宴的甜苦叠出的佳肴，品尝这些佳肴，亦需智慧。

木心说："描写自己的梦，悼念别人的死，最易暴露庶士的浅薄。"他的死，自不需人悼念，写一些悲切的文字，本来也是无济于事的，更显浅薄。还是用他的文字表达此刻我的心情。

> 我的悲伤往往是由于那些与我无关的事件迫使我思考。思考的结果，我与那些事件仍然无关。唯此悲伤，算是和那些事件有过接触了。

2011 年 12 月

# 黄连树下弹琴

年前，去上海看大学时的老师。与她，已二十多年未见。

上学时，我应是她比较喜爱的学生，只是后来种种阴差阳错，逐失却联络。原以为今生未必有机会再见，因为辗转得知，她在多年前已得绝症。谁知，夏天的同学聚会，再次得到她的音讯。早已退休的大学院长告诉我说，她，是个奇迹。

我知道这是缘分。忙给她打电话，她在电话里叫我，这孩子……转眼间，青春岁月再次回转，我仍是那个任性妄为的十七岁女孩。

临去前，想给她买一点东西。觉得所有礼品都俗气。最后还是买了大大的一捧花。在田子坊，看到一些灯，是红色的剪纸灯，有各种形状，灯上有各色祝福的字。我看上了一个"寿"字灯，可惜它被做成玲珑的鸟笼样子。想老师久在病中，极少出门，鸟笼有种被囚感觉。最后买了个"福"字灯。灯被做成一个花瓶，打开时，光从瓶身中透出，剪纸图案非常秀气，"福"字玲珑地浮在光影里。买完灯，心里很暖，觉得她一定会高兴。

很少因为见一个人心跳。但走在老师西郊住宅的园子里，天冷，手更是冷。江南冬日，树仍是绿的，高大的香樟遮挡天空。"人间别久不成悲"，想起姜夔的句子。恍惚间，觉得二十多年也不过一瞬，其中经历过的种种，都淡到如烟般轻渺，只剩下前面要见的人，是重的。

她不是我想象中的绝症病人的样子。当然是老了，有些胖了，但一如以前的爽朗。仍是喜欢开玩笑，自嘲病情，说真主佛祖都忙于世事，无暇管她，于是她得以逃过劫难。在她面前，觉得说病是一件多余的事情。

她的屋子朴素，是我想象中的文人的屋子，沙发边有文竹，所有东西都井然有序。江南冬日苦寒，她说屋子里常年开空调。二十六度的室温让我暖过来。打开那盏灯，她果然喜欢。拉着我在灯前合影。她说，花我倒是想到了，灯却想不到。对我女儿说，你妈妈总是能给我带来惊喜……你妈妈是生活在童话里的……她现在是不是还活在童话里？女儿笑答，是。

这么多年，我一直想念她，是因为，她懂我。

两个小时一晃而过。看得出她的不舍，但不敢多打扰，怕影响她休息。临别时拥抱她，说，夏天我再来看你。那个拥抱的暖意，现在仍能感觉到。

老师的丈夫徐先生执意送我们到公共汽车站。他也快八十岁了，老师靠他全心的照料，才有十六年的生存奇迹。走在香樟树下，我对他说，您也要保重身体……老师的状态真是好……

他说，不好的时候，你见不到。她每天睡眠不好，靠吃安定入睡，药里面有吗啡，止痛……癌细胞已多次转移……苍凉感觉从心里升起。她给我看了她最好的一面，另外的那些面，我无法看到，可以想象到，但是，终归是隔了一层的。我早就不信"感同身受"了。"身受"的苦，只有自知。而安慰的话如同轻尘般无力。于是，没有说。

之后，是过年。过年对我来说，是一年中最安静的读书日子。读到清人龚炜的《巢林笔谈》，有一则如是说：

> 秋来病与贫俱，夜坐小斋，郁结不解。忽琴声自内
> 出，不觉跃起。妇能忘境，我乃为境滞耶？因取琵琶酌
> 两三弹，作黄连树下唱酬。……

贫病夫妻，仍能作黄连树下唱酬，那境那情，在胸中百转，难以言传。

2012 年 2 月

# 瞧，我把你忘得一干二净

## 1

多年以前了，有一天跟一个女孩子聊天。她跟我谈起她去世的爷爷。我很怕听这种话题，不是冷血，而是，如果她伤心甚至于落泪，我不懂得如何安慰她，我会手足无措。

之所以一直记得那次谈话，是因为她确实伤心了，但不是为爷爷的去世，而是，为了她的遗忘。

她觉得，在爷爷越来越远地离开她的生活之后，她慢慢地不再那么痛了。她又可以笑了，可以做她原来爱做的事，而这些，当爷爷刚刚离开时，都是不可能去做的。她伤心，是认为自己无情。怎么可以忘了呢？

我一直记得她的表情，那是一种恨，对自己能忘却痛楚的恨。

当时，我觉得，所有事情，都如墨。一滴墨，滴入水中，都会洇开，从浓深的黑，变成灰，灰得像阴天的天空，最终，会与水合成一体，再也无法分辨。

## 2

阿兰·德波顿的《爱情笔记》中，男女主人公最终分手。男人痛不欲生，甚至自杀。他无法一个人呆在他们曾经一起呆过的屋子里，脑子里经常浮起她爱听的歌曲。他沉在痛中，甚至以此为乐，像自虐一样沉入往事的反刍，在回忆里折磨自己。

但是，遗忘终于来临。

德波顿写道："然后我不可避免地开始遗忘。与她分手几个月后，我发觉当自己走过伦敦她曾居住的那个地区，再次想起她时，曾经有过的巨大的痛苦消亡殆尽。我甚至发觉首先想起的并不是她（尽管就在她住的那个区），而是我曾与别人在附近一个餐馆的约会。我意识到对克洛艾的记忆淡化了，成为历史的一部分。然而负罪伴随着忘却。令我伤心的不再是她的离去，而是我对此日甚一日的冷漠。忘却是死亡的提示，是失落的提示，是背弃我自己曾一度珍视无比的爱情的提示。"

德波顿的分析是理性的，它不同于我感性的体悟。只是，内涵是一致的：人无法容忍的是，曾经一度视为珍宝的东西，也可忘却。忘却本身，体现了人生的某种无意义，这无意义，又指向无趣。人为自己出尔反尔的无良举动感到羞耻。

但是，不忘却，又能如何？生活总要前行。踌躇之间，照见的，是无奈。


# 3


最近，看过两部阿伦·雷乃导演的影片，一部，是2009年的《野草》，另一部，是1959年的《广岛之恋》。1959年的黑白片子，穿过几十年的时光，动人依旧。

没有名字的法国女主人公，在二战时期，有一个德国恋人。他们小心翼翼地约会，想一起去巴伐利亚结婚。最终，他被飞来的子弹击中。他死在她的面前，临死前手指的微动，她一直记得。她被剃了头发。她无法克制大喊大叫而被关进地下室。她的手指，在墙上磨出血痕。那一方小窗口外的亮光，是自由的世界。她觉得她无法再走进那亮光了。

但是，渐渐地，她不再喊叫，人们说，她有理智了。在一个节日的夜晚，她被放了出来。十四年后，她对在广岛遇上的日本男人说：


……我开始忘记你。我因为忘却如此深沉的爱而颤抖。

一个人在宾馆对着镜子时，她对那个死去多年的德国恋人说：

我对别人讲述了我们的故事。

我今天晚上同这个陌生人一起欺骗了你。

我讲述了我们的故事。

瞧，这件事是可以对别人叙述的。

……

瞧我把你忘得一干二净了。

……


曾经以为，那样深的爱与痛，从此刻在心灵，再也无法启齿。它让人脚步迟缓，虽然，仍在生活，但是，应如行尸走肉了。不过，不是这样的。如同广岛，在那样的轰炸之后，那样的微尘降落，肢体扭曲，尸横遍野之后，还是会有咖啡厅在河边，放起优雅的音乐，让人恍惚今夕何夕。

## 4

我也有过，那样的遗忘。

我知道那种痛楚，最初，是行走在水边、街道、人群的缝隙里，突然降临的窒息，要手抚胸口，轻压下的那种痛。一阵轻烟般的影子从眼前飞过，知道，那是离开你的人与事，以它们惯用的步履，固执地离开，越来越远。

我知道，还有要做的事。我不能放任自己。

起初，不能听到名字，不能走过一起走过的地方，不能提起某个午后，不能看到同品牌的车子，不能看到那个城市的影像图片……

但终于，胸口不再疼痛，结了痂的伤痕尽管刺目，但已习惯，渐渐成为身体的一部分。又可以云淡风轻地谈话，大声地笑，随意地走。

普鲁斯特说："我们听到她的名字不会感到肉体的痛苦，看到她的笔迹也不会发抖，我们不会为了在街上遇见她而改变我们的行程，情感现实逐渐地变成心理现实，成为我们的精神现状：冷漠与遗忘。"

重获理智。

在理智冰冷的玻璃之后，看得见所有影像，所有的人与事一遍遍重播，但仿佛，那已经是别人的故事了。我，已经将你忘得一干二净。

2012 年 4 月

# 恍　惚

雨天，闷坐屋中，听雨声滴答，不紧不慢地敲。翻出五六年前读苏东坡全集的笔记。全集读了多年，至今仍未读完，我不是一个有毅力的人。但翻着翻着，便有些恍惚，原来，曾写过那么多的文字，因为读了一首诗一篇赋一阕词。写下那些文字的人，是我吗？

　　去年秋，偶游宝山上方。入一小院，阒然无人。有一僧，隐几低头读书。与之语，漠然不甚对。问其邻之僧，曰："此云阇黎也，不出十五年矣。"今年六月，自常、润还，复至其室，则死葬数月矣。

这是东坡一首小诗前的序。诗如下：

云师来宝山，一住十五秋。

读书尝闭户，客至不举头。

去年造其室，清坐忘百忧。

我初无言说，师亦无对酬。

今来复扣门，空房但飕飗。

云已灭无余，薪尽火不留。

却疑此室中，常有斯人不。

所遇孰非梦，事过吾何求。

当时的笔记写的是：此诗记一段相遇。最喜欢最后一句"事过吾何求？"问自己，仿佛自己也已恍惚，但真的恍惚吗？恐怕不是。仍是追慕那不语高僧的风貌气度，追想加怀恋。这是替东坡做的分析。

当时记下这首诗，是因为喜欢那两个人"我初无言说，师亦无对酬"的境界。虽不言，自有东西在空气中流动，如同看不见的尘埃。所谓心有灵犀，大概就是指这种境遇吧。

一年之后，再来，却人去屋空。一切蛛丝马迹都已不存。"却疑此室中，常有斯人不"，那即是种恍惚。

坐于雨声中，一切宁静，所有过往如同被屏蔽于雨声之外。真的，有过那些激动的时刻？有过要死要活的瞬间？有过执手相看泪眼？有过生离死别？夏日，果真那么蒸过灼过？冬日，果真那么冰过凝固过？去年的花红，一样绵延过山丘？去年的落叶，一样烧红过街头？

一切恍惚。

春山上的茶，又灵动于雨珠下了。我不再去探望，它们自生自长。只有时光无声，照片是清晰的，但思绪模糊。


又想到两周前的那个雨天。我在青岛。因雨，不想出去。坐在宾馆大阳台前，窝在沙发中，读了三个小时的龚伟。《巢林笔谈》是那种捧上就不忍放手的书，虽是文言，却畅快。三个小时不知不觉流逝。然后在阳台上发呆。

龚伟，是江苏昆山人。昆山的名人，当然是顾炎武与归有光。读《巢林笔谈》前，根本不知道我还有这么一个老乡。在故乡，顾炎武与归有光的遗踪还是可以见到的。但从未有过龚伟的一丝踪迹。清朝，自不算远，但他已遗落于时光之河里。当然，他是白丁，不易于青史留名，但一本《巢林笔谈》，就可以令其不朽了。

乾隆年间的风雨，已飘不到今日。在一个异乡，读到一个故乡人的文字，深深喜欢，默契于心，但，那个人，存在过吗？我曾游览过的故乡的园子与山林，原来，在几百年前，他也曾游过。只是，靠着文字，捕捉到风神与暖意，是不是一个人存在过的标志？那隔空传来的莫逆于心的情意，依什么昭然明示？

北国的雨是珍贵的，一切浸在湿意里时，便像江南。绿意在雨声中更加鲜亮。柏油路面也显出深黑的颜色。雨里，一切显得不太一样。北国和南国，也开始融合，在恍惚中。

2012 年 4 月

# 良　策

　　读书，也是一阵一阵的，这一段时间，突然对宋朝感兴趣。买了些与宋朝有关的小说和史书来读。五一假期，又跑到开封，我心目中的开封，其实一直叫做"东京"。想起这个城市，就是微黄的清明上河图里的繁华与落寞。那些我喜欢的文人，苏轼、欧阳修，曾在此上朝，填词，游乐，度日。

　　所有名字里带"梦"字的书，都有股隐约的不舍之气。《红楼梦》自不必说，张岱的《陶庵梦忆》与《西湖梦寻》，尽是在好梦里寻往日的影子，一种低回怅然之气溢满字里行间。往日越是好，今日越是不堪。《东京梦华录》，也当是这样的一部书。只零碎地读过，去过开封，想是可以读它了。

　　司马光的《涑水记闻》里有吕蒙正的一则故事：

吕蒙正相公不喜记人过。初参知政事，入朝堂，有朝士于帘内指之曰："是小子亦参政耶！"蒙正佯为不闻而过之。其同列怒，令诘其官位姓名，蒙正遽止之。罢朝，同列犹不能平，悔不穷问。蒙正曰："一知其姓名，则终身不能复忘，故不如无知也，不问之何损？"时人皆服其量。

这则故事因吕蒙正的"大量"而知名，后世的人引用，也都是为了教人"不记人过"。我偏偏在此中读出无奈来。"一知其姓名，则终身不能复忘，故不如无知也，不问之何损？"知其姓名，那姓名便是一个点，这个点可以发散开来，牵出无数丝线，在日复一日的生活里，缠来织去，永不能忘。吕蒙正是聪明人，他懂得，想要忘记，不如无知。

只是，比如我去开封，便不是为了忘记，许多人去某个地方，是为了寻访。所谓旅游，不过是寻梦。开封，是宋朝的魂，正如西安是唐朝的魂一样，六朝，也陷在金陵的烟雨里，南宋的歌舞，自然在杭州西湖上演。一个城市一个地方，对个人来说，也许，不关它的前尘旧事，它只是某个人的城，重重叠叠着的，是明明想忘却又重新寻来的旧日。

张岱《陶庵梦忆》自序里，讲了两个与梦有关的故事：

昔有西陵脚夫，为人担酒，失足破其瓮，念无以偿，痴坐伫想，曰："得是梦便好。"一寒士乡试中式，方赴鹿鸣宴，恍然犹意非真，自啮其臂曰："莫是梦否？"一梦耳，惟恐其非梦，又惟恐其是梦，其为痴人一也。

脚夫愿以梦暂欺，书生恐梦醒一切成空。人间的无奈往往附在虚无飘渺的东西上面，比如梦。

开封自然不是我梦里的"东京"，一切的想象只应永存于梦中，谁若奢望梦想成真，便是梦碎之时。吕蒙正不一定是大量之人，他只是知道自己是小心眼的人，会记仇，会恨，会报复，所以，他不想知道。因之，也成就了他的美名。

躲，永远是良策。

2012 年 6 月

# 一切破碎，一切成灰

　　人民文学出版社的短经典，已经买了好几本。威尔斯·陶尔的《一切破碎，一切成灰》属于一看名字就想买下来的书，当然，只是对我而言。

　　他的小说，总是结束在一个中间点上。对于习惯了看结局的人来说，看起来很不舒服，有一种不尽兴的感觉。但是，又觉得实在是好。那些故事里的阴郁气质，同样令人不快。读的过程中，会想象陶尔是个什么样的作者，经历了什么，让他如此的冷意森然。

　　有一个故事是这样的："我"十岁时，父亲四十六岁，继母露西二十一岁。"我"曾苦苦迷恋她，相信父亲会在某一天把他的露西给"我"。之后，露西跟别人跑了，四个月后回来，与父亲互相背叛。这种生活很快磨蚀了她的美貌,"我"也很快地不再迷恋于她。父亲六十岁了,不再认识露西,甚至有一天露西找来警察才能进入自己的家。父亲也不再认识"我"。有一天,露西带着父亲来找"我"。"我"找到父亲与露西时,他正在广场上与人下棋,非常投入。最终,在饭店,父亲指着露西说:"我也不知道她为什么和我一起住在我家。但我和你实话实说。我觉得我很乐意试一下,和她上床。"这句话后,露西拿过父亲椅子背上的大衣,离开了,一直没有回来。

父亲和"我"被抛在街头。我不由得去想他们未来的日子,想得头痛也想不出他们日子里的曙光。很遗憾,我知道这父亲在走下坡路。一切都不会向好的方面发展。有时,我也会替很多身边的人担忧,不知道看似糟糕的某些局面会如何解决。虽然,大多是杞人忧天,但我一直相信,很多人陷于困境之中,只是,在街头,在公共场所,人们看不出来。

一切破碎,一切成灰,是一个绝望的命题。这八个字里,有一种淡薄的隐痛。最终,可不就是这样吗?天真的少年会世故,经年的陈酒会挥发。深夜里读到少年时的文字,会真正伤感,又无处可告。

董桥说,人老了,要写些淡一点的文字,写的人读的人都平静。这也真是老了才可以有的心境。据说,仍有人让自己伤心,说明修炼得不够,道行还不深。陶尔作品里的父亲,当露西第一次离开时，被自己的哀恸震惊了：年届五十，两鬓银发丛生，却发现自己有生以来第一次心碎。那么，到多老，才能心如止水？最终，时间的手抚过，碎裂的心也会木然，终于在人世间也无法相认。曾这么相爱的两个人，互相诅咒，冷然相对，是什么变了质？假如，变质是一种常态呢，又如何面对？

记得启功先生晚年，求字的人很多，有的人编了谎言来骗他，比如说家里老人得了重病，就想要启先生的一幅字，启先生就给写了。那人出门后非常得意。启先生知道了，也不生气。有一次张中行说他，您忒不拿东西当东西了！启先生说，您说我拿它当东西又能怎么样呢？

是啊，当东西和不当东西，有什么区别呢？一切破碎，一切成灰而已。

2012 年 7 月

# 我们的深处永远沉静

"虽然语言的波浪永远覆盖着我们，但我们的深处却永远沉静。"纪伯伦的话，非常喜欢。

读书，是走向他人内心的路。在这条路上，有许多行人，其中有些，会与你交谈，如果有些人的某些言谈与你的想法重合，对于你，是件喜出望外的事情。又因为，他的话语说出了内心的思绪，却又比自己说的，更恰当，更漂亮，会有一种知音的感动。

近日，参加了不少的聚会。可以说，经常在语言的波浪覆盖之下。在这样的场合里，总是会走神。其实，我永远会走神，即使在上课时，某些突然的瞬间，也能感觉到深处的那个自己，走了。有一天，学生都在静静地写着什么，我在讲台上站着，突然看到最后排的一个男孩子，挥手左右摇晃。我对他笑了，他也对我笑了，那一刻，他知道我"不在"，他挥手把"我"唤了回来。

聚会中的语言浪潮，起起伏伏。我发现话题永远只有那么几个。一起走过来的人，看着彼此变老，从谈论女孩子的心事，到谈丈夫，如今，大多谈孩子及孩子的未来。我永不能在这样的场合投入进去，总是话少。好在，这样久了，大家习惯于你的沉默。

近日的一次聚会，在苏州的一个园林里。餐厅临水，门外就是湖。我的座位正对着大片的水。大家谈话时，我看着大片的绿水。第一个发现下雨，因为水上有点点圆圈，那是我还是小女孩时就看惯了的景象。那时门前一条河，经常看下雨。久远的记忆里一个孤单的画面，也许，自小，就是这么敏感孤单的了。

雨下得大了，加上雷声，水上密密麻麻的雨点溅起白色的水珠，应该就是苏轼的"白雨跳珠"了。大家的言谈夹杂在雨声里，都觉得，是一次美好的聚会，很特别。雨后，水上升起一股淡淡的白雾，很轻，我想没有别人看见。我还看见，有无数的鱼儿跳出水面，如同精灵，转瞬即逝，然后湖面的涟漪散尽，你不会知道，有条鱼，曾跃出水面。

身处语言的波浪里，内心，是否能够沉静如水？让我们平静的，到底是什么？

江南的热，是令人绝望的那种。包裹在这种热意里，一切诗意的东西都不存在。假如人的思绪也被包裹在这样的热意里，会窒息。纪伯伦说的"深处永远沉静"显然不是窒息的那种死寂。它是一种恬淡，超然于物外的平静，不以物喜，不以己悲的解脱。

其实，我做不到。雨后水中的鱼儿跃出水面，是为了寻求新鲜的空气。什么，才是我的新鲜空气？

蒙田说："它在我退隐中慰我良多，令我摆脱百无聊赖之苦，随时助我从烦人的应酬中脱身。它能磨钝痛苦的刀锋——只要不是无法抵御的剧痛。无以解忧，唯有读书。"读书自是良方。尤其喜欢"它能磨钝痛苦的刀锋——只要不是无法抵御的剧痛。"——世间，剧痛其实并不多，大多数时候，是似痛非痛。每个人，靠自己的方式，跃出覆盖自己的水面，再落下来时，湖面平静，内心，也会静一点。

2012 年 8 月

# 黄山之美

傍晚，在黄山脚下的汤口镇住宿。镇其实已被旅游者占领。商店的样子与货物都大同小异，甚至，与国内其他旅游地的商店也大同小异。

但风凉爽。走到一家小饭店，想吃面条。店主一家三口，正在街边的人行道上吃饭。看见来了客人，男女主人忙站起来招呼我们，桌边只留下一个小女孩独自吃饭。想来她已习惯被打扰。店主把一张桌子也搬到人行道上，我们便与那小女孩挨着。一桌是热闹的异乡人，一桌，是安静的女孩。

面条难吃，还很贵。女孩面前碧绿的豇豆与我碗中乌黑的炸酱形成对比，用心与无心做出的食物，有天壤之别，但我不愿做太多联想。一抬头，就看到暮色里远远矗立的山峰。山顶在云雾间。云雾飘渺，山沉默。山安静地看着城与城里的人，市声浮起，喝啤酒吃烤肉的人在高谈阔论。无人看山。山很安静，独立于世外，是一城浮乱后面的背景。

有老人，必须得坐缆车。弯弯曲曲的队伍，成百上千的人。前胸贴着后背。那种避无可避的无聊与难耐，可也得耐着。在这种队伍里，旅游变成一件没有尊严的事情。一抬头，看到云又飞过来，山隐到雾里，雾白纱样地飘。这样的山令思绪飞离杂乱的队伍。一个半小时，终于不那么难熬。

光明顶的石碑前有无数的人排队照相。其实石碑上只有"光明顶"三个红字，另有1860米的高度标志。不是独自去的，自己不照，但要替别人照相。争分夺秒地抢，照片里依旧有别人的一只胳膊。

难以想象光明顶附近如同集市。小商店卖茶鸡蛋与烤香肠。食物的香气一如城市里电影院或商场门口的味道。游人散坐在大石上，远处的，如同蚂蚁般微小。风吹过松树叶尖，凉意掠过发际。无尽的松涛声连绵响起，渐渐远去，消失于形态各异的山尖。

迎客松总是要看的，虽然依旧是看人。照相的人排起队伍，一个拍完，马上有人递补，倒也秩序井然。另一支队伍是交钱拍照的，立等可取。当然占了最佳的位置。挤在人缝里拍了一张松树的照片，回来放在电脑上，意外地发现，竟然如画。只能感叹，天生丽质就是天生丽质。

黄山，如果没有特殊情况，我不会再去。素来不爱爬山，又烦人多，黄山占尽这两点。所以，日后可能只剩回忆了。记忆里的黄山，游人如鲫，充满俗世意味。但是，仍有一些无法到达的峰峦，仍有一些来去无际的云雾。松在喧哗里绿意森森地静默。黄山之美，任多少人走近，踩踏，它总独立于外，用一种俯视的姿态看着，在这种姿态下，一切渺小。无论多少人前来，其实，仍无一个人接近。大美，从来寂寞，虽然，它的周边，总是热闹。

2012 年 9 月

# 镇　　静

沈从文在《老伴》一文的结尾处写到"天上有一粒极大星子，闪耀着柔和悦目的光明"。他"目不旁瞬"地"瞅定"这一粒星子，想道："这星光从空间到地球据说就得三千年，阅历多些，它那么镇静有它的道理。我现在还只三十岁刚过头，能那么镇静吗？……"

在我看来，他已经很"镇静"了：十七年前一起当兵的"老伴"，已然认不出在店里买东西的他来，当初他们还曾一起钓过蛤蟆。沈从文陪他去小翠的店里买白棉纱带子，没有鞋，却买系鞋的带子，只是因为喜欢小翠（这个小翠的样子，即是后来《边城》里翠翠的样子）。十七年后，长得一如小翠样貌的女儿已经长大，而"老伴"却被时间和鸦片雕刻成了一个老人。十七年里发生过的事情，要是我，肯定是要问的，但是，沈从文写道："他们那份安于现状的神气，使我觉得若用我身份惊动了他，就真是我的罪过"。他居然就走开了，对着天上的大星子，才感觉到心潮的起伏。

由此想到"惊动"一词。"惊动"是比"触动"大得多的情感冲击。"触动"是柔的，羽毛样的撩拨，带来涌浪一样的波，是渐进型的，"惊动"却是意外的，一瞬间被定住的，狂浪一样扑过来，能抵住的，需要莫大定力。

许多上了点年纪的人，常给我这种有"定力"的感觉。潮来潮往看多了，便淡淡的不起涟漪，至少外人看不出来了。

杨绛有篇回忆的文章《我在启明上学》。很长的篇幅，拉拉杂杂地写小时候的读书经历。快结尾时，她写道："我在启明上学时的故事，我常讲给锺书听。他听了总感叹说：'你的童年比我的快活得多。我小时候的事，不想也罢，想起来只是苦。在家里，我拙手笨脚，专做坏事，挨骂。我数学不好，想到学校就怕。'有时他叫我：'写下来。'我只片片段段地讲，懒得写。现在没人听我讲了。我怀念旧事，就一一记下。"

杨绛的文章，不知别人的感觉，我一直觉得她写得"控制"，略略有一点"冷"，即使如《老王》这样情感已算激烈的，也只是内里的隐燃。"现在没人听我讲了。"似乎是一句闲闲的话，不能细想，细想，是凄凉的。

近来读扬之水的《诗经别裁》，不认识的字一个一个细细地注音，其实我知道注了音也记不住，但心却在字里行间静下来。边读边想，也许，最"镇静"的文字，只来自人类的童年。一派天真椎拙，快乐与悲伤仿佛也都认命。爱做梦，也如孩子。《关雎》里的"君子"，做"钟鼓乐之"、"琴瑟友之"的梦，即使"求之不得"。《采蘋》里女子，安静有序地学习祭祀时的礼仪。"采菜，烹煮，设祭，'事'之平平静静中浮漫着心的快乐与憧憬。"所谓"乐而不淫"、"哀而不伤"，原来真是有的。

当物质文明还很低下时，人们对自然、对生命，都有一种敬畏，在无法与自然对抗的弱势下，反倒有一种顺其自然的听命。生死，得失，与现代人的看法都不太一样。

沈从文在湘行的水上，遇到过许多水手，他们充满活力却也仿佛随时准备死去，死，对他们而言，是一个不离身边的影子。"遇应当下水时，便即刻跳下水中去。遇应当到滩石上爬行时，也毫不推辞即刻前去。在能用气力时，这些人就毫不吝惜气力打发了每个日子。人老了，或大六月发痧下痢，躺在空船里或太阳下死掉了，一生也就算完事了。"沈从文的心里，是替他们难过的，但是，文字，却仍是镇静的。

我想，不管多少岁，我大约是永远也不可能有那种镇静：对所遇的一切，安然接受，不忧不喜。

今天早上七点，我在路边等车，东边天空已有红晕，但北边的空中，却有一轮大月亮，在城市方块状的楼顶俯视，一群候鸟剪影般掠过月亮。即使在忙乱的上班途中，这样的景象仍能"惊动"我，如此，怎么可能去奢求那种"镇静"呢！

**2012 年 11 月**

# 回　　应

　　每天入梦前的时间，几分钟或十几分钟，都会在脑中默念姜夔的词，当作催眠。越来越老了，一直引以为豪的记忆力也与自己捉起了迷藏，所以，脑中存下的，经常只是姜夔词句的碎片。那些碎片就像是落下来的荷花瓣，轻轻地随水漂走了。我就想，如果精卫填海般地重复，也许终究会留下些什么，所以，还是日复一日地徒劳背诵默记，有时候，我是固执的。

　　来来去去的诗句，总绕不开他喜欢的弹琵琶女子。不否认，开始喜欢姜夔词，是感念他的痴心，尤其是能写出那么"清空"句子的男人。他会往往复复地沉在一段情事中间那么久，多么温暖的事情。"少年情事老来悲"的感喟，是能打动如今的我的。"淮南皓月冷千山，冥冥归去无人管"的女孩子，也是痴心的，痴心到"离魂暗逐郎行远"。只是，后来呢，后来如何了？

没有记载，仿佛自别后，他与那弹琵琶的女孩子，再也没有相见。他也曾悔过，"肥水东流无尽期，当年不合种相思"。可是，相思不是"合种"不"合种"般由人定的，相思如春草，可染绿春天。我好奇的是，一首首词写出来，是为了宣泄？为了伤怀？为了念起还是放下？而一无回应的歌诗，可以写多久唱多久？

"春未绿，鬓先丝，人间别久不成悲。谁教岁岁红莲夜，两处沉吟各自知。"细细揣摩过"人间别久不成悲"，知道他说的是实话。刻骨相思，也终将在时间流里淡薄成烟，不过，依然相信在每年的元夕，会有"两处沉吟"，得相知到何等地步，才会如此自信？"各自知"里，有冷的无奈与热的情意。传递的线路断了，断在时间或者空间的阻隔里，回应再无可能传来，依靠什么笑下去活下去？

其实，没有人活不下去。痴心的人是黛玉，现在喜欢黛玉的人越来越少了。林姑娘要求的回应也太高渺了些，所以，她只得"冷月葬诗魂"了。清空如姜夔，诗词中尚有若干应酬文字呢。

但是，我相信，人世间也还是有暖意的。回应的依稀，呼应的渺远，终归还是有的。如同在一个大大的林子里行走，只是一个人前行，也总有稀落的人无言走过身旁，他们也许最终也不与你交谈，但是，他走过，就够了。我记得十多年前在九寨沟黄龙游览时，下山路上斜进一条近道，与众人分散，当时尚无手机，只有我与年幼的女儿走在林间。高大的林木会发出空旷的声响，遮天蔽日的阴森气氛弥漫在小路上，一直记得当时的心悸，女儿感觉到我的紧张也不再出声。当终于有人从前面过来，告诉我们没有走错路时，那陌生的人，感觉竟是亲切的。

所以，心心相印或者是传说，不过，仍有一些人，在某些时间与空间，与你错身而过，只在那一刹那，给予你一种触动般的呼应。像一种气息，稍纵即逝，捕捉到了，就是你在这世上微弱的联系，与他人，与植物，与月亮，与书本，与某一年的某个午后。这一刹那之后，回应消失，大家各自行路，不再等待与被等待，从此陌路。

2012 年 12 月

# 凝　视

在多年前的一个夏夜，我凝视过一扇窗户。其实那是一扇再普通不过的窗户。那栋楼是三层还是四层我已经记不清楚。多年前的凝视里，只剩下那扇亮着灯的窗户，一个方方正正的形状。四周的东西全部虚化，被时间隐去。我只记得那是个夏夜，落着北方极少见的蒙蒙雨。我正要搬离那幢房子。我凝视的窗子里，有一个人。那时，觉得是永别了。

年轻时候，凝视是一件平常事。为某个人某件事某个瞬间出神。周遭的一切仿佛不存在，时间的流逝与空间的转换皆无知无觉。那是如今看来非常奢侈的事情。

以前的世界，走得慢。童年时的雨仿佛永不会止息，令人厌倦。雨滴在河里，水面上的圆圈不断扩大，与旁边的圆圈碰撞破碎，再回环往复，日子长得没有尽头。可以一直静静地坐在门口看雨，凝视水面上的雨轻轻碰出的涟漪。

古诗里的人也是这样凝视过的。《汉广》与《蒹葭》里可望不可即的女孩子，是在别人的凝视里伫立在彼岸或水中央，一立千年，渐成后人脑海中极致画面。那时的人心思单纯，只是望啊望，那种凝视里有后世难以企及的朴质初心。我们在年少时也曾有过那种心，长大后多半丢失。不但丢失，连凝视也不太会了。

姜夔在《月下笛》里说："怎知道，误了人，年少自恁虚度。"也不知是谁误了谁，只是当时意气。但终于长大，终于到了中年暮年，终于回首，在回首凝视的眼眸中，看见少年时光，"自恁虚度"，是感慨："自恁"是无奈的苦笑，"虚度"是命定。哪一种青春不是浪掷？只是当初的男孩女孩，"认真"地"虚度"，误人或自误，是回首之时，也会轻轻怜惜的。

唐诺《世间的名字》和《阅读的故事》读得很慢，一天只看一篇，最近终于看完。慢慢地看一本书，渐渐成为少数人拥有的能力与福分。唐诺说："概念化的快速扫射成为习惯，成为我们彼此对待的方式，我们会失去一种凝视的能力，那种众里寻他，在众声喧哗中定定辨识出某人某物的感动，如本雅明说的，我们把目光固定在岩石上某个定点够久，一个人头或一只动物的身体便会缓缓浮现出来……"

在公共场所，火车汽车上，剧场里，经常看到几乎人手一部手机，人们不停地触摸、翻屏，不断变换的屏幕带来巨量的信息，少有人停下来仔细看完一段稍长的文字。"快速扫射"是非常形象的说法，令人想到枪声响过子弹乱飞的样子。凝视是什么？是专注，是一心一意，是对着一个人或物，看下去，长长久久地看，浑忘周围物事，可是，还有这样的人或物吗？凝视与被凝视是共生共灭的，即使尚有凝视的能力，但我们的目光已无处停留，一切都经不起凝视，一切都稍纵即逝。

"凝伫，曾游处，但系马垂杨，认郎鹦鹉。"鹦鹉聪慧多情，依旧能认出旧主人，只是，现代人生活在水泥与钢筋构成的楼群里，却比古人更像转蓬，无根，无目的，无方向。"凝伫"，是伫立着长久地凝视，可是，被凝视的你，还在吗？

2013 年 1 月

# 渗　透

　　旅程的起点与终点之间，是一段空白，假如独自一人，假如无所留恋与期待。

　　一千二百公里的路程，只浓缩在五个小时左右。车上的人埋头于手机、电脑或沉睡中，不再像多少年前坐车时那样互相攀谈。空间的转换越来越容易，人们也越来越丧失交谈的能力与兴趣。我也只是在刚上车时接了一杯热水，五个小时，再也没有站起来。旁边座位上的男人只有一个侧影。都只是简捷的行客。我沉在布洛克的《刀锋之先》里，看书里的保拉死于非命，而薇拉迷住了斯卡德。两个都是美人，一个被杀一个杀人。侦探斯卡德硬起心肠，揭穿了薇拉。好像记得卡尔维诺《如果在冬夜，一个旅人》的结尾处说，生活在继续，死亡不可避免。印象有点模糊，但记得当初看到那几句话时的灰暗心情。

特别喜欢在坐火车时看侦探小说，因为它一般总是有吸引人的情节，最适合打发起点到终点之间的空白。在旅程中，世界不再有"我"，"我"在途中。这一段时间很奇特，因"我"在空间的转换中，时间变得仿佛不再有意义，只是"等"着，但即使是"等"，它也不断地行进着。这么想又有点残酷，还有点无奈。

侦探的故事讲完，中间睡意浓重似睡非睡了一会儿。渐渐觉得热，车厢里的温度显示外温为 16 度，从北京出发时，外温是 4 度。阳光将热意一点点传达着，知道离江南越来越近了。今年雪多，窗外的雪原一直延伸到山东境内。但不知何时雪的白色消失，呈现出土的褐色，然后，是褐色里渐渐冒出的绿意，草色遥看的绿意。速度中的景色变换有时让人有不适感。好像本来按部就班的一切倏忽而至，让人有种猝不及防的怔忡。

最近一直喜欢听一个民谣组合《大乔小乔》的歌，是叔侄两人的少见组合，女孩子才十二三岁。有一支歌叫《渔樵问答》，我多年前特别喜欢同名的古琴曲。开头即是那个女孩子的稚嫩声音：

　　相逢总是那样短暂
　　恨不得让时光凝固下来
　　皎洁的月光下散步的人
　　一不小心就化作尘埃

我特别害怕这种天真无邪的声音。当一个不谙世事的人用毫无机心的声音唱出她尚不太懂的事，是令人心悸的。因为她不懂，所以她唱得直，就像真事。我想一想"皎洁的月光下散步的人，一个小心就化作尘埃"，会联想到像有一双大手把什么东西攥在手心，用力一捏一磨，张开手心，一缕缕的尘埃飞落。很难不想到一切终是身不由己，一切均是虚空。即使那灰尘在阳光里飞落，通体带着阳光的金色。

此刻一个人在深夜敲下这些文字。江南的冷意是砭入肌骨的渗透。渗透又是个可怕的字。它不动声色，如同，将雪原变成绿意，又将绿意化作雪原。

2013 年 1 月

# 提前怀念

明朝江盈科的《雪涛小说》是一本让人喷饭的书，即使是一个人静读，也会笑出声。书中不仅有许多原来"面熟"的典故，更有无数谐史趣闻。不觉得作者是个古人，倒像是邻居，一个饱读诗书又生性活泼幽默的可爱书生，更难得的，是他有一颗"正"心，玩笑中有端凝姿态。

《深文》记录一则"巧吏"故事：

> 偶忆一关吏治夜禁甚严，犯者必重挞无赦。苟无犯者，辄谓逻卒赇脱，挞逻卒无赦。居民畏其挞，莫敢犯。一日未晡时（下午三点至五点），逻卒巡市中，见一跛者，执之。跛者曰："何故执我？"逻卒曰："尔犯

夜禁。"跛者指日曰："此才晡时，何云夜？又何云犯夜？"卒曰："似尔这般且行且憩息，计算过城门时，非一更不可。岂非犯夜？"跛者语塞，与俱赴关吏。关吏果逆其必犯夜也，而重挞之。

这故事有不少现代版本，孙甘露《上海流水》中记载一则前南地区的政治笑话：

戒严之夜，两个士兵在街上巡逻，见不远处有一匆匆赶路的行人，一个士兵举枪撂倒了他。另一士兵不解地问，现在离十二点还差二十分钟，你怎么就把他打死了呢？士兵回答：我认识那人，他住得很远，二十分钟根本就到不了家。

世不同，世情却同，笑话也是。

撇开那"巧吏"的奸猾刻毒，这典故中不乏合理之处。中国人或许是很缺乏安全感的，未雨绸缪之类的提醒不绝于耳。由此想到"提前"。"提前"准备好一切，免得慌张，慌张离神定气闲很远，我喜欢神定气闲，所以，我喜欢"提前"。

老了之后，懂得什么是"必然"。比如前些日子买了一盆铜钱草，这草名字之俗与姿态之雅恰成对比。我知道这一盆青葱之物在我手中不会长久，于是买回家先拍了张照片留存。果然，现在这盆曾经繁茂的草只余十来根，细弱茎干挑着铜钱样的叶片，依旧是弱质纤纤，别有怜人之处，但毕竟不是当初模样。

年轻时不懂所遇物事所见之人可能只有一面之缘，口中的"珍惜"只是一个词语，现在知道一切繁盛之后的凋落。真正懂得"年年欲惜春，春去不容惜"。孙甘露说："……某种东西从一开始就带有结局的徽记。"最贴切的注脚，当然是初恋。现在看到男孩女孩恋爱，带一种悼念式的怅惘去欣赏，因为知道结局，所以格外宽容。

提前怀念是一种无可奈何的姿势。当一株花盛放时已看到落英缤纷，并不是一种很好的感觉，更影响赏花的心情，但性情无法改变，也只好如此。

孙甘露在《时光流转》一文中谈到希望他的书被印成这样："雅致的外观、淡定的纸张、沉着的重量、亲切的印刷、可人的手感，甚至包括书页的空白。"这基本上也是我对书的要求。不过，我知道，也许用不了多久，这样的书就会绝迹，这不是我的杞人忧天，到那时，我们只能坐在电脑前怀念那种墨香。

**2013 年 4 月**

# 低　温

　　睡醒，手背上有大片红斑，以为梦中手被什么东西压着了。两个小时后，红斑依旧未退，突然醒悟是烫伤。赶紧取出烫伤药敷上。这是今年第二次被热水袋烫伤，上次更为严重，腿上烫了一个水泡，将近三个月，皮肤上仍有印迹。

　　上网查询，得知有种"低温烫伤"。往往是人在睡梦中，被六七十度甚至更低温的取暖物品烫伤，患者大多为老年人。

　　无知无觉或者后知后觉，是感觉消退的征兆。看到"老年人"三个字，觉得略有异样感觉。更有异样感觉的，是"低温"两字。低温让人失去警惕，软山温水里消磨，华年一掠而过。却不知，仍会烫伤，在不知不觉间。并非激烈的痛，只是极有耐心的持久，滴水穿石样的不动声色。

看完蔡素芬的小说《烛光盛宴》，替老人写完传记的作者，仍不免寻根究底，因为看到老人脸上的祥和之光，以为"或许不单纯是因为讲述的释然"。忍不住问："刘德伯伯常来看您吗？"老人未答。"薄暮淡霭中，她只留给我一个迟滞的微笑。"

我想象一朵微笑停在八十多岁的老人的嘴角，皱纹与白发，眼睛里深潭般不可触及的岁月风霜。一直无比向往这样的微笑。一生的离乱，从大陆到台湾，从富家的小姐到孤身的妇人，一力支撑起来的生意与家庭，顽强的生的气息，与几个男人之间的爱恨……最终，都淡薄成烟，却又丰厚温润如玉。激烈的细节全部化成温热暖流，延烧着生命之烛，安静地渐弱，渐灭。

终究只是向往，那不过是小说中的人物。把炽热岩浆冷却到不会喷发的程度，必然会有内伤。伤痛其实无法与人言说，犹如茶道表演中的优雅可能出自一颗空洞之心，安静地停在嘴角的笑容，也可能是压在胸口的疼痛的掩饰。低温的思念可能比高温的纠缠更需智慧。

据说酷爱科幻电影的人大多在现实中"低能"，无法找到与现实和谐相处的秘诀。我最爱的科幻电影是《星球大战》，痴迷绝地武士们手中的兵器——光剑。一道可以刺破夜空的光束，伴随"嗞嗞"的声响，浓缩所有想象。女儿知我心意，万里迢迢给我买了一把"光剑"——自然是个小孩子的玩具。四种颜色可以替换，我最爱尤达大师的绿色。每天晚上去公园散步，随手开关小小光剑，在黑暗中快速划动，会画出奇幻的图案。那句著名的台词，叫做"原力与我同在"，有时会在心中默念。小小光剑，无论怎么亮着，摸上去，永远是凉的。

在网上买书，为凑单买了本杜牧的诗集，送来后翻看，稍稍有点莫名其妙——因自己并不太喜欢杜牧。静心一想，才明白如此爽快地下单，原是因为姜夔，因白石词中常有杜牧，扬州梦觉，三生杜牧之。蛛丝马迹有时连自己都含糊不明。比如，一直深爱曼特宁的我，为何常会点一杯巴西山度士？

什么是凝在心中的影子，恒定地烧着？不灼人了，却在不经意间被烫伤。有时，是一掠而过的街景，有时，是窗边轻拂的纱帘，有时，只是一两个句子，比如此刻想到的元好问的句子：朱弦一拂余音在，只是当时寂寞心。

**2013 年 4 月**

# 无　力

在叶子形的冰裂纹碟子里滴入十数滴玫瑰精油，开始读书。

玫瑰的香气如雾般弥散开来，因为没有雾的乳白颜色，于是看不到精油分子弥散的路径。我想象无颜色的香气在空间潜行，如墨洇开。这些弥散的香气像两个挚友言谈中间的静默时刻，它独立于言谈之外，自有意义，非常珍贵。想一想，在一路走来的时间里，只与数人，分享过这种珍贵的时刻。

生命如此脆弱，朋友说。我知道凡说此言的人，一定有深痛，于是不敢问。言语终究无力。只能想象痛也如玫瑰的香气温柔又顽固地纠缠，没有足迹。其实，痛无法分担，如同，思念也无法分担。

克里希那穆提的《生命之书——365天的静心冥想》，每天只读一篇，今日，读 5 月 9 日的一则，名曰《感觉之全体》。结尾的句子是："如果能看见树木的美，笑容的美以及城墙后面的落日——完整地看到这一切——你自然会知道什么是爱。"我最爱的，有城墙，也有落日。也看过城墙后面的落日。我知道感觉深细且敏锐的人的痛处，同样被玫瑰的花刺到，他格外的痛一些，但是，别人体会不到。那种痛，也无法言说，于是，也不求别人懂。

寻求时间与空间里的"空"，可遇不可求。想象王维的辛夷在无人的山中开落，有不为人知的美，却只能存在于想象里。会不会有那种"空"里的相遇，彼此都放空自己，只为等待填充？但是，"空"和"满"，永远是相对的。一切都在逐渐"空"与逐渐"满"的过程中，那么，我不再求"满"，只希望，有运气无限接近。

在龙门石窟的道旁看到神秀的塑像，想起那著名的偈子。年轻时无比向往慧能"本来无一物，何处惹尘埃"的机智，现在，方知道神秀才是对的。一切的一切，皆在于一日又一日的勤苦拂拭。没有捷径，亦没有当头棒喝，灵台不沾染纤尘，全在于自己的苦修。不过，年轻时的我与现时的我，只是不同时间河流边的人，全无对错，于是，没有指责对象，也无须指责。

曾在一处唐代的寺院流连。残破的寺院中只有三两游人，也不用买票。走进大雄宝殿，在静穆里抬头，发现大殿的梁与栋即使绘有图画，也看得出都有些许弯曲，再仔细观察，原来佛前高大的柱子，也是底部粗壮溜直，却越往上越细，呈现出"树"的模样。心中一震。终于懂得为何不喜欢越来越宏伟精致规整的现代建筑。在古旧的房子里，我可以看到人努力的极限，看到遗憾与不安，徒劳与敬畏，它令我懂得渺小，更懂得无力。

2013 年 5 月

# 古　都

一年来去了三个古都，开封，西安，洛阳。

一直有古都情结，尤其偏爱曾是古都的中原城市，因其有重量。当然，其中存有无数想象，比如在黄金般的落照里看古都在暮霭中沉入夜色，一如它们之前从繁华中沉入荒败。

曾经读到过唐诺的一段文字，非常喜欢："如果说哪个城市仍保有哪部分的自我性格，通常源于它曾经独特而从容的历史命运，这部分已不再增加，只能在人们细心守护下缓慢剥落或在人们弃如敝屣下迅速崩塌，为城市的永恒运动檫上一层易感的时间美学色泽。"

可惜城市得到细心守护的极少，弃如敝屣的极多，于是古都坠落般地消失，面目相似的城市越来越多。

古都的历史足迹早已停止，停滞的事物不再有生命力，如同汽车，车况或许尚好，但没有汽油了，它不再前行。它的功能在时间的感觉与"美学色泽"。看古都，知晓一切都有起落。"越只青山，吴惟芳草，万古皆沉灭"（姜夔词）。看过古都，懂得无常，于是谦卑，最终心静如水。

一个城市的繁华自有其定数，出类拔萃的时间或长或短，当其繁盛时没有丝毫破败的痕迹，令人以为繁华恒定，唐时西安，或者即予人此类印象。如今西安城墙的红灯笼在暮色里亮起时依旧动人。有些影子在脑海浮现，他们全都生活在千年之前，彼时的诗词歌赋唱到如今。什么是可以越过时间限制而留存的东西？但其实这么想已经落入尘世思虑，什么也不能越过时间，但是，也没有一段时间是虚度的，它们都各有意义，只是当时不知。

"汴梁如梦正繁华"，是曾读过的一本书的名字，《东京梦华录》也是书名，单是书名就可想见当初。宋朝是我偏爱的一个朝代，如同年轻时偏爱魏晋南北朝。我喜欢宋朝的世俗生活，一丝不苟地精致细密，画作，瓷器，文学，乃至饮食。没有宏大向往，目视眼前，可以视作无力与柔软的时代，尘世气味动人，那是活着的市井。不像如今，清明上河园与大唐芙蓉园都是假的。盛大的烟花表演都是重复与寻找，但往日是固执的，就像美酒，封存之后不再开封，开封之后精魂无踪，不知去向。

对我而言，所有的古都都让我沉静，即使游人如织。在喧哗中，听得到洛阳街头鼓楼中鼓声的节奏。西安瓮城里的暮色渐浓，身着官服的"演员"假装刚刚散朝，迈着悠闲步子等待游客与其合影。紫袍的老者面目和善，从事这么一种奇特的工作不知他心中做何感想，或省厌烦，但也可能只是工作。每日数次步出城墙里的办公室，与游人合影，一同制作假象，然后，各自归家，过自己的生活。

旧时繁华不再，但今日依旧繁华。古都的气质别处无法仿制的，是千年洇染的时间味道，比如，乐游原是公共汽车站名，曲江可能是个公司的名字，灞河水依旧流淌，只不过人们不再折柳相送。一切似在又似不在，这让人恍惚。恍惚是难得的，平日里人们都太清楚明白。于是留恋又沉溺于这种恍惚。古都的使命并未结束，它们换了一种方式存在。

洛阳的牡丹并不比他处的奇特与娇艳，只是，花开在不同的背景之上。一切惊悸之处，皆在画外。

2013 年 5 月

# 山的颜色

有段时间很喜欢听林宥嘉的《心酸》。这歌一直在 MP3 里面，开始并未引起注意，只觉得轻柔好听。直到有个深夜睡不着觉，戴上耳机听歌。夜深，静寂里的声音清晰，听他唱的是："走不完的长巷，原来也就那么长。跑不完的操场，原来小成这样……"

是这几句歌词，令我很长一段时间，反复地听这首歌。这几句歌词，让我想到"错觉"。

如有机会，回到青春，那么，它没有那么美好，所有的美好，来自于时间与空间隔离后的错觉。错觉不是一种错误，它是自我疗伤的方式，是人类本能的抉择。所有的一切，在记忆里变形，长的变短，尖利变得圆柔，刻骨的字迹淡漠。在生活中老去的人，在记忆里年轻。

哪一种是真实的呢？长巷和操场，究竟有多长多大？真实的一切，都可以丈量，但谁又会去丈量。人只是在轻轻的失神里享受物是人非的淡淡酸楚，在酸楚里体味老去的无能为力。在人生里，这种失落与痛楚，跟满足与快乐一样重要。

呈现在面前的世界，是主观的世界，每个人眼中的物事，本来是不尽相同的。世界依赖于每个人的感觉存在。风中的合欢香味，栾树的黄花，萱草的橙，玉簪的紫，今夏第一束紫薇花，立交桥边攀援在爬山虎绿叶上的凌霄的小喇叭，我相信，在夏至日的清晨，满满一车人里，只有我一个人看见了。在相同的时间与空间，别人的世界与我的，迥异。

想起近日看过的一个短篇小说，爱尔兰作家威廉·特雷弗的《钢琴调音师的妻子们》。主人公调音师是个瞎子，在美貌的贝尔和不那么美貌的维奥莱特之间，他选择了维奥莱特。因为，他看不见，所以，美貌对他毫无意义，不可能成为选择的依据。作家把主人公设定为瞎子是种极端的做法。他可以更绝对地表达自己的意图。调音师对世界的认知，来源于他的妻子，先是维奥莱特，在维奥莱特死后，是贝尔。

在正常人的眼里，贝尔本来有更好的条件，不光是美貌，还有她对调音师的爱。但调音师没有选择她，她独自在嫉妒中生活，直到维奥莱特去世，调音师终于娶她为妻。他们都老了。他们都很善良。他们都想让对方快乐。但是，他们不太快乐。因为，贝尔每天生活在维奥莱特的气氛里——如此漫长的时间，调音师靠着她的描绘，知道邻居的样子，顾客家中的装饰，加油站的标识，甚至知道橙色，因为他可以"尝"出来。无穷无尽的细节，在家中弥漫。

直到有一天，贝尔拔掉院子里维奥莱特的花，种上了草。告诉调音师顾客家中墙上并没有挂着圣像而是这家女儿的照片，修道院的修女并没有红红的跟熟透了的苹果似的两腮，而是脸色白得像粉笔。加油站也不再卖埃索的油。她一点点修正调音师心目中的世界，最终，他终于相信，晴天时，阳光照到山上，山色并不是烟一样的淡蓝，而是勿忘我花一样的蓝。他懂了红色，认识冬青树的浆果，闻得出薰衣草与百里香的气味。贝尔成功地重建了调音师的世界。小说最后说："贝尔赢得了结局，因为生者总是赢家。而这似乎也是公平的，因为维奥莱特赢了开局，并且度过了更为美好的岁月。"

好的文章的标志之一，我认为，是能不能经得起细细品味，能不能在文字之下，埋藏无穷线索，并提供给人们机会，去构建自己的想象，成就每个人的世界。在这个标准下，《调音师的妻子们》是我认为的好小说。不过，也仅仅是"我认为的"。

一切存在仿佛是一成不变的，比如此刻，房子，树，树下弈棋的人群，邻家阳台上的鸟鸣，它们会久远地存在下去，但我知道，有一天，这不变的一切，会成为一种错觉。而阳光照射下山的颜色，无数人描述过，用声音或文字，用本色与比喻，但是，所有这些，都只是人们的自言自语。

2013 年 6 月

# 老　境

　　扬之水《〈读书〉十年》里记她有一天去范用家，见到"黄宗英最近写给老板（范用）的一张花笺，系抄录己作。记得最后一句是：'也没个人，能向他发发小脾气。'真是状写寂寞情怀之妙句也。又似乎只能出自女性之口"。这句子，非但只能出自女性之口，似乎也只能出自美人之口，虽然是说寂寞，偏偏又极有风情，摇曳生姿。

　　同是寂寞，男士说来，似乎是另一种味道。在记录黄宗英事情前几日，扬之水去访徐梵澄先生。"辞别之际，先生送到门外，说：'你要常来才好，最近我常感觉很空虚。'看先生一天到晚总有做不完的事情，似乎生活得很充实，怎么会有这样的感觉?"老先生说来，比较直接。

不管是美人或学者，一到老年，似乎都格外感觉寂寞，尤其书读得多，情感又细腻深挚的，体会更深。几年前读张中行先生的《剥啄声》，写的也是这种期盼有人前来，在门上轻扣时带来的暖意。但越盼，往往越失落。

尚未到老年，对老人的寂寞，只能想象与理解，但未经历的事，其实总归是隔了一层的。早已不信感同身受了。

前几天独自去超市，爱做饭爱吃的人免不了每次都在调料区流连。下午，人不多，我看得细且专心。下意识里觉得旁边有人，抬头看到一个老先生，拄拐，穿一件老头儿常穿的白色汗衫，瘦，约七十多岁或更大些。手中提一捅老才臣酱油，神情犹豫。我问，有事吗？他说，想买酱油，这么多品种，不知买哪种。我说，要红烧还是炒菜？他说，我也不知道，孩子让来买的。我说，有没有喜欢的品牌？他说，不知道，我也不懂。他放下手中的老才臣，说，这个太大，你能不能帮我挑一种。我这种吃货，对酱油品牌品种产地用处还是挺了解的，但面对一无要求的人，却有点不知所措。一抬头货架上正对着的是李锦记和海天，我说，李锦记是广东的，挺好的牌子，海天金标生抽是我家里正用的。他如释重负，说，那就买你家用的吧。

他走了，我倒有点怔忡。

假如没有意外，总有一天，我也会像他一样，越来越老，老到失却对世界的认识兴趣与能力，更不用说控制力。这个过程，发生在当下，老是一个累积的过程。秒针的行走无声、无情，大多时刻，人并无意识。只是，越来越不能理解年轻人，不能识得外面日益繁杂的新事新物，常觉得今不如昔，爱听老歌，爱看老书。

只是，我不知道，我能不能像超市里遇到的这个老先生一样，柔软地接受一切，相信一个陌生人，信任他的品味与选择。老到那样，是把自己变成一块地毯，放到最低位置，承受一切的踩踏，比如疾病、疏离、木讷……

老境，是渐渐关上窗，外面的光影、绿意、喧哗，越来越远，越来越淡，越来越轻。

2013 年 7 月

# 喜鹊的食物

据说，以前的秋天，柿子成熟的时候，农民们摘下熟透的柿子后，总会留一些在树上。有人不解，问原因，农民说，那是喜鹊的食物。喜鹊有食物度过严冬，春天，柿子树重新长出新叶，虫子也会繁殖，此时喜鹊能捉食虫子，柿子树得以健康成长，秋天，农民又会有好收成。

以前，一切这样循环，数千年。人们与身边的一切安然相处，各取所需。延展自身的同时，不会挤占别的空间。那时，人们懂的不是那么多，知道敬畏。

"许多民族最古老的风俗似乎在向我们发出一个警告：在我们从自然那里如此众多地获取东西时应当谨防一种贪得无厌的态势，因为我们无法再回赠给大地母亲任何东西。因而，在索取的时候如此地表示敬意是很应当的，即在伸手拿我们那份之前，要将我们已经得到的东西中还一部分回去。"

这是瓦尔特·本雅明1928年写下的文字。彼时的德国，工业化如火如荼，但本雅明却忧心忡忡："让我们想象一下，映现阿尔卑斯山脉轮廓的已不是天空而是层层叠起的深色帷幕，那庞大的山脉轮廓在此背景下的显现只会是模糊不清。一幅厚重的帷幕以这样的方式切断了德国的天空，即使连伟人的侧影我们也不再看得清。"

本雅明写下这些文字已近百年，如今，我们正处于"厚重的帷幕"似的天空之下。发感叹已是家常便饭，终有一天，当沉黑的天空成为常态，人们会麻木以至习惯。如有一日阳光灿烂，人们会如同从地铁站里刚走上地面时眼睛感到不适——暗淡成为定势时，明亮是一种侵犯。

读本雅明的文字如读预言。人们从不长记性也不可能长记性。从西方到东方，所有的错误一犯再犯。从年轻到年老，每个过程要依次经历，从无捷径。

想起契诃夫的《凡卡》，当凡卡把写着"乡下，爷爷收"的信件投入邮箱后开始幻想，作为读者的我们是无法进入小说中去告诉凡卡"孩子，你没有写地址。"我们只能看着一个孩子在温暖的梦想里沉睡，然后，是梦醒后无边的黑。作为一个旁观者的心急如焚与失落，是悲剧的动人之处，但是，那是小说。

生活里，我们都是小说中的人物。只看见柿子树上的果实，可以伸手摘下，握到手中是沉甸甸的满足。我们不会在树上留下任何一个柿子。我们不想喜鹊。假如人类的这本书也有读者，那个读者，无从告诉我们前面有坑，应该绕行。所有的经验都告诉我们，只有一条路，人们终究会掉入陷阱。陷阱是一天天自己挖成，因为设计完美，所以，无法逃脱。

2013 年 11 月

# 有些人这样思考

对于顾城，总是有些矛盾的感受。一个人，因为他最终做了的事超出常理与人性而被质疑、被指责，是正常的事情。更多的时候，读他的诗，看他的文字，感受他异常的敏感。他的敏感是一种触角般伸长、深入的体悟，我相信这一切来自天赐。

《顾城哲思录》里记录一段往事：

我和我的妻子去办美国的签证，那个官员问，你的皮肤是黄色的？是红色的？是黑色的？是什么颜色的，白色的？我妻子说，好像跟木头的差不多。她问我应该填什么颜色，我说："你可以写'美丽的'"。这就是我的愚蠢之处，我没办法弄清楚他们在说什么。

他觉得他的皮肤颜色是"美丽的"，在表格面前，他是"愚蠢的"。我也觉得，在生活里，他一定是"愚蠢"的。有些人只凭感觉生活。感受高于一切，正如"咸"与"盐"，"甜"与"糖"，"酸"与"醋"，"辣"与"辣椒"，他们一律只看到前者。他们在感觉中生存，周遭的一切，于他们而言，是声音、气味、色彩，而不是其他实物。

我看到陈丹青在访谈中说到古典春宫画，最终说："你要知道，毛笔蘸着墨，画到宣纸上，触纸之际，无比性感，流转行笔，极尽淫荡。"从未见过这种评价。我虽然不写毛笔字，更不会画画，但想一想，仿佛也能隐约想见一种流畅婉转的韵致。

也许艺术家都这样思考，也许，有些无法成为艺术家的人也这样思考。作用于他们的，是直觉，是一瞬间的震荡。绵长的余味胜于当时的言说举动。然后这些思绪变成文字、线条还有音符，那是一些自由而无用的东西，它浮于生活表象之上的虚空里。这些虚空里的东西，对有些人而言，无比珍贵。

**2014 年 3 月**

# 逝　　者

　　五月十二日，早晨打开手机，有学二胡的女孩子转发微信：中国二胡界失去国宝级大师，由此得悉闵惠芬去世。打开电脑听一曲她的《江河水》，呜咽的声音回荡在空寂的屋子里。想起曾经听过闵惠芬的现场演奏，好像也是唯一的一次。在苏州，一个很旧的剧场。记得台上一束追光罩着她，她穿一身蓝色旗袍，曲目是《宝玉哭灵》。那是我最迷《红楼梦》的年月，越剧的唱词皆能背诵，她的琴声回响在老旧的剧场，经久不散，勾起的，是年少尚未明白的许多事情，虽不明白，却仍是悲伤，那种悲伤，因为纯粹，绵延至今。于是，我记得她，与《宝玉哭灵》的调子一起记得。

　　下午，从微博上看到北大吴小如先生去世。九十二岁的老先生，据说前一天晚上亲自给远在上海的儿子打电话，告知儿子："我可能不行了。"儿子马上从上海飞北京，但终未赶上最后一面。网络与纸媒有无数的文章，但这些文章，若不有心去找，仍会湮没在信息的海洋里。他是国学大师也罢，是京剧研究专家也罢，他与北大中文系闹翻也罢，在我心目中，他是个远远的老人，因一面之缘，我若有若无地关注过他。

也是在苏州，上大学时，吴先生来学校做报告，是我的古典文学老师请他来的，我的老师是吴先生的学生。老师命我陪同吴先生，领路，听候差遣。他作了什么报告，我已全然忘却。只记得那是五月，学校招待所简陋的屋子，印象里，一切罩着深深绿意，好像墙围子刷着绿漆，更可能是窗外森森绿意浸入屋中。记得自己对一个远来的大师深深的敬意，还有一点不知所措。拿着当时我最好的一个本子，请吴先生写几个字。他写的是：生命不息，战斗不止。繁体。还有某某同学留念和吴小如的签名。

得知他去世的消息，我拿出本子，那些字依然活在纸页上，看一会儿，不知要做什么。

都是五月十二号得知的消息，都是在苏州的往事，好巧。也有些疑惑，一个人，会以什么样的方式留在另一个人心中，即使只有一面之缘？

合上本子，想一想，这两件往事，都是三十年前的事了。

2014 年 5 月

# 若斯之美

统万城，属于无意之中留下深刻印象的地方。西北之行前，查各种资料攻略，因它在路途范围之内，便决定前往。

晴空朗日下的统万城，其实只是遗址。残存的墙垣高高低低地静卧于荒原之上，呈现出淡薄的黄色，衬着背后碧蓝的天，有一种直到天荒地老的笃定。

据载，东晋义熙九年（413年），匈奴首领赫连勃勃行经此地，被当时美丽景色迷住，赞叹曰："美哉斯阜，临广泽而带清流。吾行地多矣……未见若斯之美。"于是，征发岭北夷夏十万人，修筑都城，于义熙十四年（418年）完工，定名为统万城。

穿过1600年的时间，如今的统万城沉静、肃穆，如一个风烛残年的老人，看过了千年的风采或者风尘，只余一颗波澜不惊的心。就这样，在时光里老下去，残破下去，荒芜下去，定定地，不动声色，无关喜乐地存在下去。

人极少，因来路不便。没有旅游团，只有寥寥几个自驾前来的人，没有任何附属的设施，有一个不算老但看上去老的人看门，朴实、友善，收三十元门票。我觉得这三十元值，因为，这样几无人为因素的景点差不多绝迹了。

门票上的介绍说，统万城的城墙，用砂子、粘土、石灰夯筑而成，其坚"可砺刀斧"。爬上城墙，依然可感那种"坚"。城上几乎没有植物，因无法扎根。西南墩台高 31.62 米，是原城的角楼。

站在角楼之下仰望，天蓝得深不可测，残破的角楼高大庄重，自有威严。在这里，我感受到无过无际的"静"，那种"静"笼罩一切，在远空中传来某种鹤类的叫声，在"静"里传递，悠远深妙，不可言说。都市退到极远处，红尘里的一切退到极远处，一切渺远到轻不可知，渺远到可以放弃而毫不在意。

那种"静"，遂成为我记忆底片上一大片的空白，里面空无一物又蕴藏万物，是日后红尘里活着时的思念，思念最终是活着的证据。

统万城，自418年建成，公元八世纪"大风积沙"，九世纪"堆沙高及城堞"，十世纪"深在沙漠之中"。赫连勃勃所谓"临广泽而带清流"之景不复存在。沧海桑田这四个字，可以概括一切。

我经常沉默于这样的废墟之前，心中涌起淡而悠长的情绪，不是伤感，是一种安定。向来不喜征服类的旅行，既无能力，亦无心情。只爱看废墟。知道繁华终究落幕，花草幽径终为墓塬，磷火烁烁变为霓虹不过是常态。

亮烈阳光，深远蓝空下的残破旧城，无边无际的寂静，若斯之美，若斯之美。

（统万城，位于陕西靖边县城北50公里处的红墩界白城则村，始建于413年，建成于418年，迄今已有1600年的历史。）

# 你的意义，在于你成为形式

晓华去世四年之后，我才去了她以前工作的新华书店。是个夏天的夜间。从江南浊热的空气里走进书店，雪白的灯光隔出另一个空间，空调一下子带来沁凉。下意识地看向她往常在的地方，当然别的工作人员早已替代了她。从书架上拿下来书，一本本浏览，手指在书脊上划过，心不在焉。

这几年一直逃避似的不走进书店，怕触景生情或者别的什么。一个正当盛年的女人，一个从小一起长大的朋友，就这样离开，总是太轻易了。因为在外地，所以，她最后的时刻我并不在场，于是，对于她的离去，一直有点不真实的感觉。

一个人的抽离，是怎样的一种感受，又如何从这些感受里得出更深层的明白，是这些年里一点点积攒起来的"懂"。先是四个人的聚会，成了三个人，总有点倾斜不再平衡的感觉。后来，别的人补充进来，聚会时的人越来越多，席间总会感叹晓华的可惜，不过，也只是感叹。

我常常想起她，觉得她变成空气一样透明却萦绕不去的存在。在城市拥挤的人群或者黄昏混乱的车流里，她的面容浮现出来，好像没什么表情，又好像带着微笑。我一直固执地认定她视我为不同的朋友。只是，年少时的亲密不再而已。

"生命的尽头。就像人在黄昏时分读书，读啊读，没有察觉到光线渐暗；直到他停下来休息，才猛然发现白天已经过去，天已经很暗；再低头看书却什么都看不清了，书页已不再有意义。"读到毛姆的这段话时心头一惊。所谓"生命的尽头"，是不知不觉到来的，抬起头的时候，一切都已经晚了。只是，突然而至的尽头总是比自然而然到来的尽头更让人难以接受。

生命中一些时刻是珍贵的时刻，它会让你洞彻，让你通明。每个人，都是别人手中翻阅的书，书很厚，很多时候，我们会无聊于它的情节平淡，对白庸常琐细。却没想过这书有一天合上了不再让你阅读，或者，书尚在，你已无法阅读。

死，是最彻底的一种离开。人与人之间，通过一根根细细的绳子捆绑着。绳子的松紧、质地、粗细各不相同，绳与绳之间的颤动是最最敏感的触点，冷暖自知。行走的途中，这绳子一根根断开，不一定全然因为死亡，死，只是最彻底而已。

绳子那端的人，从此与你不再有关，他一直朝黑暗无边深不可测的深渊坠落下去，当然，这只是你的感觉。死，实际上是单边的痛或者别的感受。有些生离也是如此。

晓华的母亲曾给我看过她去世前几个月在武汉游玩的照片，做母亲的，自然是痛惜，然后是不解。为何那么短的时间，一场病，好好的女儿就没有了。我也常常恍惚，作为好友，她在我的生命里，尤其是少年时代，那么稠密的交往究竟有什么意义？她如此突然地抽离，当时，她的心中，想过些什么？

偶然翻到阿多尼斯的诗集，这两个句子一下子冲进心灵：


你的意义
在于你成为形式


许多生命中的过客，渐渐地，都摆脱了相处时的立体感，最终变为一个个名称。他们失去温度与质感，成为"形式"，像空气一样围绕着，看不见，亦无声息气味。它只是前来告诉你一些什么，说完了，就像坐公共汽车一样，他到站下车了，从此，不再相逢。

2014 年 10 月

# 想起陈超

黄昏时分湿漉的林子
有一种你依赖的自闭安慰感
那边飘来孩子们烧树叶的呛味儿
年光易逝，这次是嗅觉首先提醒你

　　每天晚上前去散步的郊野公园里有大片树林，九点之后走在林间小路上，很难再遇到行人。这时，就有种天地渺远、万物都尽归于己的感觉，因此，读到诗人陈超的这首《晚秋林中》，开头几句，就很喜欢。四季在树林间的变迁以叶子的变化为标志。昨天的一场急风，吹落无数树叶，林间瞬时空旷。

望着鸟群坚定地穿过西风的气旋

你已不再因碌碌无为而感到惭愧

日子细碎徒劳的沙粒多么安静

向平庸弯腰，你因学会体谅而变得温顺


诗的第二节，是中年人的气定神闲，也得是差不多的年纪，才会懂得，所以，把这首诗抄了下来。最近常常读诗，也抄诗。亲手写的字，总是比电脑打下来的更温暖些。

读到这首诗的时候，并不知道陈超是谁。这首诗的最后一节是：


怕惊扰林子那边的不知名的鸣虫儿

你也不再把怊怅的丽句清词沉吟

当晚云静止于天体透明的琥珀

你愿意和另一个你多呆些时间


喜欢诗句中对鸣虫的体贴，感知作为人对生活在这个世界上其他生物的尊重。还有，也懂得"另一个你"的意思。许多时候，"你"和"另一个你"是分开的，一般来说，"另一个你"更逼近真实的自己。

10 月 30 日，有报道诗人陈超跳楼自尽，当场身亡。初时，并未把这两个陈超合而为一。等忽然醒悟，再来读《晚秋林中》，才感到生活与诗歌，有多么远的距离。"你已不再因碌碌无为而感到惭愧／日子细碎徒劳的沙粒多么安静／向平庸弯腰，你因学会体谅而变得温顺"，这样的句子，也许是劝慰，而不是通达。

只读过陈超一首诗，查资料知道他是河北师范大学文学院教授，河北作协副主席，得过鲁迅文学奖，自尽的原因，仿佛是因为生活负担太重，因他有一个智障的儿子。

后来，读到诗人王家新的诗《忆陈超》，其中有这样的句子：

> 那是哪一年？在暮春，或是初秋？
> 我只知道是在成都。
> 我们下了飞机，在宾馆入住后，一起出来找吃的。
> 天府之国，满街都是麻辣烫、担担面、
> 鸳鸯火锅、醪糟小汤圆……
> 一片诱人的热气和喧闹声。
> 但是你的声音有点沙哑。
> 你告诉我你只想吃一碗山西刀削面。
> 你的声音沙哑，仿佛你已很累，
> 仿佛从那声音里我可以听出从你家乡太原一带
> 刮来的风沙……

也许，陈超一直是累的。累，埋得很深很深，有时，连自己也有了错觉，以为埋起来的东西，就已经不存在了。

2014 年 12 月

# 慢

昨晚去天桥剧场看大师版《牡丹亭》。《魂游》一折，出演杜丽娘的是梁谷音。她从舞台左侧出场，背对观众，是一步步"飘"出来的。一瞬间，想到凌波微步。看她在台上细细碎碎地走，白色的裙边泛起微微的波，轻盈得如一朵水上花。那时只想到一个字——美。《拾画》与《叫画》，分别由石小梅与汪世瑜饰演柳梦梅。舞台上一无所有。只有演员唱着、念着、走着，忽嗔忽喜忽意外忽会意。废园子里的山水与书生的"痴"，在想象里逼真着。可是，真是慢呀。那细碎的步子，悠长的拖腔，袅袅的余音，懂的，全神贯注地投身进悲喜里去，可更多的，是不耐烦。一到绵长的唱段，观众就有看手机的，说话的，令人厌烦之余又好奇他何必来受这罪。

不是所有的人，都消受得了"慢"的。

毛姆在1916年去纽约，到中国人的聚居区。描写了那时中国人的木板房、小店铺、漫不经心看行人的伙计之后，写道："有时，在晚上，你会看到一对黄皮肤、满脸皱纹、眼睛细长的中国人，正全神贯注地玩着一种神奇的游戏，大概是中国版本的国际象棋吧。他俩身边围满了旁观者，个个和他们一样专注，而两个下棋的人走起棋来都慢之又慢，每一步都要花上大量的时间来左思右想。"在毛姆眼中，"眼睛细长"、"神奇的游戏"、"慢之又慢"，大概都是留给他深刻印象的。不知他可知道"烂柯"的故事，若是知道，对中国人的"棋"与"观棋"，大约会有更"神奇"的感悟。

从前的世界，是"慢"的，所以，踱步、下棋、听琴、读书、品茶，都是适宜之事，现在，则是速度的世界，速度有速度的美感，但一直在高速中行进，难免心急如焚，于是，想念从前的世界，从前的"慢"。"慢生活"之类的提议出现，古镇游、农家乐也就适时进入生活。可是，想念中的"慢"，只属于过往的时日。木心曾有诗，题目就叫《从前慢》：

记得早先少年时

大家诚诚恳恳

说一句　是一句

清早上火车站

长街黑暗无行人

卖豆浆的小店冒着热气

从前的日色变得慢

车，马，邮件都慢

一生只够爱一个人

从前的锁也好看

钥匙精美有样子

你锁了　人家就懂了


　　冬日，北方，下午四点多，太阳就已经西斜，如果坐着不动，看完整的夕阳从楼顶一点点落入楼后的空间，只余一片嫣红，只不过两分多钟的时间。时光的步子实在是快。但是，古今应该是一致的，为何木心的诗里说："从前的日色变得慢"？我想，在回忆里看，那些都是错觉。在时间里失落的东西太多了，人们怀念从前。但是，有一天，我们现在的时日，也会变成"从前"，也会有人向往。一切的一切，都是相对的。快与慢，也是一样。

静静地想，"一生只够爱一个人"，是不同于"一生只爱一个人"的，因为，"够"是时间，不是意愿。慢慢地度日，不一定如想象中全然是美感。拖长的美，会变得疲劳，只能在两三个小时的戏里品味，在漫长的生活里，慢，很多时候，是种煎熬。

　　台湾诗人周梦蝶在《风耳楼坠简》中记录一段与友人的对话：

　　　　我的朋友 C 一天突然问我："你喜欢快死？慢死？"
　　　　"你先说！""快。当然。我喜欢快。越快越好！"他说。
　　　　"完全相反！"我说："我喜欢慢。我要张着眼睛，看它
　　　　一分一寸一点一滴地逼近我；将我淹没……"

　　慢，有时是一种不动声色的凌迟，忍得了那种痛，才能品尝到它的美。

2014 年 12 月

# 软

我从我的书本上抬起头，

从语言的虚境中抬起头，

凝视大海的表面，

它什么也没说，有意如此。

窗外没有大海。我从 R. S. 托马斯的诗集上抬起头。夕阳开始沉落，它什么也没说，有意如此。

忽然想起遥远的宁夏，有个叫红墩界的村子，在村边的路上，向一个老妇人买过一些西红柿和黄瓜。那时是夏天，西红柿是淡粉色的，老妇人跟我承诺它们能放红了、熟了。大约两三天后，它们果然如她所说的那样，红了，也熟了。在长长的夏日旅途中，它们是美味。

如今厨房中的两个西红柿，已经买了半个月了，它们不烂，一直是买回来时的红色，非常硬，硬得叫人心疑。我不敢吃它们。

在遥远的村子里买的西红柿，会变软，而我厨房里的西红柿，不会变。它们被施了某种魔法，僵住了。

软，是那样的一种暖。它是一个弱点，是一线缝隙，是一丝涟漪。凭着它，可以知道古井中的声音，虫声里的期盼，黑暗里的荧光。

有个朋友谈起初恋，几十年前的事了，他轻描淡写地说，她嘛，就是想起来，心里要软一下的人。那时坐在咖啡厅里，吃着面前的食物，对那个朋友，一下子觉得近了。

有首诗，是宋朝的和尚惠洪写的，题为《上元宿百丈》：

> 上元独宿寒岩寺，卧看篝灯映薄纱。
>
> 夜久雪猿啼岳顶，梦回清月在梅花。
>
> 十分春瘦缘何事，一搦归心未到家。
>
> 却忆少年行乐处，软红香雾喷京华。

董桥书中说，王安石女儿读了骂道："浪子和尚耳！"这样的诗，被人骂，也是情理之中事。但是，我喜欢这样的诗。诗中的

"软红香雾"令人迷醉，即使出家之人，也不免回顾。哪一种决绝能一丝不再沾惹？

2014 年的最后一天，不再如年轻时有轻轻的伤感，却仍有一触即颤动的"软"。淡淡的思恋，静静的期许，但是，不再轻易出口：

> 但我的眼睛是张开的，这样
> 可以久久察看隐蔽的
> 深渊，凝神去接受
> 真正的祈祷就是一言不发。

2014 年 12 月

# 跋

二十年前的一天，和小石闲聊，聊唐诗，聊到王维。她说，在王维诗歌中，她最喜欢的是《辛夷坞》：

木末芙蓉花，山中发红萼。涧户寂无人，纷纷开且落。

这让我有些意外。在我看来，这首小诗虽不错，但在王维诗歌中却算不上最出色。过后细想，好像有些明白了。《辛夷坞》很可能是王维诗歌中最具有"现代性"意味的一首。

"现代性"是与"传统"、"古典"等相对应的一个概念。对这样一个深邃而庞大的理论性话题，本不是浅学如我可以言说的，也更不是三言两语可以说明白。可中国自一百多年就开始了由"传统"向"现代"演进的过程，这一"三千年未有之大变局"（李鸿章语）至今还在进行中，恰恰在这样的历史过程中活了几十年，多少还有些感悟。

叫我看，"现代性"的第一个特点就是个体生命意识的觉醒。中国自秦开始，是一个"群体"意识非常强烈的民族，家国意识、民族意识、家族意识、家庭意识、组织意识、单位意识等等几乎深入每一个人的骨髓。群体意识自有其存在的价值和理由，可过分强烈则肯定会挤压和扭曲个体生命的灵气和活力。现代人开始明白：人当然离不开社会和群体，但他首先是以个体生命状体出现和存在的，如果每一个个体生命的价值得不到实现，群体生命的活力也终将萎缩。想一想鲁迅批判的"国民性"就会明白。试想，每一棵树都半死不活，整个森林还会有什么生气？辛夷花在"寂无人"的环境里"开且落"，自然且自由，也就完成了对"山中"万物应承担的使命。我不是说我的解读就是王维创作的原意，更不是说小石是在做过一番哲学思辨后才喜欢《辛夷坞》的。其实，读诗的真谛不是"理解"，而是"感悟"。"借他人酒杯，浇自己块垒"正是读诗的最高境界。小石对我说过，她喜欢《庄子》，喜欢《诗经》中"蒹葭苍苍，白露为霜。所谓伊人，在水一方"、"昔我往矣，杨柳依依。今我来思，雨雪霏霏"这样的诗句。我想，其实也是同样的心灵呼应。

"现代性"的第二个特点，是生命"过程"意识的觉醒。传统中国人对生命的最高关注是结果。所谓"光宗耀祖"、"流芳百世"，甚至"泰山"、"鸿毛"之分，也都具有最后结果的指向性。而现代人却明白了：生命本身是一个过程，生命的价值在过程的每一刻。生命不具有终极意义。正如汪曾祺反问：你说的那个意义，有什么意义？"过程"意识的觉醒让人们意识到：如果丢了今天，"将来"也会失去。于是许多伟大的乌托邦废话就被解构。"纷纷开且落"，就是一个生命过程，一切美好都在过程中。

也正因为保留了自己生命意识的天性，感悟到生命"过程"的重要，小石就能很轻松自然地躲开那些表面宏大高深实则空洞的话题，从日常生活中和阅读中悟出诗意和禅意。哪怕是一次很简单的出游，甚至看起来很凡俗的家务；一篇并不知名的小说，一首寂寞等待着知音的小诗。我以为，读懂《辛夷坞》，或许能让你对小石所有的文字有一些别样的感悟。夸张些说，于"竹外疏花"的观赏中看到种花人清亮且平静的眼神。

我和小石同在一个办公室的十多年里，工作之余的闲聊十有八九是关于读书。这样的闲聊对我是非常愉快和珍贵的。比如，就是在她的提醒下，我才开始关注王小波和木心。然而，小石对我最大的启发却是阅读方式和态度。她谈到某一作家或作品，常常是用"喜欢"或"不喜欢"评判，也会问我"喜欢不喜欢？"一开始，我有些不适应。进京前，我教过十多年的"中国现代文学史"课程。这门课的最大苦楚是阅读量太大，讲什么就要读什么，所读多数是早已没人读的东西，有些作品读起来简直就是受罪。而对于当代文学，什么火，就要读什么，因为要和学生交流。由于无法由自己的爱好选择书籍，所以职业性地要从"思想性"、"艺术性"、"文学史地位"来评价作家和作品。其实，这是一种功利性的、无可奈何的阅读方式。进京后，工作有变化，可是积习难改，总还是想"评价"。费了好大力才由"评价"改为"喜欢"。比如，如今则完全不管专家学者的所谓"评价"来选择读物。我也知道张爱玲和周作人是大家，读了几页，不喜欢，放下。川端康成名头大，但我不喜欢，不读；我读大江健三郎，因为喜欢。小石文字里涉及的书籍和电影很多，古今中外。我不想用"博"或"杂"评判，我以为她的选择标准就是"喜欢"。因为喜欢，才去读，去看。这样的阅读和观赏是快乐的，写出的文字也就真挚。我想，读小石的文字，最好也是读出她的"喜欢"，不必做过多的理性评价。

小石是苏州人，大学毕后到北京工作，定居京华。这样的生活经历很简单，但却不局促，自会影响她的性格与文风。既有杏花春雨江南的滋润，据我看，她也还能适应"落叶满长安"的萧瑟与壮阔。"文如其人"是有条件的，关键在一个"诚"字。小石的文字是诚恳的，或许说不上多么深刻，但绝无矫情和虚张声势的时候。就文风看，应该还属于"婉约"一派，但清秀而不纤弱，单纯却不枯寂。"明月松间照，清泉石上流"，自有一份唐音宋韵的典雅。所以，小石的文字中我最喜欢的还是关于江南、日常生活和读古诗文的篇什。因为这些文字最能体现她的风格。

最近几年，小石写影评较多。说老实话，我读得较粗略，原因是我很少看电影。不过，我绝无轻视电影这一艺术形式的意思，而且认为，在评论性文字中，"影评"是比较难把握的一种。前面我说，"现代性"更重视过程。其实在艺术上更是如此，最典型的例证就是"行为艺术"——艺术创作、艺术展现和艺术欣赏同时开始，同时结束。电影现代性的关键并不在于它的科技性，而是与小说相比，它更具有"过程性"——艺术展现和艺术欣赏完全是同步的。欣赏者不可能像读小说那样自己掌握欣赏的时间和速度，电影不会给你放下书本思索、品味的时间。书读完了，还在手上；电影一结束，银幕上一片空白。所以，写影评需要观影者具有细腻而敏锐的形象感受能力和记忆力，这是小石的强项。

现在，小石的文字要结集出版，她命我写一篇序文，我很惶恐。在我看，一部文集的序文就像运动会入场式一支队伍前面的旗帜。旗帜当然要漂亮，但关键是举旗的人要模样好，本事大，名气高。这三条我全不具备。我劝小石还是请一个名人作序。她的回答非常干脆：绝不！协商，我答应以朋友、同事、读者三者兼有的身份跟在队伍的最后面入场，分享她来自读者的一份喜悦和温暖。

是为跋。

王东华

2015 年 12 月